Tod im Priel

Martina Bick schreibt Kriminalromane, Romane und Kurzgeschichten und gibt Anthologien heraus. Sie erhielt verschiedene Preise und Stipendien, unter anderem als Krimistadtschreiberin in Flensburg (Nordfälle-Preis 2001). Als Musikwissenschaftlerin ist sie Mitarbeiterin der Hochschule für Musik und Theater Hamburg und Referentin der Gleichstellungsbeauftragten.

Dieses Buch ist ein Roman. Handlungen und Personen sind frei erfunden. Ähnlichkeiten mit lebenden oder toten Personen sind nicht gewollt und rein zufällig.

MARTINA BICK

Tod im Priel

KÜSTEN KRIMI

emons:

Bibliografische Information der Deutschen Nationalbibliothek
Die Deutsche Nationalbibliothek verzeichnet diese Publikation in der Deutschen Nationalbibliografie; detaillierte bibliografische Daten sind im Internet über http://dnb.d-nb.de abrufbar.

MIX
Papier aus verantwortungsvollen Quellen
FSC® C083411

Umschlagmotiv: shutterstock.com/Wolfgang Zwanzger
Umschlaggestaltung: Tobias Doetsch
Gestaltung Innenteil: César Satz & Grafik GmbH, Köln
Druck und Bindung: CPI – Clausen & Bosse, Leck
Printed in Germany 2017
ISBN 978-3-7408-0041-3
Küsten Krimi
Originalausgabe

Für Katharina

Prolog

Die Eiskrusten hatten sich übereinandergeschoben wie Kleiderschichten, die man im Winter unter einem Overall trägt, wo sie sich aufrollen, wenn man sie nicht fest unter einen Gürtel oder in den Hosenbund steckt. Eis, Schlick und Sand waren zu schmutzigen Wülsten erstarrt und bildeten eine bizarre Landschaft, die das ganze Ufer bedeckte. Das Hafenbecken war in der Mitte noch nicht zugefroren. Das salzige Wasser der Nordsee gefriert nur bei tiefsten Temperaturen.

Tagsüber stieg das Thermometer auf minus zehn Grad, aber nachts fiel es auf unter minus zwanzig. So kalt war es noch nie gewesen, so lange er lebte. Es war so eisig in den Ställen, dass die Bauern Heizgeräte aufstellten, damit das Vieh nicht erfror. Tag und Nacht liefen die Generatoren, die die Geräte betrieben. Im ganzen Dorf hing immer ein Brummen in der Luft.

Aber hinter dem Deich war es still. Selbst den Möwen war es zu kalt zum Kreischen. Sie hockten aufgeplustert im Windschatten des Bootshauses und versuchten, Energie zu sparen.

Er hatte das Hafenbecken einmal ganz abgeschritten, als er das blaue Leuchten unter der Eisschicht entdeckte. Es war zu intensiv für diese erfrorene Natur. Es schillerte wie ein Edelstein unter dem kristallinen Eis. Mit seinen dicken, schweren Lederschuhen, die eingefettet waren, wagte er sich ein paar Schritte weit auf die Eisschicht. Sie trug ihn, war aber sehr glatt.

Vorsichtig näherte er sich dem Blau. Es war ein Stück Stoff, das unter dem Eis im Wasser lag. Ein Kleidungsstück, vielleicht eine Jacke. Eine blaue Daunenjacke. Daneben tauchte etwas Weißes, Blasses unter der Eisdecke auf und ab. Als er erkannte, um was es sich handelte, war er mit einem Satz wieder am Ufer und fing an zu laufen.

1

Der leise winselnde Ton, mit dem das Handy ihres Tischnachbarn signalisierte, dass es eine SMS empfangen hatte, erinnerte Anne an das Geräusch von Teddy, dem alten Familienhund, wenn ihm mal wieder jemand auf den Setter-Schweif getreten war. Das Winseln drang durch all das Gerede und Geraune der zahlreichen Kaffeetrinker und -trinkerinnen schmerzlich an ihr Ohr. Ihr Tischnachbar schien es nicht zu bemerken. Er nutzte die kurze Pause in der Tageshetze dazu, in die Zeitung zu schauen, und war ganz in seine Lektüre vertieft.

Anne saß auf einer Bank direkt am Fenster des Cafés und blickte auf die Rathausstraße und auf die hintere Ecke der Petrikirche. Vor ihr stand eine dickwandige weiße Tasse mit einem großen Cappuccino, auf dessen Milchschaumdecke sie extraviel Kakao gestreut hatte. Als sie den ersten Schluck genommen hatte, dachte sie daran, dass er bald schon ausgetrunken sein würde, und es tat ihr bereits jetzt leid, dass das Vergnügen dann vorbei wäre.

Noch ehe die Tasse leer war, sah sie sich schon wieder die Trageriemen ihrer Umhängetasche über den Kopf werfen, die Tasse auf den überquellenden Geschirrwagen stopfen und aus der Tür drängeln, zu ihrem Fahrrad, zurück nach Hause. Wohin auch sonst? In den letzten Wochen hatte sie schon alle Museen abgeklappert. Häufig ging sie auch in die Nachmittagsvorstellungen der Kinos, die dann so angenehm leer waren. Aber so oft gab es keine neuen, sehenswerten Filme in Hamburg, und gute Filme schaute sie sich nicht gern ein zweites Mal an. Womöglich gefielen sie ihr dann nicht mehr. Sie ging auch nicht gern einkaufen, shoppen, Schnäppchen jagen. Sie hatte alles, was sie brauchte, und sie brauchte nicht viel. Das einzige, was ihr fehlte, war eine Aufgabe, und genau die sollte sie im Augenblick nicht haben. Sie sollte sich erholen. Sie hatte ein Burn-out-Syndrom – aber so nannte man das inzwischen ja nicht mehr. Jedenfalls war es keine Krankheit. Burn-out war viel mehr – oder viel weniger, ganz wie man es sehen wollte –, hatte der Arzt ihr erklärt. Auf jeden Fall war sie vom Dienst suspendiert, arbeitslos, vielleicht für immer. Sie war keine Polizistin mehr. Aus und vorbei. Vorbei die Eile, immer drei Schritte ihrer Zeit und sich selbst voraus sein zu müssen. Vorbei der Stress, immer in Bewegung, immer im Dienst zu sein. Vorbei die schlaflosen Nächte, die zu vielen Tabletten und der zu viele Alkohol, um doch noch ein bisschen schlafen zu können. Nicht vorbei aber war dieses Gefühl von Müdigkeit tief in ihr drinnen, von unendlicher Erschöpfung, das wie eine Sandbank, die bei Ebbe aus dem Meer auftauchte, immer größer und größer wurde. Eine bleierne Erschöpfung, ein Satt-und-müde-Sein, das sich einfach nicht wegschlafen ließ. Das ihr schon lange Angst bereitet hatte. Zuerst hatte sie gedacht, es wäre das Älterwerden. Aber da war sie erst dreißig Jahre alt gewesen. Später war sie dann schon fünfunddreißig gewesen, und die Sandbank wurde immer größer.

Wenn es keine Krankheit war, was machte sie dann falsch in ihrem Leben? Schließlich hatte sie tatsächlich einen Fehler begangen. Einen großen, nicht wiedergutzumachenden Fehler, wie ihn nur Polizisten machen können, ausgebrannte, überforderte, übermüdete Kriminalpolizisten im Dauerdienst. Bei einem Einsatz gegen eine Drogenbande hatte sie unangemessen scharf reagiert, mit katastrophalen Folgen. Es hatte eine Anzeige gegen sie gegeben, jede Menge Zeugen. Man konnte den Vorfall nicht vertuschen. Sie wurde suspendiert, es wurde eine Untersuchungskommission eingesetzt. Wenn die zu dem Ergebnis kommen würde, sie zu entlassen – »vorzeitige Beendigung einer Beamtenstellung auf Lebenszeit« hieß das im Amtsdeutsch –, wäre sie Ende dreißig und hätte nichts gelernt, womit sie zukünftig ihren Lebensunterhalt verdienen könnte.

Der Typ am Tisch neben ihr hatte seine Zeitungslektüre beendet und prüfte nun auf seinem Handy die neuen Nachrichten. Dann tippte er darauf herum, hielt es ans Ohr und meldete sich mit einem kurzen »Ich bin's«. Seine Stirn zerfurchte sich, seine Miene drückte Gereiztheit aus. Nacheinander stieß er dreimal kurz »Ja« und einmal »Nein« aus. Dann nahm er das Handy vom Ohr, starrte das Display wie einen unbekannten Fremdkörper an und schaltete das Gerät aus. Seine Stirn entspannte sich wieder.

Bei geschäftlichen Telefonaten war man in der Regel höflicher, es musste sich also um ein privates Gespräch gehandelt haben. Ein sehr privates. Vermutlich mit seiner Frau oder Lebensgefährtin. Warum tat man sich das bloß an, dieses Maß an Nähe, das es erlaubte, grenzenlos unhöflich und kurz angebunden miteinander umzugehen?, dachte Anne. Die meisten ihrer Kollegen waren Weltmeister in dieser Art von Kommunikation gewesen. Ungeheuer charmant und einfühlsam, solange sie etwas von einem wollten, und kalt wie die Fische, abweisend und unerreichbar, wenn sie es bekommen hatten. Für gewöhnlich waren doch alle Menschen empfänglich für Freundlichkeit und Charme. Mit ein bisschen davon kam man so viel weiter im Leben.

Aber bei der Polizei stand Freundlichkeit nicht hoch im Kurs. Keiner ihrer Kollegen hatte im Sinn, seiner Kundschaft das Herz aufzuschließen, im Gegenteil. Besonders als Frau musste man sich ein Verhalten dieser Art schnellstens abgewöhnen. Sowohl dem Klientel gegenüber als auch den Kolleginnen und Kollegen. Je länger man bei der Truppe war, desto misstrauischer und unfreundlicher wurde man. Sie alle sahen zu viel Elend und Not, sie erlebten zu viel Gemeinheit und Grausamkeit. Männer wie Frauen bekamen schnell heraus, dass Freundlichkeit und Gutmütigkeit absolut keine Erfolgsrezepte im Polizeidienst waren, und dann legten sie sich einen Panzer zu, einen ruppigen Stil, der von Wachsamkeit und Unverbindlichkeit geprägt war.

Und wie wurde man den jemals wieder los? Selbst jetzt, da sie nicht mehr im Dienst war, war ihr Umgangston immer noch schroff und unfreundlich. Genauso wie ihre Einstellung zu ihren Mitmenschen.

Der kurz angebundene Nachbar legte seine Zeitung sorgfältig zusammen und verstaute sie in seinem Aktenkoffer. Er erhob sich, kontrollierte den Sitz seiner Hose und des makellos weißen Oberhemds und verschwand, ohne sein Geschirr abgeräumt zu haben.

Ein Glücksgefühl durchströmte Anne bei dem Gedanken, dass weder ein solches noch ein ähnliches Exemplar der Spezies Mensch irgendwo auf sie wartete. Während sie die letzten Schlucke ihres Cappuccinos genoss, der schon fast zu sehr abgekühlt war, verbat sie es sich, die beiden SMS zu lesen, die inzwischen auf ihrem Handy eingegangen waren. Sicher nur Werbung ihres Providers, wer sonst sollte sie auf diesem Wege erreichen wollen? Sie war ja fast immer zu Hause, wer etwas von ihr wollte, konnte sie auf dem Festnetz anrufen.

Lieber hing sie ihren Gedanken nach, führte ihre Beobachtungen und Überlegungen weiter. »Man kann sich stets nur auf eine Sache konzentrieren«, hatte irgendein Hirnforscher heute Morgen im Radio verkündet. Na prima, hatte sie gedacht und war unter die Dusche gegangen. Aber galt das nicht nur für Männer? Frauen konnten sich doch ständig auf viele Dinge gleichzeitig konzentrieren.

Als sie das Wasser abgestellt hatte, war der Hirnforscher immer noch auf Sendung gewesen. »Sie meinen Achtsamkeit, wie man sie aus dem Zen kennt?«, hatte der Moderator ihn gefragt.

»Genau. Achtsamkeit ist die wichtigste Methode, unsere körperlichen und seelischen Befindlichkeiten aufzuspüren. Dazu muss man den Blick nach innen richten und aus den automatisierten Gewohnheiten aussteigen. Im japanischen Zen-Buddhismus ist Achtsamkeit ein zentrales Thema.«

Schon in dem Augenblick war ihr der Gedanke gekommen, einfach wegzufahren und alles hinter sich zu lassen, was sie an ihren alten Job erinnerte. Ganz kurz und klar, wie die meisten der Ideen, die ihr ausgeruhtes Hirn früh am Morgen durchkreuzten. Die wichtigsten von ihnen kamen im Laufe des Tages noch einmal zurück. Sie brauchte sie sich nicht aufzuschreiben.

Der Gedanke, aus dem gewohnten Leben auszubrechen,

verknüpfte sich sofort mit einem herrlichen Gefühl von Freiheit und Weite, das sich bei ihr in letzter Zeit nur noch bei der Lektüre von guten Romanen eingestellt hatte. Es wirkte wie eine Mischung aus Angeregtheit und Stille, wie früher eine Zigarette oder auch wie der gute Kaffee, den sie gerade getrunken hatte. Vielleicht musste sie wirklich einen Neuanfang wagen, um ihr Leben wieder in den Griff zu bekommen. Ein anderes Leben, einfacher, langsamer, ohne Job und Terminkalender, ohne PC, Datenbanken und Handy. Anne reloaded, sozusagen. Eine neue Festplatte anschaffen, zurück auf null gehen. Bevor es zu spät und das Leben vorbei war.

Der letzte Schluck Kaffee schmeckte angenehm süß, weil das Kakaopulver sich auf dem Milchschaumrest am Boden gesammelt hatte. Das Café war inzwischen noch voller, der Geräuschpegel noch höher geworden. Es schien Anne, als wäre für eine Weile der Ton ausgefallen gewesen. Nun setzte alles in doppelter Lautstärke wieder ein. Sie brachte ihre Tasse zum Geschirrwagen – er war zwar über und über beladen, aber sie fand noch ein kleines Plätzchen, um sie abzustellen – und schaute im Hinausgehen endlich auf das Handydisplay. Eine SMS von ihrem Provider mit Informationen zu Sonderangeboten und eine SMS von Britt. Britt schrieb – und vernachlässigte dabei wie immer die Rechtschreibung aufs Unerträglichste: »Kannst heuteabend mal rüberkomdm. Ich hab geerbt. Es Gibt sekt b.«

»Gern«, simste Anne mit einem Daumen zurück, während sie zu ihrem Fahrrad ging und mit der anderen Hand den Schlüssel für das Schloss aus der Tasche zog. »Neun Uhr?«

Während sie in der Einbahnstraße in Gegenrichtung ihr Rad auf dem Bürgersteig bis zur Petrikirche schob, hörte sie, wie die SMS einging, die die Verabredung vermutlich noch einmal bestätigte.

2

Der Himmel war strahlend blau und von fast schon sommerlicher Weite. Eine lange Reihe frühblühender Sträucher längs der Autobahn war schier explodiert in der plötzlichen Wärme, die das stabile Hoch »Elfriede« an diesem ersten Wochenende nach Ostern bescherte, und die Autokarawanen der Sonntagsausflügler und Wochenendtouristen schoben sich durch die gelbe und weiße Blütenpracht gen Norden.

Anne kreuzte mit ihrem alten Polo durch den schleppenden Verkehr, der erst nach dem Abzweig der Kieler Autobahn flüssiger wurde. Hinter der Hamburger Stadtgrenze spannte der Himmel sich noch weiter über die staubigen braunen Felder, auf denen noch kaum eine Saat aufgelaufen war. Fast alle Bäume waren noch kahl, auf den Knicks und Wiesen stand das struppige graue Herbstgras vom letzten Jahr und bildete einen auffälligen Kontrast zu dem sonnigen, für die Jahreszeit zu warmen Wetter. Es war der lang ersehnte erste echte Frühlingssonntag.

Die leicht gewellte norddeutsche Geestlandschaft hinter Itzehoe gefiel Anne gut. Sie verstand nicht, warum Britt sich so abfällig darüber geäußert hatte.

»Keine zehn Pferde bringen mich in diese Gegend«, hatte sie bei ihrem Treffen gesagt. »Ich habe nie verstanden, wieso Hilde ausgerechnet dorthin gezogen ist. Nichts als Wind und grüne Deiche, Schafsköttel und endlose Felder. Etwas Unromantischeres als die Nordseeküste gibt es nicht. Ich bin in Heide aufgewachsen, auch schon ein schreckliches Kaff. Als Kind habe ich es immer gehasst, wenn wir die Großeltern hinterm Deich besucht haben. Es hat dort gestunken, und außerdem habe ich kein Wort verstanden, wenn die Erwachsenen sich unterhielten.«

Anne hatte gewusst, wovon Britt sprach. Bei ihren eigenen Besuchen bei den Verwandten in Ostfriesland hatte sie diese auch nicht verstanden, und das Landleben war ihr unglaublich primitiv vorgekommen. Vor allem das Plumpsklosett der Urgroßmutter, über dem stets die Fliegen in Schwärmen kreisten.

Sie hatte trotzdem mit Britt auf ihre Erbschaft angestoßen, auch wenn die Umstände des Todes von Britts Tante Hilde nicht gerade erfreulich waren. Wenige Wochen nach Weihnachten war deren Leiche im fast zugefrorenen Hafenbecken eines Nordseekooges gefunden worden, nicht weit von dem Haus entfernt, in das sie sich vor einigen Jahren aus der Stadt zurückgezogen hatte. Die Polizei ging davon aus, dass es sich um einen Unfall handelte, hatte aber dennoch die Familie befragt, und die Eiderstedter und Hamburger Zeitungen hatten sich alle möglichen abstrusen Geschichten zusammengereimt, wie es zu dem Tod gekommen war. Schließlich war die Untersuchung doch abgeschlossen worden. Entweder war es wirklich ein Unfall gewesen oder – und das glaubten vor allem Britt und ihre Mutter, die Schwester der Toten – Selbstmord. Auch wenn es keinen Abschiedsbrief gab. Zumindest hatte niemand einen gefunden.

»Wer Tante Hilde gekannt hat, der weiß, dass sie nie und nimmer einen Abschiedsbrief verfasst hätte«, hatte Britt gesagt und zum Weinglas gegriffen. »Vermutlich hatte sie einfach keinen Bock mehr aufs Weiterleben und hat einfach Schluss gemacht. Ohne darüber nachzudenken, was sie damit ihren Verwandten antut.«

»Aber nett von ihr, dass sie dir das Haus vererbt hat«, hatte Anne erwidert.

»Wem auch sonst? Sie hatte ja niemanden. Das Dumme ist nur, dass ich es gar nicht haben will. Die blöde alte Bruchbude.«

Hilde hatte das Haus vor einigen Jahren erworben, als sie beschlossen hatte, dem Leben in der Stadt ein für alle Mal den Rücken zu kehren. Sie war Lehrerin an Haupt- und Realschulen gewesen, lange in Hamburg und dann noch ein paar Jahre in Heide, bis sie pensioniert wurde. Ihre schicke Eigentumswohnung in Eppendorf hatte sie verkauft und alle Zelte in Hamburg und Heide abgebrochen.

»Das Haus soll total runtergekommen sein, hat meine Mutter gesagt«, war Britt fortgefahren. »Hilde hat nie etwas dran gemacht. Alles voller Mäuse und Spinnen – nein, keine zehn Pferde kriegen mich dazu, es zu bewohnen. Ich werde es so schnell wie möglich verkaufen, vielmehr das Grundstück, denn das Haus kann man wohl nur noch abreißen.«

»Warst du denn jemals dort?«

Britt hatte den Kopf geschüttelt. »Wir hatten am Ende kaum noch Kontakt. Meine Mutter und ihre Schwester haben sich nie gut vertragen. Hilde war immer so anders. Sie hatte eben studiert, war eher links orientiert und in der Gewerkschaft. Sie tanzte auf allen Hochzeiten. Meine Mutter dagegen hat früh geheiratet, war mit Hingabe Pastorengattin, Hausfrau und Mutter und ist heute noch stolz darauf. Hilde war nie verheiratet. Sie hatte zwar immer irgendwelche Freunde, aber die lernte man nicht kennen. War vielleicht auch besser so. Bei Familienfeiern kam sie stets allein. Sie hat nie einen Hehl daraus gemacht, dass wir für sie alle Spießer waren. Sie hat meine Eltern wegen ihres Familienlebens verachtet, vor allem meinen Vater, weil er Pastor war. Mit der Kirche hatte sie gar nichts am Hut. Und dann kauft sie sich plötzlich selbst in so einer spießigen Gegend ein Haus und zieht aufs Land! Damals dachte ich, jetzt spinnt sie total. Für mich und meine Cousinen war sie immer ein Negativbeispiel. In den letzten Jahren ist sie auch gar nicht mehr bei Familienfeiern erschienen.«

»Ich hätte gern so eine Tante gehabt – bei uns waren alle immer so angepasst.«

»Eine Zeit lang haben wir uns tatsächlich ganz gut verstanden. Als Kind hat sie mir jedes Jahr zum Geburtstag ein Buch geschickt, später lag immer ein großzügiger Schein drin. Geld hatte sie wohl genug. Aber diese Antihaltung unserer Familie gegenüber, die hat mich gekränkt. Ihr angebliches Alternativleben interessierte mich einfach nicht. Wie kam sie dazu, zu glauben, dass sie etwas Besseres wäre? Darum fahre ich jetzt auch nicht hin, um mir dessen Überreste anzusehen, den Gefallen tue ich ihr nicht! Ich habe schon eine Anzeige in einem Immobilienportal geschaltet. Und wenn ich es schaffe, beauftrage ich auch noch einen Makler, ehe Ullrich und ich nächste Woche nach Spanien fliegen. Da haben wir unser schönes Apartment direkt am Strand – was soll ich also mit einer alten Bruchbude am Wattenmeer hinterm Deich, wo der kalte Wind durch alle Ritzen pfeift? Würdest du da etwa hinwollen?«

Anne hatte den Kopf gewiegt. Tatsächlich hatte sie gerade gedacht, dass sie sich das Haus gern einmal ansehen würde.

»Also, meinetwegen gern. Du kannst dort auch wohnen, wenn du Lust hast. Du hast ja jetzt Zeit. Und Miete brauchst du auch nicht zu zahlen. Es wäre sogar praktisch, wenn jemand dort ist, falls sich Käufer melden und das Haus besichtigen wollen. Dann müsste ich nicht die Nachbarn bemühen, die sollen nämlich etwas komisch sein. Aber vielleicht willst du es ja kaufen?«

»Warum nicht?«, lachte Anne. »Allerdings habe ich keinen Cent gespart und noch nie daran gedacht, mir ein Haus zuzulegen. Wozu auch? Aber ich fahre gern mal hin und schaue mich dort um.«

»Den Schlüssel erhältst du bei Familie Petersen in Otteresing. Das ist der einzige Bauernhof im Dorf, sagte man mir. Überleg es dir«, hatte Britt gesagt und damit das Thema gewechselt.

Anne verließ die Autobahn, die bei Heide endete, und gelangte über einen Zubringer auf die Bundesstraße 203, von der aus man über Wesselburen das Eidersperrwerk erreichte. Beeindruckend, die vielen Windräder rechts und links der Straße. Schon von der Autobahn aus hatte sie ein paar wenige gesehen – ihre drehenden Flügel hatten mal einen fröhlichen, mal einen beschaulichen Eindruck gemacht. Hier allerdings waren es nicht nur ein paar wenige, sondern ein ganzer Wald von Windrädern, die eins neben dem anderen auf den Weiden standen. Unmerklich hatte sich der Charakter der Landschaft verändert. Die Wellen des Geestrückens waren verschwunden, das Marschland breitete sich platt und unendlich vor ihr aus.

Enorm, wie flach der Boden sein konnte! Und darauf dicht an dicht die Windräder, deren Rotoren sich unterschiedlich schnell drehten. Die reinste Windindustrie! Je länger man hinschaute, desto beunruhigender wurde der Anblick.

Im Wesselburenerkoog wurde die Landschaft noch platter, wenn das denn überhaupt möglich war. Außer dem hohen Deich, an dem sie entlangfuhr, war weit und breit keine einzige Erhebung zu sehen. Die Weiden waren so flach wie die Wasserflächen, aus denen sie gewonnen worden waren. Die Bäume längs der schnurgeraden Landstraße hatte der Wind schief geweht. Eine Mondlandschaft, dachte Anne, während sie auf das Sperrwerk zufuhr, das an der verzweigten Flussmündung der Eider gebaut worden war, um das Hinterland vor dem Meer zu schützen. Jahrhundertelang war hier eine gefährliche Schwachstelle bei Sturmfluten gewesen, bis in den 1970er Jahren das Sperrwerk gebaut worden war. Anne hatte es als Kind mit ihren Eltern besichtigt, ihr erster Ausflug an die Nordsee. Sie hatte sich eine verträumte Strandlandschaft mit Aussichtstürmen ausgemalt, von denen aus man aufs Meer blicken konnte. Aber stattdessen waren da nur diese Betonwülste gewesen, davor kurz geschorenes grünes Gras und über allem ein beißender, kalter Wind, der ihnen den Atem vom Munde weggerissen und die Tränen in die Augen getrieben hatte, sodass sie sich schnell wieder ins Auto gerettet hatten.

Anne parkte auf dem für Touristen zur Besichtigung des Sperrwerks angelegten Parkplatz und stieg die eiserne Treppe auf den Betonwall hinauf.

»Guck mal, Mama, jetzt ist das Wasser da!«, rief ein kleiner Junge und zerrte an der Hand seiner Mutter, die ihn festhielt, damit er ihr nicht davonwehte. Der Wind war genauso stark wie damals, als sie mit ihren Eltern hier gewesen war. Anne wickelte sich fester in ihre Jacke und schlug den Kragen hoch.

»Das ist noch gar nichts«, sagte ein alter Herr mit Schiffermütze zu Mutter und Sohn. Er stand neben dem Drehkreuz, durch das man auf den Deich gehen konnte. Sein Gesicht war von Wind und Wetter gegerbt, und der eigentlich graue

Vollbart leuchtete um den Mund herum gelb von Tabakrauch und Nikotin.

Mutter und Sohn nickten ihm zu und machten sich auf den Rückweg zum Parkplatz.

»Bei hartem Westwind kommen die Wellen schon mal den Strand hochgekrochen«, murmelte der Alte, obwohl nur noch Anne in Hörweite war.

»Strand?«, wiederholte sie und stellte sich neben ihn. »Ein Strand ist das hier ja nun wirklich nicht. Und einen Deich hätte ich mir auch irgendwie hübscher vorgestellt. Natürlicher. Das ist doch eine reine Industrieanlage.«

»Jau, so ist das bei uns in Eiderstedt. Alles eingedeicht, feste zu wie Mutters Portemonnaie. Aber unsere Deiche halten, was sie versprechen. Die haben uns schon lange nicht mehr im Stich gelassen. Sandstrand gibt's weiter oben in St. Peter – da wollen Sie doch sicher hin?«

Anne nickte.

»Baden gehen?«, lachte der Alte und kniff die Augen zu gegen die Sonne. »Ist noch ein büschen kalt. Oder gehören Sie zu diesen Winterbadenden?«

»Ich will zum Tümlauer Koog und mir dort ein Haus ansehen. Direkt am Deich. Kann ich dahin einfach auf dieser Straße weiterfahren?«

Der Alte lachte. »Im Prinzip ja. Aber schneller geht's über Land. Das dahinten rechts ist Kating, links Garding.« Er deutete auf die Dörfer in der Ferne. »In Garding müssen Sie links abbiegen, dann kommt Tating, und dann fahren Sie noch mal rechts ab.«

Anne bedankte sich und ging zurück zur Treppe.

»Die Deiche im Tümlauer Koog gefallen Ihnen bestimmt besser!«, rief der Alte ihr nach. Er sagte noch etwas, aber der Wind verschlang es.

An der Treppe, die hinunter zum Parkplatz führte, drehte Anne sich noch einmal um und ließ von dieser geschützteren Position aus ihren Blick über das Meer schweifen, das graubraun und träge gegen das Sperrwerk schwappte. Die Luft schmeckte würzig und salzig und strich sanft über ihre Haut, die von der winterlichen Stadtluft rau und ausgetrocknet war. Statt zivilisierter Spatzen und Amseln segelten hier Möwen und Seeschwalben gewagt durch die Lüfte und stießen spitze Schreie aus. Ob jetzt Hochwasser war? Und wie es wohl aussah, wenn das Wasser ablief und den braunen Schlick und den feinen Sand des Meeresbodens freilegte? Ob es hier auch so lehmig und matschig wurde wie im Watt vor Cuxhaven, wo sie vor ein paar Jahren mal an einer Todesfallermittlung auf der Insel Neuwerk, die ja zum Hamburger Stadtbezirk gehörte, beteiligt gewesen war? Erst weit draußen hinter den tiefen Prielen waren sie bei ihrer Geländeerkundung auf feinen Sandboden gestoßen, der unter dem eigenen Gewicht glatt und fest blieb und auf dem es sich so wunderbar leicht und weit gehen ließ. Sie würde es nur erfahren, wenn sie abwartete, bis das Wasser ablief, und sich dann in die matschige Wüstenei hinaustraute. Nicht ungefährlich, wenn man sich nicht auskannte. Vor allem musste man genau wissen, wann das Wasser kam und ging. Sie würde sich erkundigen.

Anne stieg die Treppe hinab und ging zurück zu ihrem Polo, in dem es angenehm windstill und warm war. Sie fuhr die lange, karge Strecke am Deich entlang durchs Katinger Watt, bis die Wegweiser sie über Garding und Tating in den Tümlauer Koog führten.

Sie verstand gleich, warum Britt ihr keine Hausnummer genannt hatte: Es gab hier so wenige Häuser, dass man sie nicht nummerieren musste. Das zweite Haus hinter dem Deich in der Koogstraße sei es, hatte ihre Freundin gesagt.

Da stand es auch schon: ein niedriges, weiß getünchtes Landarbeiterhaus auf einem großen, nicht eingefriedeten Wiesengrundstück. Es sah wirklich ziemlich heruntergekommen aus.

Anne blieb auf der Straße vor dem Grundstück stehen und schaltete den Motor aus. Hier würde ja doch niemand vorbeifahren. Eine Windböe riss ihr die Autotür aus der Hand. Sie stieg aus und ging ein paar Schritte auf das Grundstück zu.

Trotz allem war es ein freundliches Haus. Hätte es ein Gesicht gehabt, hätte es gelächelt. Es gab finstere Häuser, bedrohlich wirkende, düstere. Und es gab unendlich viele kalte, abweisende. Dieses hier war eindeutig ein wohlmeinendes Exemplar. Vermutlich hatte es früher einmal einen dicken Strohhut getragen, ein Reetdach, und hatte damit noch gemütlicher ausgesehen. Jetzt war der Dachstuhl mit grauen Eternitplatten gedeckt, die an der Wetterseite Moos ansetzten. Die Haustür lag zur Straße hin, eine einfache aus Holz mit einem Oberlicht. Rechts und links davon befanden sich zwei kleine, gardinenlose Fenster mit abblätternden Holzrahmen. Hinter der rechten Scheibe leuchteten ein paar bunte Plastikblumen. Auch die weiße Mauerfarbe blätterte an vielen Stellen ab und ließ die Struktur von dunklen Ziegeln zutage treten. Das Grundstück wurde zur Straße weder durch eine Hecke noch einen Gartenzaun begrenzt, die grüne, kurz geschorene Wiese reichte bis zur Fahrbahn. Das Nachbargrundstück rechts schirmte eine hohe Kirschlorbeerhecke ab.

Neugierig umrundete Anne das Haus. Es handelte sich offenbar um ein kleines Landarbeiterhaus, dessen vordere Hälfte zum Wohnen ausgebaut worden war, während die hintere als Scheune diente. Tatsächlich gab es auf der Rückseite eine Tür, die einmal Teil eines größeren Scheunentores gewesen war, das man zugemauert hatte. Links davon befanden sich wieder zwei Fenster. Das Grundstück erstreckte sich hinter dem Haus noch ungefähr zwanzig Meter bis zum Rand eines Feldes. Ein paar alte Bäume standen darauf, vielleicht Apfel- oder Kirschbäume, einer konnte auch eine Esche sein. Oder war es eine Buche? Solange die Bäume noch keine Blätter trugen, konnte Anne sie nicht voneinander unterscheiden. Mit Blättern allerdings meistens auch nicht. Gebüsch und eine Menge Dornengestrüpp wucherten an der rechten Seite, während auf der linken ein paar windschiefe, magere Tannen oder Fichten dem stetigen Seewind zu trotzen versuchten. Auch Büsche und Nadelbäume konnte Anne in ihrem kahlen Zustand nicht sicher identifizieren.

Sie drehte sich um und besah sich das Haus von hinten. Die Sonne kam heraus, schien seitlich aufs Dach und blitzte in den Fensterscheiben. Wo mochte die Küche liegen? Ob sie dort morgens hineinschien?

Auf der anderen Seite der Straße erhob sich der Deich, der ihr in der Tat sehr viel besser gefiel als die Betonwüste und die kurz geschorenen Grünflächen am Eidersperrwerk. Dieser Deich war wesentlich niedriger, seine Grasdecke nicht so glatt und gepflegt. Müsste man die Nordsee dahinter nicht hören? Würde man es nicht riechen, das salzige braune Wasser? Anne verließ das Grundstück, überquerte die Straße und sprintete den Deich hinauf. Hinter ihm lag nicht die Nordsee, nicht einmal das Wattenmeer oder eine Salzwiese. Stattdessen blickte sie nur auf weitere grüne Wiesen und Weiden, genau wie die diesseits des Deichs. Kein Wasser weit und breit. Aber etwa einen Kilometer weiter erhob sich wieder ein Deich.

Otteresing, der nächste Ort, war nur wenige Kilometer von dem alten Häuschen hinter dem Deich entfernt. Es bestand hauptsächlich aus alten Friesenhäusern, deren Haustüren sich in einem Erker unter einem extra Giebel in der Mitte der Gebäude befanden. Die Fenster rechts und links davon wurden von Rosenstöcken eingerahmt. Ihre Dächer waren mit leuchtend roten Ziegeln gedeckt oder mit Reet, mit dicken, puscheligen Polstern, die wie mollige Pelzkappen auf den Häusern saßen. Die Rasenflächen, die den größten Teil der Gärten einnahmen, wurden hier offenbar mit der Nagelschere geschnitten, so ordentlich und gepflegt sahen sie aus. An den Blumenstauden in den Rabatten zeigten sich schon dicke Knospen, Tulpen und Narzissen leuchteten in satten Farben. Der Boden sah fett und schwer aus, die Krume war von dunklem, lehmigem Braun. Niedrige Hecken aus Hainbuchen oder Liguster fassten die Grundstücke ein.

Mitten im Ort lag der unordentliche Bauernhof der Familie Petersen. Anne parkte ihren Polo in der Hofauffahrt zwischen alten Treckern und lehmverschmierten Landmaschinen in fragwürdigem technischen Zustand. Die Gebäude aus rotem Backstein waren großflächig angeordnet und gut erhalten, trotzdem machte der Hof einen verwahrlosten Eindruck.

Anne stieg aus dem Wagen und hielt die Luft an. Der Donggeruch war so beißend, als hätte sie direkt neben dem Güllewagen geparkt. Mit schnellen Schritten überquerte sie den Hofplatz, der nur teilweise gepflastert war. In dem lehmigen Boden hatten die Landmaschinen tiefe Spuren hinterlassen, die von Sonne und Wind betonhart getrocknet waren.

Nachdem Anne vergeblich nach einer Haustür gesucht hatte, klopfte sie an eine Tür mit gelben Gardinen, die vermutlich in die Küche führte.

Eine ältere Frau kam herbei und trocknete sich an ihrer Schürze die Hände ab. Sie trug ein Haarnetz, unter dem frisch ondulierte, fast weiße Dauerwellen trockneten, die auf dünne blaue Wickler gedreht waren. Stirn und Nase waren blass, aber ihre Wangen waren von einem Netz roter Äderchen durchzogen und gaben ihr ein frisches Aussehen. Ihren Händen sah man ein Leben mit schwerer Arbeit an. Sie waren noch kräftig, aber die Gelenke traten knotig unter der Haut hervor. Die Frau konnte etwa siebzig Jahre alt sein, aber ebenso gut auch fünf Jahre jünger oder älter. Ihre Waden schauten stämmig und gesund unter der Schürze hervor. Die Füße steckten in soliden und frisch geputzten schwarzen Lederschuhen, die bereits wieder dicke Lehmränder trugen.

»Ja, bitte?« Mit einem freundlichen Lächeln musterte sie ihre Besucherin von Kopf bis Fuß und blinzelte dabei gegen die Sonne.

Der Wind, der hinter dem Deich stark und allgegenwärtig war, kreiste im Hof nur als leichte Brise, wirbelte Staubwolken auf und spielte mit Annes Haaren.

Die Bäuerin schien mit ihrer Inspektion zufrieden zu sein. Sie lächelte immer noch, als sie fragte: »Sie sind die Nichte von Hilde, oder? Wollen Sie sich das Haus ansehen?«

»Nein, ich bin Anne Schumacher, eine Freundin von Britt. Also von der Nichte. Ich hätte gern den Schlüssel für das Haus.«

Schweigend drehte Frau Petersen sich um und verschwand im Dunkel der Küche. Die Tür klappte zu, wurde aber gleich wieder geöffnet. »Ich nehme an, dass das seine Richtigkeit hat«, murmelte sie, als sie Anne den Schlüssel reichte. »Mein Sohn ist gerade nicht da, sonst würde er Sie hinbringen.«

»Ich war schon beim Haus. Und es hat ganz bestimmt seine Richtigkeit. Wir können Britt auch gern anrufen.« Anne zückte ihr Handy. »Sie ist allerdings gerade auf dem Weg nach Spanien. Darum kann sie selbst auch nicht kommen.«

»Ist schon gut«, sagte Frau Petersen und lauschte einen Augenblick ins Haus. Etwas zischelte, es hörte sich an, als drohte Wasser auf dem Herd überzukochen. Vielleicht mit Kartoffeln. »Hier kommt ja nichts weg. Nach Hildes Tod haben wir noch gar nicht wieder ins Haus reingeschaut. Wir haben immer drauf aufgepasst, wenn sie mal nicht da war.« Sie machte eine Pause, als hätte sie sich gerade entschlossen, nicht zu viel zu verraten. Aber ehe Anne nachfragen konnte, fuhr sie fort: »Mein Mann ist auch so überraschend gestorben. Das Herz. Das ist jetzt elf Jahre her.«

»Das tut mir leid«, sagte Anne und ärgerte sich über die blöde Redewendung. Wie konnte ihr sein Tod leidtun, wenn sie den Mann doch gar nicht gekannt hatte? Sie ließ den Schlüssel an dem kleinen Holzkeil pendeln, der als Anhänger an einer grauen Paketschnur befestigt war.

»Folkert hat dieses Jahr schon einmal gemäht. Mit seinem neuen Aufsitzrasenmäher.« Frau Petersen zeigte mit dem Kinn auf eine Scheunentür, hinter der sich vermutlich weitere Gerätschaften befanden. »Wenn er noch einmal gebraucht wird, müssen Sie Bescheid sagen. Er kann jederzeit vorbeikommen.«

Anne dankte, verabschiedete sich und drehte sich um.

»Wollen Sie über Nacht bleiben?«, fragte Frau Petersen. »Den Strom haben wir nicht abgestellt, aber das Wasser müssen Sie wieder aufdrehen. Im Bad, wo auch die Wasseruhr ist. Wir wussten ja nicht, dass jemand kommt. Nachts kann es immer noch mal frieren. Geben Sie einfach Bescheid, wenn etwas nicht funktioniert. Folkert kümmert sich dann drum.«

Anne bedankte sich erneut und ging zu ihrem Auto.

Als sie eingestiegen war, stand Frau Petersen immer noch in der Tür und sah ihr nach, bis der alte Polo vom Hof gerollt war.

Ihr war ein bisschen feierlich zumute, als sie den Schlüssel ins Schloss der Haustür steckte und umdrehte. Es war ein modernes Sicherheitsschloss, das sich ganz leicht schließen ließ, so als wäre es ständig in Betrieb. Der Tür merkte man allerdings an, dass sie ein Weilchen nicht bewegt worden war. Sie klemmte fest im Rahmen, sodass Anne sich mit der Schulter dagegenlehnen musste, um sie aufzudrücken. Mit einem schabenden Geräusch schrammte sie über den Fußboden.

Hinter der Tür war es dämmrig. Obwohl das Fenster nicht verhängt war, fiel nur wenig Tageslicht ins Haus. Nachdem Anne den Lichtschalter neben der Tür entdeckt hatte, entpuppte sich der Raum als Wohnküche. Sie war moderner gestaltet als gedacht. Links befand sich die Küchenzeile aus unauffälligem Holzimitat mit Spüle, Herd und diversen Unterschränken. Auch ein Kühlschrank war vorhanden. Etwa in der Mitte des Raumes, gleich neben der Tür, stand ein wunderschönes altes Küchensofa, das mit rotem Plüsch bezogen war, und davor ein massiver Küchentisch, groß genug, um bequem zu sechst an ihm zu sitzen, mit ein paar Stühlen. Die Wand der Sitzecke gegenüber war mit Bücherregalen zugestellt. Viele Fächer waren leer, nur in einigen lagen Papierstapel und Bücher.

Anne ging auf ein Regal zu und überflog rasch ein paar Buchtitel: »Was blüht denn da?«, »Gartenhandbuch«, »Was fliegt denn da?«. In dem Fach darunter standen einige Romane von Raymond Chandler, darunter »Der lange Abschied« und eine Biografie über ihn. Daneben stieß sie auf »Der Schimmelreiter« von Theodor Storm, eine Storm-Biografie und Biografien von Frauen, Schriftstellerinnen, Politikerinnen, Wissenschaftlerinnen – eine bunte Mischung.

»Biografien und Krimis, soso«, murmelte Anne und verspürte eine leichte Sympathie für die Verstorbene. Auch sie selbst las gern Biografien. Krimis nicht, schon lange nicht mehr.

In den unteren Fächern lagen Stapel von Papieren, alten Broschüren und Zeitschriften, unter anderem mehrere Ausgaben eines gewissen »Mittelplate«-Newsletters, was auch immer das sein mochte. Das gelbe Telefonbuch für die Region St. Peter-Ording war nicht dicker als ein zusammengefaltetes Küchenhandtuch. Ein paar Landkarten und eine zerfledderte Seekarte lagen unter der »Kleinen Geschichte Eiderstedts«, die im Unterschied zu den anderen Büchern noch ungelesen aussah. Obenauf thronte ein schmales weißes Taschenbuch: »Zen für jeden Tag – Eine kleine Schule der Achtsamkeit«. Der Titel erinnerte Anne an den Hirnforscher, den sie vor Kurzem unter der Dusche stehend im Radio gehört hatte.

Sie holte ihre Wasserflasche und die Kekspackung, die sie an einer Autobahnraststätte gekauft hatte, aus dem Auto, ließ sich auf dem roten Plüschsofa nieder und fing an zu lesen.

Das erste Kapitel war nicht lang, aber in seiner Kürze überzeugend. Nachdem Anne es gelesen hatte, saß sie einige Minuten ruhig da und versuchte, die erste Übung zu machen, die man laut Ratgeber ungefähr ein Jahr lang regelmäßig praktizieren musste, um einigermaßen achtsam zu werden. Sie bestand darin, dem eigenen Atem zu lauschen, ihn aufmerksam zu beobachten und wahrzunehmen. Weiter nichts. Dabei sollte man an nichts denken, nur atmen. Das hörte sich leicht an, war aber nicht so einfach. Nicht einen einzigen Atemzug lang gelang es Anne, an nichts zu denken. In ihrem Kopf sah es aus wie bei Petersens auf dem Hof: alles vollgestellt, allerdings mit Gedanken. Sosehr sie sich auch konzentrierte, immer wieder verlor sie ihren Atem aus dem Fokus und verstrickte sich in die üblichen Alltagsgrübeleien.

Nach ungefähr zehn Minuten gab sie auf. Sie öffnete die Augen und bemerkte plötzlich, dass es im Haus beißend nach Mäusekot roch. Oder war es etwas anderes? Gab es hier wilde Katzen, die ihre Ausscheidungen in dem Gemäuer hinterlassen hatten? Sie stand auf, um ihren Rundgang fortzusetzen, und nahm sich vor, auf weitere Anzeichen von tierischen Mitbewohnern zu achten.

Von der Wohnküche gingen mehrere Türen ab. Eine führte in die Scheune, die bis zum Dachstuhl offen war und voller Gerümpel stand. Auf der einen Seite gab es einen Heuboden, unter dem mit Trockenbauwänden niedrige Räume abgetrennt worden waren: ein schmales Bad mit Toilette, Waschbecken und Duschkabine, das ganz vernünftig aussah und vermutlich vor noch nicht allzu langer Zeit eingebaut worden war. Auf der anderen Seite ein kleines Kämmerchen, in das man aber nur von der Wohnküche aus gelangte. Es handelte sich um das Schlafzimmer, auf einem Doppelbett lagen Decken und Kissen, wie die ehemalige Bewohnerin sie an ihrem letzten Morgen hinterlassen haben mochte. Außerdem gab es einen altmodischen Kleiderschrank und eine Kommode. Das kleine Fenster führte hinaus in den Garten und war mit einem Insektennetz verhängt.

Blieb noch ein letzter Raum, in den man ebenfalls nur von der Küche aus durch eine Tür gleich rechts neben dem Eingang gelangte. Anne drückte die Klinke hinunter – es war noch ein altes Schloss aus Eisen mit aufgesetztem Schlosskasten. Auch dieser Raum, der zur Straße hinausging, war leer. Das Licht fiel dämmrig durch das kleine Fenster, hinter dem die Plastikblumen leuchteten, die Anne von draußen gesehen hatte. Dabei waren die Scheiben von Spinnweben fast blind. Die Wände waren wie überall im Haus weiß gekalkt und kahl. Ein alter Wollteppich lag auf den Holzdielen, die abgeschliffen und gebohnert aussahen.

»Hallo, sind Sie hier? Kann ich reinkommen?«

Anne zuckte zusammen, als sie jemanden vor dem Haus rufen hörte. Sie lief zur Eingangstür, die nur angelehnt war, und öffnete sie weit. Wie schön warm es draußen war! Im Gegensatz dazu war es im Innern des Hauses kalt und klamm, und es roch modrig – ein bisschen zu modrig für ihren Geschmack. Sie trat vor die Tür in die Sonne.

Ein massiger junger Mann, sicher mehr als zehn Jahre jünger als sie – also vielleicht Mitte zwanzig –, stand neben ihrem

Auto und lächelte sie verlegen an. Sein blondes Haar lichtete sich bereits über der Stirn. Er trug ein kariertes Flanellhemd in Blautönen, das frisch gewaschen und gebügelt wirkte und perfekt zu seinen himmelblauen Augen passte. Die Jeans dagegen sahen ziemlich schmutzig aus. An den Füßen trug er schwere Arbeitsschuhe mit verstärkenden Schutzkappen an den Spitzen. In seiner Hosentasche steckte ein Zollstock und hinter dem Ohr ein kurzer, dicker Bleistift. Er reichte Anne seine große Pranke, brachte aber nur einen schlappen Händedruck zustande. »Ich bin Folkert. Mutter hat gesagt, ich soll mich mal bei Ihnen melden.«

»Das ist sehr nett, aber ich glaube, ich komme ganz gut allein klar. Vielen Dank, Folkert.«

»Sie sind aus Hamburg, was?«

»Wie kommen Sie darauf?«

»Autokennzeichen«, sagte er, lächelte verschmitzt und zeigte dabei vier sehr kleine weiße Schneidezähne. Er hatte sich einen kurzen Schnurrbart stehen lassen, blond wie das Kopfhaar, und trotzdem wirkte sein Gesicht irgendwie mädchenhaft. Vielleicht wegen seiner sehr roten Lippen. Anne dachte bei seinem Anblick an einen Wikinger, wobei sie freilich nie einen gesehen hatte, nicht einmal als Nachbildung im Museum, falls es so etwas überhaupt gab.

»Ich stelle für Sie das Wasser an«, fuhr Folkert fort, als hätte Anne ihm nicht gerade zu verstehen gegeben, dass sie keine Hilfe benötigte. »Und dann hat Mutti mir das hier für Sie mitgegeben, zum Einstand.« Er drückte ihr einen geflochtenen Korb in die Hand, in dem ein in Alufolie eingewickeltes Päckchen lag, das verräterisch nach einem großen Stück Topfkuchen aussah. Außerdem befanden sich eine Flasche Sekt und ein paar sehr rotbackige Äpfel sowie ein Glas selbst gemachte Marmelade darin.

Wie nett. Gegen so eine Geste konnte man nun wirklich nichts sagen. Anne bedankte sich, ließ Folkert ins Haus eintreten und folgte ihm. Den Korb stellte sie auf den Küchentisch. Als ihr Blick auf das Sofa fiel, sah sie mit Schrecken, dass sie mitten in einem Haufen Mäuseköttel gesessen hatte. Bei genauerer Betrachtung zeigte das Sofa auch reichlich Fraßstellen der kleinen Nager. Argwöhnisch inspizierte sie sämtliche Möbel, während Folkert im Bad verschwand und von dort aus weiter mit ihr sprach.

»Wir haben hier alles zugemacht, als Hilde … na, als sie nicht mehr da war.« Sein Gesicht erschien in der Küchentür. »Sie wissen doch, was mit ihr passiert ist?«

»Ja«, sagte Anne schnell. »Ich weiß Bescheid.«

Ein paar zischende und gurgelnde Geräusche ertönten, als das Wasser wieder durch die Leitungen floss.

Folkert rieb sich die Hände. »Alles wieder in Ordnung.«

»Haben Sie sie gut gekannt, die Hilde?«

Folkert sah zu Boden und zuckte die Achseln. »Normal.«

»Traurig, wie sie gestorben ist, nicht wahr?«

Er nickte. »Das war schlimm. Ich habe sie gefunden. Draußen im Hafenbecken.«

»Sie? Das tut mir leid.«

Folkert schwieg. Er sah sich um, als suchte er einen neuen Gesprächsgegenstand, und wippte dabei mit dem Kopf wie zu einer Musik, die nur er wahrnahm. »Wollen Sie hier Ferien machen?«, fragte er schließlich.

»Ja. Vielleicht.«

Er lachte mit offenem Mund. »Habe ich mir gleich gedacht«, meinte er zufrieden. »Gibt jetzt viele Touristen hier. Und es werden immer mehr. Im Sommer sind alle Ferienwohnungen ausgebucht.« Er machte ein paar Schritte und blieb mitten in der Küche stehen, ungefähr einen Meter von Anne entfernt. »Sie sehen aber gar nicht aus wie eine Touristin.«

»Und warum nicht?«, fragte Anne überrascht.

»Weiß nicht«, sagte Folkert und blickte sich wieder im Raum um. »Vielleicht bleiben Sie ja auch für immer hier?«

»Das glaube ich nicht«, lachte jetzt Anne. »Ich habe ja immerhin noch eine Wohnung in Hamburg.«

Folkert schwieg wieder, und einen Augenblick lang schien alles möglich.

Anne musste an diese Fernsehsendung denken, bei der sie beim Zappen spätabends mal hängen geblieben war. »Bauer sucht Frau«. Ob Folkert auch eine Frau suchte? Ein bisschen wirkte er so. Er hatte es vermutlich nicht einfach beim weiblichen Geschlecht. Er sah genauso aus wie die Bauern im Fernsehen. Irgendwie unsicher und dabei doch fest verankert auf seiner Scholle – auf seinem Hof würde er immer allein den Ton angeben. Sie konnte sich ein Grinsen nicht verkneifen. Damit er nicht auf den Gedanken kam, dass sie über ihn lachte, sagte sie schnell irgendeinen Unsinn über die gute Luft und das schöne Wetter und dass sie sich nun mal an die Arbeit machen und das Haus putzen wolle.

Folkert tippte sich an eine imaginäre Mütze und verabschiedete sich gut gelaunt mit seiner singenden, etwas zu hohen Stimme.

3

Statt mit seinen vollen Einkaufstaschen bis zur U-Bahn-Station »Sternschanze« zu laufen, die am Ende des S-Bahnsteigs mitten im freakig-alternativen Schanzenpark lag, und dann bis zur Haltestelle »Christuskirche« zu fahren, ging Thomas die Weidenallee hinunter. Die Tüten waren schwer, aber er spürte ihr Gewicht kaum, so sehr war er in Gedanken. Besonders gut kannte er sich in der Gegend nicht aus. Er war ja immer nur zu Besuch in Hamburg, hatte nie in der Stadt gewohnt.

Auch jetzt traf er sich hier nur selten mit Renate. Morgen Abend waren sie zu einer Geburtstagsfeier in Altona eingeladen, sonst verbrachten sie ihre gemeinsamen Wochenenden lieber in Renates Wochenendhaus in Kating oder bei ihm, in seinem außergewöhnlich städtisch anmutenden Apartment in einem Hochhaus in St. Peter-Ording. Renate hatte sich anfangs gewundert, dass er in so einem modernen Turm wohnte, in den sich sonst nur Feriengäste einquartierten, die es nicht weit zum Strand haben wollten. Eiderstedt, da dachte man doch eher an reetgedeckte Bauernhäuser mit großem Garten direkt am Deich. Oder zumindest an eins der hübschen Landarbeiterhäuser, die man noch vor einigen Jahren für wenig Geld hatte kaufen können. Und dann jahrelang modernisieren und renovieren musste – nein danke, dazu hatte er keine Lust. Und keine Zeit. Sein Job ging vor. Er war kein Heimwerker.

Renates Katinger Bleibe war ja auch nicht gerade typisch eiderstädtisch. Sie war nicht im Mindesten romantisch, sondern ein Ferienhaus von der Stange, das genauso in der Lüneburger Heide oder in Dänemark hätte stehen können. Ein spitzes, mit dunklen Ziegeln gedecktes Dach, große, nach Süden gerichtete Fensterfronten im Erdgeschoss und im ersten Stock und Sanitärräume nach Norden. Wohnküche, drei Schlafzimmer, Bad und separate Gästetoilette, kein Keller, kein Dachboden – ein Ferienhaus für eine Durchschnittsfamilie auf der grünen

Wiese. Dabei waren Renates Kinder längst erwachsen und hatten teilweise schon selbst Nachwuchs. Meistens kam Renate allein nach Kating.

»Aber wenn die Kinder mich mal besuchen wollen …« Sie sagte das immer mit der Koketterie eines kleinen Mädchens, das seinen Vater um Erlaubnis bittet. Solche Muster waren offenbar nicht abzulegen, sondern blieben ein Leben lang bestehen. Auch wenn die Verhältnisse bei ihnen eigentlich umgekehrt waren, denn Renate war viele Jahre älter als Thomas, über zwanzig. Doch auch das hielt sie nicht davon ab, hin und wieder das kleine Mädchen zu spielen.

Hobbypsychologen sprechen gern von einer Mutter-Sohn-Beziehung, wenn von einer Beziehung mit einem großen Altersunterschied die Rede ist. Aber Renate war keine Hobbypsychologin, sondern Psychoanalytikerin. Sie war Fachärztin für Psychiatrie und Psychotherapie, außerdem forensische Gutachterin, also wirklich vom Fach. Als einer von Thomas' Bekannten zum ersten Mal mit leichter Häme lächelnd den Spruch von der Mutter-Sohn-Beziehung fallen gelassen hatte, hatte Renate ganz ruhig geantwortet: »Zu einer Mutter-Sohn-Beziehung gehört wesentlich mehr als die Tatsache, dass eine Frau sehr viel älter ist als ihr Partner.« Und dann hatte sie ihm einen kurzen Fachvortrag zum Thema Beziehungen gehalten, woraufhin es in Thomas' Freundeskreis nie wieder jemand gewagt hatte, einen von ihnen auf ihren Altersunterschied anzusprechen.

Thomas bewunderte Renate für die Sicherheit, mit der sie auf unpassende Bemerkungen, verletzende Spitzen oder dumme Sprüche anderer reagierte. Zumal sie dabei immer gelassen und freundlich blieb. Erst als er sie länger kannte, bemerkte er in diesen Situationen die leichte Veränderung der Gefühlstemperatur in ihrer Stimme. Sie sank von herzlich-warm auf neutral-freundlich. Ein Fremder nahm dies kaum wahr. Renate vermochte im Bruchteil einer Sekunde von entspannter Nähe und Offenheit auf professionelle Distanz umzuschalten. Ihr Lächeln war dann nicht mehr ganz so strahlend, nicht mehr ihren echten Gefühlen und Gedanken, sondern einer Haltung geschuldet, hinter der verschanzt eine Fachfrau die Psychostruktur und -dynamiken ihres Gegenübers sezierte. Von diesem Augenblick an war Renate persönlich nicht mehr zu treffen. Sie war unverwundbar, als Mensch nicht mehr erreichbar, denn sie hatte ihre Rüstung angelegt und das Visier ihres Helms runtergeklappt. Sie ließ sich auf jedes Gefecht ein, war aber stets diejenige, die den anderen dirigierte und nicht selbst auf ihn reagierte. Sie war immer die Regisseurin, nie ausführendes Organ. Wenn sie professionell war, war sie keine Gesprächspartnerin auf Augenhöhe mehr, selbst wenn ihr Gegenüber dies noch glaubte.

Auch Thomas hatte lange gedacht, mit Renate persönlich zu kämpfen. Das gesamte erste Jahr seiner Therapie hatte er als Schlacht erlebt. Eine wohltuende, belebende Schlacht, seine Befreiung. Endlich hörte ihm jemand zu, nahm ihn ernst, stellte sich ihm entgegen. Und war seiner Wut und Verzweiflung gewachsen! Seine berechtigten Vorwürfe, seine bitteren Anklagen wurden nach Jahren, in denen sie im Nichts verhallt waren, ernst genommen und knallhart pariert.

Renate hatte ihm Wehleidigkeit und Selbstmitleid vorgeworfen. Sie hatte ihn einen »Weichkeks« und »unerwachsenen Phantasten« genannt, der sich in einer Illusion von heiler Familienwelt verfangen hatte, die ihm nun die Kehle zuzuschnüren drohte. Wie überwältigend war es gewesen, die als äußere Bedrohung empfundenen Maßstäbe als seine eigenen Vorstellungen zu durchschauen, was für ein Schritt, sich endlich von ihnen zu lösen, ihnen zu entkommen. In dieser Zeit hatte er häufig geweint. Vor Freude, vor Erschütterung und auch vor Glück.

Thomas war in einer sogenannten Patchworkfamilie groß geworden, auch wenn es in den späten siebziger Jahren diesen Begriff noch nicht gegeben hatte. Seine Mutter war früh gestorben, er war noch keine zehn Jahre alt gewesen. Sein Vater hatte bald wieder geheiratet und mit seiner zweiten Frau drei weitere Kinder bekommen. Thomas war für seine

Halbgeschwister schon aufgrund des Altersunterschieds eher so etwas wie ein Onkel als ein gleichberechtigter Bruder gewesen. Er hatte sich zwischen ihnen immer fremd gefühlt. Ein Überbleibsel aus dem ersten Leben seines Vaters, das dieser am liebsten vergessen hätte. Dachte Thomas zumindest. Ob sein Vater wirklich so empfunden hatte, wusste er bis heute nicht. Fragen konnte er ihn nicht mehr, denn er war ebenfalls recht jung an Lungenkrebs gestorben.

So hatte sich Thomas lange an seine Illusionen geklammert. In einer richtigen, heilen Familie, so glaubte er, wäre es ihm besser ergangen. Nun musste er sein Kreuz eben tragen – die Einsamkeit, das Gefühl, ungeliebt, ungewollt zu sein, war ihm so vertraut. Erst als er Hilde kennengelernt hatte, hatte er den Rausch der positiven Gefühle gespürt, der entsteht, wenn man sich von einem anderen Menschen geliebt und anerkannt fühlt. Was für ein Höhenflug! Auch wenn Hilde viel älter als er gewesen war und die Leute sie komisch angesehen, sie oft für Mutter und Sohn gehalten hatten – das war ihnen beiden so was von egal gewesen! Gemeinsam hatten sie sich über die anderen amüsiert. Eine Zeit lang waren sie sehr glücklich zusammen gewesen.

Aber dann kamen langsam Thomas' alte, negative Gefühle zurück, schlichen sich wieder in sein Leben und zerfraßen die Beziehung zu Hilde. Ja, seine Vergangenheit hatte die Beziehung zu Hilde kaputt gemacht.

Radfahrer fuhren rechts und links an ihm vorbei, als die Fußgängerampel auf Grün schaltete. Kein Mensch hielt sich hier an Verkehrsvorschriften. Unvorstellbar, wie man das jeden Tag aushalten, wie man hier leben konnte! Junge Leute, alte Menschen, Mütter mit Kinderwagen, verschleierte Frauen, dunkelhäutige Männer, bleiche Norddeutsche – ein buntes Durcheinander.

Vor dem REWE-Markt an der Ecke zur Weidenallee bettelten ein paar jugendliche Obdachlose inmitten eines Hunderudels um Geld, andere kamen mit Plastiktaschen voller Bierdosen aus dem Supermarkt, knackten erst mal die Verschlüsse und gossen sich ein Bier hinter die Binde, ehe sie mit ihrem Einkauf nach Hause schlichen. Ein ganz normaler Freitagabend im Schanzenviertel.

Thomas lief an zwei Bäckereien vorbei, in denen er gern frisches Brot oder Kuchen fürs Frühstück gekauft hätte. Aber Renate frühstückte nie. Außer am Wochenende – und dann nur im Café. Sie aß auch nichts zu Mittag, meistens. Sie achtete stets auf ihre Linie und nahm nur abends eine richtige Mahlzeit ein. Dann verdrückte sie ein riesiges Steak oder einen fetten Fisch, viel Gemüse und Obst, aber tagsüber nippte sie nur an ihrem grünen Tee, trank diverse Espressi und viel Wasser und ließ alle anderen Verlockungen links liegen – vor allem frisches Brot und Kuchen. Und für sich allein mochte Thomas auch nichts einkaufen.

Er spürte ein kleines Hüpfen im Herzen. Er freute sich immer noch, wenn sie sich nach einer Woche, die jeder an seinem Wohnort und in seinem Job verbracht hatte, wiedersahen. Wochenendbeziehungen waren doch eigentlich ideal, fand er. Schon ein paar Tage Pause führten dazu, dass man sich wieder aufeinander freute, so wie andere Paare es nur am Anfang ihrer Beziehung erlebten.

Nachdem er die nächste große Kreuzung an der Fruchtallee überquert hatte, stand er kurze Zeit später im Weidenstieg vor dem Praxisschild mit der respekteinflößenden Aufschrift: »Dr. Renate Plessner, Praxis für Psychotherapie und Psychoanalyse, Termine nach Vereinbarung«. Es war kurz vor zwanzig Uhr, der letzte Patient des Tages würde gleich herauskommen. Und dann würde er seine Renate wieder nur für sich allein haben, ein ganzes, wunderbares Wochenende lang.

4

Das Leben konnte so schön sein, dachte Anne nach dem dritten Glas Sekt und schenkte sich auf dieses beglückende Gefühl hin, das sie durchströmte, ein viertes ein. Sie lag auf einer der Matratzen des großen, altertümlichen Doppelbetts auf der Wiese hinter dem Haus und genoss die Nachmittagssonne, die schon wärmte.

Der Begriff »beredte Stille« kam ihr in den Sinn. Ob es das war, was sie hier so genoss? Im Vergleich zur Stadt, wo der Lärm ständig im Hintergrund vorhanden war, auch wenn man ihn nicht mehr wahrnahm, war es hier wirklich totenstill. Natürlich war es nicht die sterile Stille beispielsweise einer schalldichten Kammer. Man hörte den Wind in den Zweigen der noch kahlen Bäume rauschen, vereinzelte Vogelrufe und hin und wieder ein in der Ferne vorüberfahrendes Auto oder einen knatternden Trecker – eine sanfte, natürliche Geräuschkulisse, die ihr das Gefühl vermittelte, im Universum geborgen zu sein.

Es war der letzte Rest Sekt aus der Flasche, die ihr Frau Petersen zur Begrüßung hatte bringen lassen und die ihr nun diese geniale Formulierung geschenkt hatte: im Universum geborgen sein. Sie musste schon herrlich betrunken sein, wenn ihr so treffende Beschreibungen einfielen. Sie zupfte sich eine der Bettdecken von der Leine, auf die sie sie am Nachmittag zum Lüften gehängt hatte, rollte sich im Windschatten des Hauses zusammen und schlief ihren Rausch aus.

Als sie erwachte, hatte das Universum sich komplett verändert. Ein zauberhaftes rosafarbenes Abendlicht ließ alle Farben aufleuchten, und die Luft war so würzig, dass man glaubte, sie auf der Zunge schmecken zu können. Anne wickelte sich aus der Decke und erhob sich taumelnd. Der Sekt war nicht der allerbeste gewesen. Ihr Kopf dröhnte, und sie musste dringend aufs Klo.

Eigentlich hatte sie gegen Mittag, nachdem sie sich das Haus angesehen hatte, wieder nach Hause fahren wollen. Aber dann, als der junge Bauer wieder gegangen war, hatte sie in der Diele Kehrblech und Schaufel entdeckt. Sie entfernte die Mäuseköttel von den Möbeln und die Haufen vom Boden, brachte dann Bettzeug, Decken und Kissen aus dem Schlafzimmer in den Garten, fand in der Scheune eine alte Wäscheleine, die sie zwischen die beiden krummen Obstbäume hinter dem Haus spannte, und hängte alles in die Sonne. Die Leine sah zwar schon fadenscheinig aus, erwies sich aber noch als robust. Die muffigen Kopfkissen breitete Anne auf der Wiese aus und hoffte auf die desinfizierende Kraft der Sonne.

Anschließend fegte sie das Schlafzimmer aus, beseitigte unzählige Spinnengewebe und sah sich die Bettkonstruktion an. Ein monströses, solides altes Doppelbett aus Kaiser Wilhelms Zeiten. Was sollte sie damit? Ein einzelnes Bett würde ihr genügen. Sie beabsichtigte keinesfalls, sich hier zu verdoppeln. Dieser Sommer gehörte ihr allein, keinen Affären, auch keinen kleinen mit einsamen jungen Bauernsöhnen.

Nachdem sie das Doppelbett auseinandergebaut und die überflüssige Hälfte in der Diele verstaut hatte, alle Böden gefegt und die Matratzen so lange draußen mit einem Ausklopfer malträtiert hatte, bis kein einziger Mäuseköttel mehr herausfiel, hatte sie sich darauf niedergelassen und zur Feier des Tages die Flasche Sekt geköpft. Keine besonders gute Idee. Zum Autofahren war sie vorerst nicht zu gebrauchen.

Gierig trank sie aus dem Hahn in der Küche, aus dem das Wasser eiskalt und frisch herausschoss. Dann entdeckte sie den sorgfältig in Aluminiumfolie eingewickelten Topfkuchen von Frau Petersen und verspeiste ihn samt dem letzten Krümel. Danach ging es ihr etwas besser.

Anne räumte alles, was sie im Laufe des Tages im Garten ausgebreitet hatte, wieder ins Haus und richtete das Schlafzimmer ein, bis es ganz manierlich aussah. Als sie einen Blick in den massiven Kleiderschrank, ebenfalls aus Kaiser Wilhelms Zeiten, warf, entdeckte sie Berge von unversehrter Bett- und

Tischwäsche, einstmals nicht nur frisch gewaschen, sondern auch gestärkt und gemangelt. Sie bezog das Bett und fand das Ergebnis einladend. Warum heimfahren, wo niemand sie erwartete? Sicher war die Autobahn jetzt voll von Ausflüglern, die noch rechtzeitig vor der »Tagesschau« zu Hause sein wollten. Spätestens in Pinneberg würde sie im Stau stehen, und ein Abend mit der untergehenden Sonne hier war viel verlockender. Ehe es dunkel wurde, konnte sie schnell noch einen kurzen Spaziergang machen und sich die Umgebung anschauen. Und wenn sie unbedingt wollte, auch später noch nach Hamburg fahren. Nachdem sie die Lampen in der Küche und im Schlafzimmer überprüft hatte – sie funktionierten tadellos –, machte sie sich auf den Weg über die Deiche.

Während sie den niedrigen Wall vor ihrem Haus und ein paar Wiesen und Weiden überquerte, überlegte sie, was sie zu Hause einpacken sollte, um für den kommenden Sommer ausgerüstet zu sein. Mit ihrem kleinen Polo würde sie mindestens dreimal fahren müssen, um alles zu transportieren: jede Menge Bücher, die Kaffeemaschine, ihre beiden Lieblingsbecher, vernünftige Kleider, vielleicht den gesunden Schreibtischstuhl mit verstellbarer Rückenlehne? Natürlich ihren Laptop, damit sie hier ein bisschen arbeiten konnte – aber was sollte sie schon arbeiten? Es gab ja gar nichts zu tun für sie. Sie könnte vielleicht ein bisschen schreiben, ein Tagebuch oder so etwas. Bei der Arbeit hatte sie immer sehr gern Berichte geschrieben, es hatte ihr Spaß gemacht. Wie machte man das bloß, sich dauernd auszuruhen und zu entspannen? Früher hatte sie gern Sport getrieben, schon in der Schule und natürlich später in der Ausbildung. Sie hatte Federball gespielt, Badminton – aber das war bei dem Wind hier bestimmt keine gute Wahl. Außerdem hatte sie keinen Spielpartner. Sie würde ihre Joggingschuhe mitnehmen und laufen gehen, ja, das war eine gute Idee. Außerdem ihren Fotoapparat. Mit irgendetwas musste sie sich ja beschäftigen. Von Zeit zu Zeit würde sie wohl auch zurück nach Hamburg fahren. Sie musste zu ihrem Anwalt, der sie im Disziplinarverfahren vertrat, und vielleicht auch hin und wieder mal in die Dienststelle. Zudem hatte sie Arzttermine und sollte sich eigentlich einen Therapeuten suchen. Aber darauf verspürte sie nicht die geringste Lust.

Wie schnell und wann ließe sich der Umzug erledigen? Sofort? Eine leise Spannung, Aufregung, ein Gefühl wie Schmetterlinge im Bauch bei einer neuen Verliebtheit, packte sie. Am liebsten wäre sie sofort umgezogen, noch an diesem Abend, noch in dieser Nacht. Sie wollte morgen früh in dem Haus aufwachen und hierhergehören. Wie ein Sprung ins kalte Wasser, kein langwieriges Herantasten und Ausprobieren.

Als Anne den Abschlussdeich erreicht hatte, war der Blick aufs Meer endlich frei. Überwältigt ging sie in die Knie. Die Sonne sank schnell und wurde dabei immer roter und feuriger. Der goldene Schein breitete sich auf dem Wasser aus, und der Himmel färbte sich blutrot. Das Wasser war sehr weit zurückgewichen und hatte eine endlos weite, ebene Wattfläche freigelegt, die von glitzernden Prielen durchzogen wurde.

Hinaus ins Watt wagte sie sich nicht, weil sie nicht sicher wusste, ob das Wasser noch ablief oder schon wieder zurückkam. Zu sehr hatte man ihr eingeschärft, das auflaufende Wasser zu fürchten. Beim Baden dagegen war das ablaufende gefährlicher, zumindest wenn man sich an den Stränden auf den Nordseeinseln befand, wo es meerseitig schnell sehr in die Tiefe ging und die Ebbe mit ihrem Sog auch den besten Schwimmer mit sich hinaus ins Meer ziehen konnte. Jedem Kind brachte man dort bei, niemals nach Hochflut ins Wasser zu gehen. Auch wenn die Wellen noch so verlockend an den Strand donnerten.

Richtung Süden zog der Deich sich schnurgerade dahin, ohne dass Anne die Häuser von St. Peter-Ording erblicken konnte. Landeinwärts fiel seine Böschung steil ab, zur Seeseite hin aber war ihr Winkel sehr flach, damit die Flut sich an der langen Deichschulter auslaufen konnte. Nach Norden hin führte der Außendeich am Leuchtturm Westerhever vorbei, der markant weiß-rot gestreift als einzige Erhebung im ebenen

Watt aufragte. Mit den beiden spitzgiebeligen rot gedeckten Häusern zu seinen Füßen bildete er ein auffälliges Ensemble auf seiner einsamen Warft in den Salzwiesen.

Kilometerweit weideten auf dem ebenmäßig grünen Deichrücken die Schafherden. Sie trampelten den Boden fest und hielten das Gras kurz. Ein paar schon recht große Lämmer tauchten mit ihren Muttertieren hinter Anne auf. Sie waren scheu, ließen niemanden nahe an sich herankommen, liefen aber auch nicht fort, solange man Abstand zu ihnen wahrte.

Und dann waren da noch die Vögel. Auch sie ließen sich von der stillen Spaziergängerin nicht vertreiben. Im Gegenteil: Ein aufgeregtes, schwarz gefiedertes Vogelpaar mit knallroten Schnäbeln machte einen Heidenlärm und folgte Anne auf Schritt und Tritt. Vielleicht brüteten sie in der Nähe und hatten Angst um ihr Nest? Dann zog ein riesiger Schwarm Gänse über sie hinweg, drehte ein paar elegante Volten in der Luft und landete auf den Salzwiesen vor dem Watt. Was für ein Geschnatter und Geschrei! Bestimmt waren die Gänse auf der Durchreise in kältere Gefilde und wollten am gedeckten Tisch des Wattenmeers die Nacht verbringen. Der Lärm, den sie veranstalteten, wurde nur noch vom durchdringenden Gekreisch der Möwen übertönt, die wie die Wachleute einer Sicherheitsfirma warnend die Gänseschar umkreisten.

Als die Sonne nur noch eine Handbreit über der Wasseroberfläche schwebte und Anne voller Spannung darauf wartete, dass die rot glühende Kugel jeden Augenblick ins Wasser tauchen und ihre Strahlen sich auf dessen Oberfläche vervielfachen würden, schob sich ein feiner Dunststreifen zwischen Wasser und Feuerball und verschluckte dessen unteren Rand. Im Nullkommanichts war der schöne Schein verschwunden, und die Sonne sank glanzlos hinter den Schleier. Plötzlich lag die Wattlandschaft grau und trostlos im Dämmerlicht. Schon kroch eine feuchte Kälte Anne in die Glieder. Rasch machte sie sich auf den Heimweg.

5

Am nächsten Morgen erwachte sie vom Gezeter einer Lachmöwe. Noch ehe Anne die Augen öffnete, fiel ihr ein, dass sie nicht daheim in Hamburg war. Auch wenn ihr nicht gleich klar war, wo sie sich stattdessen befand, bereitete dieser Gedanke sie doch auf die fremde Umgebung vor, die sich vor ihren Augen auftun würde, wenn sie sie öffnete.

Sie atmete den leicht muffigen Wäschegeruch ein, der vom Bettzeug ausging. Spürte die klamme Wärme, die sich unter der Bettdecke über Nacht entwickelt hatte. Doch über allem lag der reine, würzige Duft der Nordseeluft. Sie schlug die Augen auf.

Die Sonne schickte einen hellen Strahl in das Schlafzimmer, der die Schatten eines noch kahlen Strauches auf der Wand tanzen ließ. Gebannt verfolgte Anne dessen Bewegungen und überlegte, wie der Schatten des Strauches wohl aussehen würde, wenn seine Blätter sich entfalteten.

Sie schloss die Augen noch einmal und erinnerte sich an den glühenden Abendhimmel. Auch gestern hatte die Sonne ein Kunstwerk gezaubert, wie man es sich prächtiger nicht vorstellen konnte. Trotzdem tat es ihr nicht leid, dass sie ihre Kamera nicht dabeigehabt hatte. Solche Momente waren so wenig zu fotografieren wie ein guter Gedanke. Das Zauberwerk entstand im Kopf des Betrachters, zu ihm gehörten auch der Duft, den die salzigen Wiesen verströmten, die Schreie der Vögel und das Geräusch des Windes, wenn er über den Deich strich. Erst das Zusammenspiel all dieser Elemente weckte die erhebenden Gefühle, die Anne bei der Erinnerung an den Sonnenuntergang überkamen. Ein großartiges, multimediales Ereignis. Vielleicht könnte man es in einem Film einfangen. Oder in einem Geruchskino. Aber wozu sollte man etwas aufbewahren, wenn die Natur es doch immer wieder aufs Neue kostenlos produzierte? Und doch spürte Anne den starken Impuls, das Erlebte abzubilden, zu wiederholen, festzuhalten.

Sie warf die Bettdecke zur Seite. Im Haus war es weniger kalt als erwartet. Sie tappte in die Küche. Auch hierher, auf die Nordseite, verirrten sich ein paar Sonnenstrahlen. Sie wurden durch die Glasscheiben ihres Autos, das in der Einfahrt stand, reflektiert und ließen jede Menge Staubpartikel in der Luft tanzen, die Anne daran erinnerten, was alles in diesem Haus noch eine intensive Reinigung benötigte.

Schade, dass sie sich keinen Milchkaffee machen konnte. Der wäre jetzt das Richtige. Aber selbst, wenn sie irgendwelche Überreste von Kaffee oder haltbarer Milch in den Küchenschränken finden würde, wären die vermutlich nicht mehr genießbar. Anne schnappte sich zwei Äpfel aus dem Korb von Frau Petersen und Hildes Zen-Buch, das noch immer aufgeschlagen mit dem Rücken nach oben auf dem Küchentisch lag, und begab sich wieder ins Schlafzimmer, das die Morgensonne immer stärker erwärmte.

Sie las, bis die Sonne hoch über das Dach gestiegen war, und hatte Lust, sämtliche in dem Buch beschriebenen Übungen selbst auszuprobieren. Nach einer Katzenwäsche mit eiskaltem Wasser zog sie rasch alles an, was sie finden konnte – unter anderem einen hässlich gelben, aber warmen Wollpullover, der sich mit ein paar anderen Anziehsachen im Kleiderschrank befunden hatte und weder von Motten noch von Mäusezähnen angenagt war. Dann setzte sie sich im Schneidersitz auf das Bett, starrte auf die Kommode an der Wand und versuchte, auf dem weichen Untergrund das Gleichgewicht zu halten. Nach ein paar Minuten gab sie es auf und wechselte in den kleinen leeren Raum neben der Küche. Auf dem Wollteppich ließ es sich viel besser mit geradem Rücken und gekreuzten Beinen sitzen. Anne sah erst zum Fenster, merkte dann jedoch, dass sie die Aussicht auf Spinnweben und Plastikblumen ablenkte. Sie drehte sich zur Wand und versuchte, sich auf ihre Atmung zu konzentrieren.

Nach ungefähr zehn Minuten waren ihre Füße eingeschlafen, und ihre Beine und Knie taten höllisch weh. Wieder war es ihr nur in kurzen Phasen möglich, das Gedankenkarussell zu stoppen und sich zu konzentrieren. Sie bemerkte, dass sie beim Einatmen die Luft kurz hinter dem Brustbein anhielt und dann rasch wieder ausstieß, ehe sie Gelegenheit erhalten hatte, bis in die Tiefe der Lunge vorzudringen. Was für eine Verschwendung. Aber sosehr Anne sich auch bemühte, sie brachte es einfach nicht fertig, die Luft tiefer einströmen zu lassen, ein und aus, freiwillig und widerstandslos. Immer wurde der Luftstrom, der kostbare Atem, irgendwo gestoppt. Dabei zog sie die Schultern hoch und spannte den Bauch vor Anstrengung fest an. Die reinste Gewaltaktion. Wenn man so mit seinem Atem umging, wie behandelte man dann den Rest von sich?

Die sie selbst scheltenden Gedanken wurden laut von einer Glocke unterbrochen, die sich anhörte wie die gusseisernen Bimmeln, die man früher bei einem Losgewinn auf den Jahrmärkten geschlagen hatte.

Anne entknotete ihre Beine und trat ans Fenster. Vor dem Nachbarhaus stand ein kleiner Transporter, an dessen Längsseite ein Fensterflügel zu einem Dach hoch- und ein zweiter nach unten für einen Tresen geklappt wurde. Vom Wagen aus wurden Waren verkauft, Anne konnte Brot erkennen, auch Kuchen. Schon kamen ein paar Frauen angelaufen oder fuhren mit dem Rad herbei. Auch Kinder tauchten auf. Sie trugen schon kurze Hosen. Ein kleiner Junge rannte aus dem Nachbarhaus.

Anne suchte nach ihrem Portemonnaie und lief über ihr Grundstück zu dem Transporter. Man grüßte sich freundlich mit »Moin moin«, es wurden Hände geschüttelt. Der Verkäufer sah aus wie der Bäcker selbst, trug Schürze und eine Backmütze mit angetrockneten Spuren von Teig und Küchenarbeit. Er hatte ein gutmütiges rotes Gesicht und einen gedrungenen, prallen Körper, mit dem er sich überraschend geschickt in dem engen Raum bewegte. Unter seiner Mütze lugte kaum ein Haar hervor.

Worüber er sich mit den Kundinnen austauschte, konnte Anne nicht verstehen. Nicht ein einziges Wort kam ihr bekannt vor. Die nordfriesische Sprache hatte keinerlei Ähnlichkeit mit dem ostfriesischen Platt, das sie aus ihrer Kindheit kannte. Die Worte eierten herum und glitschten davon, ehe sich ihr die Bedeutung erschlossen hatte. Die anderen Kundinnen lächelten Anne trotzdem freundlich an und nickten ihr mit verhaltener Neugierde zu.

»Wohnen Sie hier jetzt?«, fragte schließlich eine junge Frau, die zehn Brötchen, ein Graubrot und fünf Rosinenschnecken in ihren Korb lud. »Das ist ja mutig, in dem Haus.« Sie sprach Hochdeutsch mit einem kaum hörbaren Akzent.

»Warum?«, fragte Anne und sah die Frau neugierig an. Sie hatte gelockte dunkle Haare, trug ein Sweatshirt mit dem Aufdruck: »Let's save the earth«, abgeschnittene Jeans und uralte dreckige Sneakers. Bestimmt war sie auch nicht von hier, fuhr es Anne durch den Kopf. Aber ehe sie weiter mit ihr sprechen konnte, hatte die junge Frau ihre Einkäufe schon in ihrem Fahrradkorb verstaut und radelte davon. Dann war Anne an der Reihe. Sie ließ sich fünf Brötchen einpacken und erkundigte sich, ob der Bäcker Butter habe.

Ein Griff unter den Tresen förderte das Gewünschte zutage. »Brauchen Sie vielleicht Kaffee?« Der Bäcker hielt ein Päckchen Röstkaffee in der Hand.

»Ja, gerne«, sagte Anne. »Haben Sie auch Milch?«

»Na klar, er verkauft ja auch an die Camper«, sagte die Frau, die hinter Anne ihren Einkaufsbeutel schlenkerte. »Die haben auch immer das Wichtigste nicht dabei. Ist aber alles immer einen Tick teurer hier am Wagen als im Supermarkt.«

Anne nickte und bezahlte. Sie hätte gern noch etwas mehr über »ihr« Haus erfahren, aber die Frau hinter ihr war schon mit ihrem Einkauf befasst, und so verabschiedete Anne sich rasch und trug ihre Schätze heim. Auf jeden Fall wusste nun jeder im Koog, dass in Hildes Haus wieder jemand wohnte.

Nachdem sie heißhungrig drei Brötchen mit Butter und Frau Petersens guter Marmelade gefrühstückt und eine ganze Kanne Setzkaffee mit viel Milch bis auf den Kaffeesatz geleert hatte, räumte sie Schlafzimmer und Küche auf, die sich schon fast wie ihr Zuhause anfühlten. Es war kurz vor zwölf Uhr, sie hatte in der Ruhe hinter dem Deich ganz schön lange rumgetrödelt. Bevor sie heimfuhr, sollte sie besser auf ihr Smartphone schauen, das sie seit gestern nicht mehr in der Hand gehabt hatte – wo war das Ding überhaupt?

Sie fand es in der Sofaritze. Als sie es einschaltete, hörte es vor lauter verpassten Anrufen und SMS nicht mehr auf zu klingeln. Anne klickte sich durch die Liste. Heute Morgen hatte sie ihren Anwalt verpasst. Er bat um Rückruf, es habe aber keine Eile. Die nächsten drei Nachrichten stammten von einer Kollegin, die wissen wollte, wie es ihr ging. Es gab eben doch einige Leute, die sie nicht im Stich ließen. Sie meinten, was ihr passiert sei, hätte ihnen genauso gut geschehen können. War es aber eben nicht, das war der Unterschied.

Auch Britt hatte ihr eine Nachricht geschickt. Ihre Freundin fragte, wie es ihr im Haus gefalle und ob sie es nicht doch kaufen wolle.

Annes Blick fiel durch das Küchenfenster auf den Deich und in den Garten, in dem die Sonne tausend Nuancen Grün hervorzauberte. Ein paar Schafe zogen mit ihren Lämmern in den Fensterausschnitt und ließen sich nieder. Gelassen schauten sie zu Anne herüber, malten mit den Kiefern und kuschelten sich für eine kleine Siesta eng aneinander.

Anne betrachtete wieder das Display und tippte dann eine Antwort: »Liebe Britt, das Haus ist prima, und ich fühle mich sehr wohl. Euch einen guten Aufenthalt in Spanien – ich glaube, ich bleibe eine Weile hier. Gruß Anne.«

Dann schaltete sie das Handy wieder aus. Irgendwo in der Diele hatte sie doch einen Spaten gesehen. Heute war kein guter Tag zum Heimfahren. Heute war vielmehr ein ausgezeichneter Tag für Gartenarbeit.

6

Renate war schon aufgestanden, als Thomas erwachte. Ein Blick auf den Wecker: Es war bereits kurz vor elf. Höchste Zeit für das rituelle Sonntagsfrühstück. Vermutlich saß Renate bereits seit Stunden mit einer Kanne grünem Tee am Schreibtisch und schrieb Gutachten. Sie würde ihn niemals wecken oder extra Lärm machen, um ihn aus dem Schlaf zu reißen. Thomas vermutete sogar, dass sie es genoss, ein Weilchen allein am Schreibtisch zu sitzen, während er noch schlief, bis sie gegen Mittag dann zusammen zum Frühstücken ins Café gingen – am liebsten ins »Meisenfrei«, das gleich um die Ecke lag. Er persönlich mochte es eher traditionell wie im »Lindner« an der Eppendorfer Landstraße, aber das dunkle Interieur, das von den altmodischen gelben Seidenlampenschirmen gedämpfte Licht, das unauffällige Gemurmel der älteren Kundschaft und der gut ausgebildeten Serviererinnen alter Schule, das leise Geklapper der Kuchengabeln und das Geraschel der Zeitungen langweilten Renate. Sie ging lieber in die Szene-Cafés, wo junge Leute laut mit ihren Kindern redeten oder telefonierten, man sich seinen Kaffee oder Tee am Tresen holen musste und das Sonntagsfrühstück aus Bio-Eiern und Körnermüsli bestand. Im »Sweet Virginia« etwa gab es jede Menge Obst und rohes Gemüse zum Frühstück, was prima aussah, Thomas aber überhaupt nicht schmeckte. Er war für die hippe Großstadt wohl doch zu ländlich gestrickt. Ihm genügten zwei Brötchen mit Marmelade, etwas Käse und Aufschnitt und dazu am liebsten ein weich gekochtes Ei.

Ehe Thomas ins Bad ging, schaute er kurz in Renates Arbeitszimmer. Ihre Wohnung bestand aus einer kleinen Küche und einem mittelgroßen Bad sowie einem großen Wohnzimmer mit stilvollen hellen Polstermöbeln und Vorhängen, Pitchpine-Dielen und einem Regal mit einigen wenigen, dafür aber hochkarätigen Hi-Fi-Geräten. Die Bibliothek war in ihrem Arbeitszimmer untergebracht, in dem neben dem ausladenden Schreibtisch – ein Erbstück ihres Vaters – auch die berühmte Couch stand. Manchmal empfing sie hier abends oder am Wochenende Patientinnen oder Patienten. Manchmal, allerdings sehr selten, hielt sich Thomas dann im Wohnzimmer auf. Es waren Notfälle, Menschen in Ausnahmesituationen, hatte Renate ihm erklärt, sonst würde sie sie nicht außerhalb ihrer Praxiszeiten zu sich bestellen – und erst recht nicht, wenn Thomas oder andere Angehörige von Renate ebenfalls anwesend waren. Es war nicht angenehm zu wissen, dass ein paar Türen weiter ein fremder Mensch auf dem Sofa lag und Renate, seiner Renate, intimste Dinge erzählte. Vielleicht dabei traurig war und weinte oder in anderen starken Gefühlen schwelgte. Auch zu seiner Zeit als Renates Patient hatte es diese Couch schon gegeben. Allerdings hatte er während der Therapie-Gespräche nie darauf gelegen.

Renate saß mit dem Rücken zur Tür an ihrem Schreibtisch und beschriftete eine Karteikarte. Sie trug Protokolle von Sitzungen nach. Also keine Gutachten.

Sie erschrak ein wenig, als Thomas ihr seine Hände auf den Nacken legte, wandte sich dann zu ihm um und lächelte. »Ausgeschlafen?«

Sie selbst wirkte nicht im Mindesten erholt. Ihre Augen waren klein und schmal und leuchteten nicht wie sonst, wenn sie ihn ansah. Sie war immer noch eine sehr hübsche Frau. Ihre Figur war mädchenhaft schlank, auch ihre Bewegungen waren noch fast die eines jungen Mädchens. Ihr lockiges, kurz geschnittenes Haar lockerten hell gefärbte Strähnen auf, sodass es je nach Lichteinfall mehr oder weniger jugendlich wirkte. Ihre eigene Haarfarbe war dunkler und von silbernen Fäden durchzogen, die blonden Strähnen standen ihr gut und passten zu ihren hellbraunen Augen und dem blassen Teint. Sie trug auch zu Hause immer Straßenkleidung, lief nie in sackigen Trainingshosen oder Leggins herum. Nicht dass Thomas das gestört hätte. Aber ihm war schnell aufgefallen, dass sie stets geschmackvoll und ordentlich gekleidet war. Heute in eine hauchdünne Bluse mit großem Blumenmuster und eng sitzenden Jeans. Unter der Bluse sah man BH-Träger und ein spitzenbesetztes Unterhemd.

»Oder hast du heute Nacht auch so schlecht geschlafen wie ich?«, fragte sie.

»Unten auf der Straße war viel Lärm«, meinte Thomas. »Hamburg wird immer lauter.«

»So ist es immer, wenn es warm wird. Gehen wir frühstücken?«

Thomas nickte und verschwand im Bad, um zu duschen. Er ließ den heißen Strahl lange über seinen Körper laufen und wechselte dann mehrmals zwischen sehr kaltem und heißem Wasser. Von dem Temperaturwechsel wurde er endlich richtig wach. Ein kleiner Sprint hätte ihm jetzt gutgetan. Zu Hause brauchte er nur aus der Tür zu fallen, um auf dem Außendeich laufen zu können. Oder er überquerte in St. Peter-Bad die Seebrücke zur Sandbank, wo er stundenlang joggen konnte, ohne eine Menschenseele zu treffen.

Da er keine Kleidung mitgenommen hatte, würde er Hemd und Hose von gestern wieder anziehen. Manchmal waren noch ein paar Sachen von seinen letzten Besuchen hier, dann legte ihm Renate am Morgen ein sauberes, gebügeltes, lange nicht mehr gesehenes Hemd hin. Tatsächlich hing auch an diesem Morgen ein frisches weißes Hemd am Schlafzimmerschrank, als er aus dem Bad kam. Aber es war kein altes, sondern ein nagelneues.

Erfreut streifte Thomas es vom Bügel. »seidensticker« stand auf dem Kragen, daneben prangte das Logo der Firma, die Rose. Erstklassige Qualität, wie alles, was Renate ihm schenkte. Er spürte die leichte, feine Baumwolle auf seiner Haut. Das Hemd von gestern Abend war bestimmt nicht mehr frisch, wie schön, dass er es nicht noch einen weiteren Tag tragen musste. Auf der Feier hatte es nur zwei Raucher gegeben, darum hatte man ihnen erlaubt, ihre Glimmstängel im Wohnzimmer zu konsumieren. Aber wie Raucher so waren – sie hatten sich eine nach der anderen angezündet, und am Ende war der große

Raum genauso verqualmt wie früher gewesen, als noch alle oder zumindest viel mehr Leute geraucht hatten. Wie gut, dass diese Zeiten vorbei waren.

Ansonsten hatten sie einen sehr netten Abend verbracht. Gastgeber war ein guter Freund von Renate gewesen, Professor an der Uni, gerade emeritiert. Er war Psychoanalytiker, aber auch Künstler, ein uriger Typ mit markanten Gesichtszügen, der ein bisschen aussah wie ein Dalí-Verschnitt. Thomas hatte sich gut mit einer Biologin unterhalten, die etwas mit der Lehrerausbildung an der Hamburger Uni zu tun hatte. Sie war früher selbst in der Stiftung Naturschutz aktiv gewesen und hatte ihn nach der Einrichtung neuer Vogelschutzgebiete in den letzten Jahren gefragt. Sie hatten gefachsimpelt, bis Renate sich zu ihnen gesellt und ihm signalisiert hatte, müde zu sein und nach Hause zu wollen. Endlich im Bett, hatten sie nicht mehr miteinander geschlafen – sie waren beide zu müde gewesen.

Thomas ging in seinem knisternden neuen Hemd durch die Wohnung, knöpfte sich die Manschetten zu und fand Renate im Bad, wo sie gerade Perlenohrringe anlegte.

»Danke, mein Schatz«, sagte Thomas und drückte ihr einen Kuss in den Nacken. »Womit habe ich das verdient?«

Renate drehte sich um und schob seinen Oberkörper an den Schultern etwas von sich weg, als wollte sie ihn mustern. »Steht dir gut, wie alles, nicht wahr? Ich möchte gleich einen Sekt mit dir trinken«, sie lachte leise, sehr nahe an seinem Ohr, »und dachte, dabei könnte ein neues Hemd nicht schaden.«

»Was gibt es denn zu feiern?«

Renate schloss die Wohnungstür hinter ihnen, und im Gleichschritt stiegen sie die Treppe hinab.

»Wer weiß? Auf jeden Fall möchte ich heute lieber ins ›Sweet Virginia‹, dort ist der Sekt besser als im ›Meisenfrei‹.«

»Ich habe noch etwas Kopfschmerzen von gestern Abend«, sagte Thomas. »Der Rosé war nicht ganz in Ordnung.«

»Und gerade deshalb solltest du jetzt ein Gläschen trinken. Entweder hilft es, oder es –«

»Oder es ist auch schon egal, was?«

Renate lachte. »So ungefähr«, sagte sie.

Sie machten einen kleinen Umweg durch die Parkanlage am Kaiser-Friedrich-Ufer. Es war noch zu früh für die zahlreichen Spaziergänger, die ab mittags hier promenieren würden, sodass ihnen nur Hundebesitzer, Jogger und ein junger Vater mit Kinderwagen begegneten. Eine Elster veranstaltete einen Heidenlärm, sonst war es ruhig, wie es sich für einen Sonntagvormittag gehörte.

Sie gingen eine Weile schweigend nebeneinanderher. Manchmal berührten sich ihre Hände zufällig, dann streckte einer von ihnen einen Finger aus, um den anderen damit einzufangen, ihre Finger verhakten sich und schaukelten wie ein Seil zwischen ihnen hin und her, bevor sie sich wieder voneinander lösten.

»Warum machst du nicht einfach mal ein halbes Jahr Pause?«, fragte Thomas und spielte damit auf ihre Unausgeschlafenheit, ihre häufige Erschöpfung und Ruhebedürftigkeit an. Sie war nicht mehr jung, und ihre Kräfte waren nicht unendlich, was sie deutlich spürte.

»Und was würden meine Patienten dazu sagen?«

»Denk doch einmal nicht an deine Patienten. Komm nach Kating, ruh dich aus, geh schwimmen, spazieren, genieß die gute Luft und die Ruhe. Wozu hast du das Haus dort? Wir könnten uns jeden Abend sehen, das wäre schön.«

»Noch schöner wäre es, ganz zusammenzuleben«, sagte Renate, blieb stehen und sah ihn an.

Thomas legte seine Hände auf ihre Hüften und zog sie sanft an sich. »Ja, das wäre es«, sagte er.

Sie küssten sich leicht, spielerisch, und natürlich tauchte genau in dem Augenblick ein Spaziergänger auf dem sonst menschenleeren Uferweg auf.

»Aber da du nicht in einem Hochhaus mit Blick über das Meer leben willst und ich nicht in einem Ferienhaus mit Blick auf das Katinger Watt, müssten wir uns dafür wohl eine neue Behausung suchen.«

»Wenn sonst nichts dagegenspricht«, sagte Renate und lachte.

»Was könnte denn dagegensprechen?«

»Vielleicht sollten wir vorher aufs Standesamt gehen.« Renates Augen blitzten. Sie sah Thomas aufmerksam an. »Was hältst du davon?«

»Das … das finde ich gut«, stammelte Thomas. Er versuchte zu lächeln. »Warum nicht? Der Vorschlag kommt allerdings … etwas überraschend, wir haben noch nie darüber gesprochen.«

»Übers Heiraten.«

»Übers Heiraten, ja. Und auch nicht übers Zusammenziehen.«

»Irgendwann ist immer das erste Mal.«

»Stimmt.«

»Und wie findest du die Idee?«

»Dass wir darüber sprechen, das finde ich gut.«

»Und das Heiraten und Zusammenziehen?«

»Auch. Im Prinzip, meine ich. Ich habe nur noch nie darüber nachgedacht. Wir sind ja quasi schon wie verheiratet. So eng zusammen, also geistig, enger geht es ja kaum.«

Eine Elster fing unmittelbar über ihren Köpfen an zu keckern und zu kreischen. Thomas sah auf, suchte die Baumkronen ab, bis er das blau-schwarze Gefieder des großen Vogels durch das grüne Blattwerk schimmern sah. Es verschaffte ihm eine kleine Pause, in der er den Schock überwinden konnte, den Renate ihm mit ihrem Vorschlag versetzt hatte. Sein Herz schlug ihm bis in den Hals vor Angst.

Renate hielt reglos auf dem Uferweg inne und folgte seinem Blick in die Bäume. Dann sah sie Thomas an, liebevoll, prüfend und ein bisschen spöttisch. »Was ist?«, fragte sie schließlich.

»Eine Elster«, sagte Thomas. »Vermutlich der Standortruf eines Jungtieres, das gerade flügge wird.«

»Du sprichst von dem Vogel, der da so kreischt?«

Thomas nickte.

Renates Mundwinkel zuckten wieder, ließen ein kleines

Lächeln über ihre Lippen gleiten. »Ich sehe auch gerade ein Jungtier, das noch nicht richtig flügge ist«, sagte sie leise. »Wo trinken wir nun unseren Sekt? Im ›Sweet Virginia‹, oder möchtest du lieber feierlich im ›Café Lindner‹ anstoßen?«

7

»Hey, moin.« Marco ließ sein Fahrrad gegen den Deich fallen und ging um den Trecker herum, der neben ihm gehalten hatte. Er trug eine alte Drillichhose und die speckige Lederjacke, die er immer anhatte. Er zündete sich eine Zigarette an.

»Moin!«, rief Folkert laut, um den Motorlärm zu übertönen. Dann drehte er den Zündschlüssel herum, und die Maschine stand still. Verlegen massierte er mit beiden Händen seine Oberschenkel und strahlte. »Lange nicht gesehen. Wo warst du in letzter Zeit?«

Marco zuckte die Achseln. »Hier. Und woanders.« Er grinste.

»Ich hab gehört, du wohnst jetzt am Leuchtturm.«

»Auch. Hab viel zu tun, bin immer unterwegs.«

»Und was macht das Boot?«

»Liegt im Hafen.«

»Hab ich gesehen. Willst du immer noch damit über den großen Teich?«

»Na klar, was denkst du denn? Willst du nicht mehr mit? Ich warte nur auf ein paar Ersatzteile.«

»Doch, klar.« Folkert nickte heftig.

Marco ließ seine Kippe fallen und trat sie mit der Schuhsohle aus. »Hast du Lust, nach Holland mitzufahren? Ich müsste bald mal hin, geschäftlich.«

»Holland ist weit«, sagte Folkert. »Mit deinem Boot?«

»Natürlich nicht, du Pappkopp. Mit einem anderen.«

»Hast du denn eins?«

Marco trat zur Seite. Folkert hatte mitten auf der Straße angehalten, auf der jetzt ein Pkw an ihnen vorbeifahren wollte. Folkert winkte dem Mann hinter dem Steuer zu, als er sich langsam am Trecker vorbeischob.

»Da könnte sich etwas ergeben. Ich melde mich, wenn es so weit ist, okay, Alter?

Folkert nickte.

»Ach, und sag mal, kannst du mir grad einen Fuffi leihen?«

Folkert fuhr mit der Hand in seine Hosentasche und holte eine kleine Schlüsseltasche mit Reisverschluss hervor. »Ich hab nur fünfundzwanzig. Reicht das?«

»Besser als nichts«, sagte Marco und nahm Folkert die Geldscheine aus der Hand. »Verbindlichsten Dank. Du kriegst es wieder, wie immer.« Er lachte und hob lässig die Hand zum Abschied.

Folkert schmiss den Motor an, winkte und fuhr in Richtung Hafen weiter.

Die Sonne stand senkrecht über dem Grundstück, als Anne nach ungefähr einer Stunde Arbeit den Spaten in die Erde rammte, beide Fäuste auf dem Griff übereinanderlegte und ihren Kopf darauf sinken ließ. Ganz so anstrengend hatte sie sich die Umgraberei nicht vorgestellt. Andererseits tat es gut, den Spaten in die Wiese zu treten, sich mit dem ganzen Körpergewicht auf den Griff zu lehnen und einen großen Klumpen lehmiger Erde herauszustemmen. Sie drehte die Erdbrocken, sodass die Grasnarbe nach unten zu liegen kam, und wuchtete ein Stück Scholle nach dem anderen aus dem Boden. Spatenladung um Spatenladung arbeitete sie sich vor, ungefähr zwei Quadratmeter Wüstenlandschaft lagen schon hinter ihr. Ein großes Viereck, in dem der Mutterboden fett und braun in der Sonne glänzte. Die ersten Flächen trockneten schon und wurden heller, und die Pflänzchen und das Wurzelwerk darin fingen an zu verdorren. Was machte man nun mit dem Unkraut – musste man alles einzeln herauslösen? Oder ließ man in einem biologischen Garten die Erde einfach liegen – so naturbelassen wie möglich? Aber man konnte die Gemüse- und Blumensamen ja schlecht direkt auf diesen Holperacker streuen. Irgendwie musste sie ein sauberes Beet zustande bringen, in dem sich keine Überreste anderer Pflanzen mehr befanden als die, die sie züchten wollte. Was für eine mühselige Arbeit!

Annes Kopf glühte, an der rechten Hand zwischen Daumen und Zeigefinger spürte sie die erste Blase. Trotzdem beschloss sie, ein noch einmal so großes Stück umzugraben, damit das erste Beet heute fertig wurde. Vielleicht würde sie noch am Nachmittag ins nächstgelegene Gartencenter fahren und Saatgut kaufen. Sie konnte es kaum abwarten, die Saat in die Erde zu bringen, und überlegte, welche Gemüsesorten ihr am wichtigsten waren. Auf jeden Fall Feldsalat, Radieschen wären auch lecker, beides waren immer die ersten regionalen Gemüsesorten im Frühjahr, die der Biostand auf dem Wochenmarkt anbot. Sie wuchsen bestimmt schnell. Auch Spinat und Erdbeeren konnten nicht so schwierig anzubauen sein und waren superlecker. Genauso wie Möhren, und wie wäre es mit Kartoffeln? Kartoffelkäfer waren doch inzwischen ausgerottet, oder? Außerdem wollte sie ein Kräuterbeet mit Petersilie, Schnittlauch, Basilikum, Estragon, Minze, Zitronenmelisse, Eisenkraut, Thymian, Salbei und Liebstöckel anlegen. Am besten nahe der Küche, damit der Weg vom Kochtopf aus nicht so weit war – nicht hier, am Ende des Grundstücks.

Wie war sie überhaupt auf den Gedanken gekommen, in der hintersten Gartenecke vor dem Feld mit dem Umgraben zu beginnen? Sie musste schmunzeln bei dem Gedanken, dass sie wirklich gedacht hatte, das ganze Grundstück umgraben zu können. Ordentlich und typisch deutsch, wie sie war, hatte sie oben links in der Ecke angefangen, wie auf einem Blatt Schreibpapier. Wenn sie in diesem Tempo weiterarbeitete, würde sie das restliche Frühjahr und den gesamten Sommer dafür benötigen. Und dabei spürte sie schon jetzt ihre Kräfte schwinden. Wie gut, dass Folkert vor dem Haus regelmäßig gemäht hatte, sodass dort ein schöner Rasen wuchs. Vielleicht würde sie ein paar Blumen pflanzen – später, viel später. Rechts vom Haus befand sich die Einfahrt, ein festgefahrener Schotterweg, auf dem ihr Wagen parkte. Ein guter Platz dafür, nah der Haustür. Dort bestand absolut keine Notwendigkeit zum Umgraben. Sehr gut.

Sie bückte sich nach dem Unkraut, das massenhaft in den vor ihr liegenden Erdschollen wucherte. Das Pflänzchen war noch klein und zart. Es hatte mal fünf, mal sieben in Gruppen angeordnete, spitz zulaufende und am Rand gezackte Blätter, saftig grün, die an einem kräftigen Stängel saßen. Dass es ein Unkraut war, erkannte Anne an den endlos langen, weit verzweigten Wurzeln. So robust und fest im Boden verankert waren doch nur Wildpflanzen. Sie begann, die Erdbrocken mit dem Spaten zu zerkleinern und die einzelnen Wurzelnester herauszulösen. Eine zeitraubende und mühsame Arbeit. Und immer wieder fand sie weitere Pflänzchen, wie oft sie den Brocken auch drehte und wendete.

Neben dem zackenblättrigen Kraut und den allgegenwärtigen Brennnesseln stieß sie auf eine hartnäckige Grassorte, an der man sich die Finger schneiden konnte, so scharf waren ihre Halme. Sie zeichnete sich ebenfalls durch weit verzweigtes Wurzelwerk aus, das besonders tief im Boden saß. Anne beschloss, sich damit nicht lange aufzuhalten. Sie grub weiter, bis ihr Arme und Beine zitterten und sie sich auf den Boden setzen musste. Ihre relativ neuen Sneakers waren nicht wiederzuerkennen. Auch die Socken hatten gelitten, denn die Erdkrumen, die fest am Spaten klebten und sich nur mühsam abschütteln ließen, fielen dann mit großer Treffsicherheit auf ihre Füße und wanderten von dort schnurstracks in die Schuhe. Noch immer war das freigelegte Stück Erde verschwindend klein. Wie ein richtiges Beet sah es nicht aus, und es reichte auch nicht im Geringsten für das, was sie hier anzupflanzen gedachte.

Mit schmerzenden Gliedern und umständlich wie eine alte Frau kam sie wieder auf die Beine und erschrak über eine Stimme hinter ihr.

»Das soll wohl ein Kartoffelbeet werden.«

Über der hohen Kirschlorbeerhecke war das runde Gesicht einer Nachbarin erschienen. Die gleichen roten Bäckchen unter einer von Sonne und Wind gegerbten Stirn wie die von Frau Petersen. Das schlohweiße Haar war straff aus dem

Gesicht gekämmt und zu einem strengen Knoten aufgesteckt. Die Frau schaute über den Rand einer Brille, die weit vorne auf der Nase saß, und hatte ein Lächeln auf den Lippen, das zwischen Gutmütigkeit und Spott changierte. »Ich bin Frau Lärche, willkommen bei uns hinter dem Deich.«

Anne murmelte eine Begrüßung und ihren Namen. Lieber hätte sie gar keine Nachbarin gehabt als so eine. Britt hatte ja schon angedeutet, dass die Nachbarn seltsam seien.

»Ein Salatbeet«, sagte sie. »Ich möchte Salat pflanzen, Tomaten und Zucchini. Es ist so ein schöner, sonniger Platz.«

»Das wird hier nichts, dafür ist der Boden zu schwer. Aber Kartoffeln wachsen gut, auch Kohl, Grünkohl – ich werde Ihnen gleich ein paar Setzlinge geben. Haben wir gerade erst verzogen. Der Grünkohl muss lange stehen und Frost abbekommen, ehe man ihn ernten kann. Vor November dürfen Sie den nicht schneiden, sonst schmeckt er bitter.«

»Danke, aber ich möchte es doch lieber mit Salat probieren.«

Frau Lärche nickte, als hätte sie Annes Antwort nicht gehört. War sie schwerhörig? »Wir haben bestimmt auch noch ein paar Setzkartoffeln. Sonst kriegen Sie welche bei den Petersens. Sind Sie ganz alleine hier?«

»Sieht so aus«, sagte Anne und bückte sich nach dem Spaten, noch unschlüssig, ob sie das Gespräch weiterführen wollte. Sie war nicht vor den diversen sozialen Zwängen der Großstadt in die ländliche Einöde geflohen, um hier auch wieder von Menschen umlagert zu werden, die sich in ihr Leben einmischten und ihr auf die Pelle rückten. Vor Schreck hatten ihre Beine aufgehört zu zittern, und sie spürte plötzlich wieder Kraft.

»Die Quecken und den Giersch müssen Sie entfernen«, fuhr Frau Lärche fort und reckte ihren Hals, um über die Hecke auf das Beet zu gucken. »Auch die Wurzeln, alles! Sonst kommt das Zeug immer wieder. Das ist eine Plage.«

Anne hielt ein paar schlappe Stängel hoch. »Meinen Sie das hier?«

»Giersch, genau. Und das harte Gras da, das sind Quecken. Ein Teufelszeug. Und dann kommt bald der Schachtelhalm. Den müssen Sie auch rausziehen, am besten sofort, sonst wird das nichts mit Ihrem Salatbeet.«

»Schachtelhalm?«, murmelte Anne und sah sich auf ihrem Beet nach einer Pflanze um, die dieses Namens würdig wäre. Irgendwie waren alle Halme ein bisschen geschachtelt, fand sie.

»Endlich macht hier mal jemand Ordnung«, fuhr Frau Lärche fort. »Das wächst ja ansonsten alles zu uns rüber. Die Hilde hat das Grundstück nie gepflegt. Was die den ganzen Tag über trieb, das hat man sich immer gefragt. Aber na gut, das geht ja niemanden etwas an. Da!«

Anne zuckte zusammen.

Frau Lärche fiel fast durch Hecke. Mit ausgestrecktem Arm wies sie auf Annes rechten Fuß. »Da steht so ein Schachtelhalm, sieht aus wie ein kleiner Tannenbaum, da rechts von Ihnen, der muss sofort raus!«

Anne zog an dem kleinen Gewächs, das hinter ihrem rechten Fuß aus der Erde wuchs. Das zarte grüne Pflänzchen brach sofort auseinander. Es erinnerte sie an ein Reptil, hellgrün, glatt und irgendwie wässrig.

»Sie müssen das Unkraut mit Stumpf, Stiel und Wurzeln ausreißen«, ereiferte sich Frau Lärche. »Je größer es wird, desto schwerer ist ihm beizukommen. Bei Ihnen in der Scheune muss noch der Dreizink sein. Den hat mein Mann der Hilde mal geliehen, ist aber schon Jahre her. Damals dachten wir ja noch, die tut was im Garten. Wenn Sie den Dreizink finden, sagen Sie doch bitte Bescheid, mein Mann hätte ihn dann gern zurück, wenn Sie mit Ihrer Arbeit fertig sind. Mit ihm kriegen Sie auch den Schachtelhalm raus. Sind Sie eigentlich die Nichte von Frau Jensen?«

»Nein. Ich bin nur –«

»Na ja, es geht mich ja auch nichts an. Tut einem nur leid, dass es so gekommen ist. Also, wie sie gestorben ist, meine ich. Man weiß nichts Genaues, aber man hört ja dies und das und macht sich so seine Gedanken.« Frau Lärche wartete einen Augenblick und zupfte an ihrer Hecke. Als Anne nicht reagierte, fuhr sie fort: »Aber dass man sie tot im Hafenbecken gefunden hat, das hat man Ihnen doch gesagt, oder? Warum sie da reingefallen ist, das weiß keiner. Und warum sie nicht schnell wieder rausgekrabbelt ist … Ich hab jedenfalls zu meinem Mann gesagt: ›Man sieht die gar nicht, die Hilde. Wo die wohl ist?‹ Die war ja sonst immer zu Hause.«

»Rausgekrabbelt?«

»Könnte natürlich sein, dass sie ins Watt rausgelaufen ist. Aber ich sag Ihnen, im Watt ertrinkt man nicht so leicht. Ich schwöre Ihnen beim Leben meiner Mutter, Gott hab sie selig, dass ich noch nie gehört habe, dass einer von uns im Ordinger Priel ertrunken ist. Nicht mal ein Betrunkener. Man kennt doch das Wasser. Das sagt mein Mann auch immer.«

»Im Ordinger Priel?«

Frau Lärche schien wirklich schwerhörig zu sein. Oder es war ihre Art, auf Fragen grundsätzlich nicht zu antworten, einfach weiterzusprechen und sich davon nicht aus dem Konzept bringen zu lassen. Vermutlich wäre sie eine gute Politikerin geworden – oder war sie es vielleicht sogar?

»Wir gehen eigentlich nie raus zum Wasser. Was sollen wir denn da? ›Wir sind froh, wenn das Wasser nicht zu uns kommt‹, sagt mein Mann immer. Und die Hilde war auch nicht so eine, die dauernd draußen rumlief. Noch dazu im Winter in dem Modder! Das tun nur die Gäste.«

»Und ich dachte, sie wäre im Hafenbecken ertrunken«, murmelte Anne eher für sich, wurde aber nun gehört.

»Dort hat man sie gefunden! Aber ertrunken könnte sie doch auch woanders sein.« Frau Lärche machte ein bedeutungsvolles Gesicht und schwieg. Eine Ausnahme bei der so beredten Frau.

Anne wischte sich mit dem Ärmel den Schweiß von der Stirn. Die Informationen schwirrten ihr durch den Kopf. Wo war dieser Priel, von dem die Frau sprach? Und was meinte sie mit »Modder«?

»Der Priel mündet ins Hafenbecken«, erklärte Frau Lärche. Sie hörte vielleicht nicht zu, aber Gedanken konnte sie offenbar gut lesen. »Das ist ein Gezeitenstrom, eine Art Fluss, dessen Wasserstand bei Flut stark ansteigt und bei Ebbe absinkt. Der Priel hat die Leiche ins Hafenbecken gespült. So redet man hier. Vielleicht ist die Hilde also doch draußen im Watt umgekommen. Mein Mann meint ja, dass sie mit einem Boot rausgefahren ist – und dann ist das eben passiert.«

»Was ist dann passiert?«, fragte Anne.

»Na«, Frau Lärche verdrehte die Augen, »dann ist sie eben ins Wasser gefallen und ertrunken.«

»Hatte die Hilde denn ein Boot, um rauszufahren?«

»Nicht dass ich wüsste, gute Frau. Aber sie kannte ja genug Leute. Und wir machen uns hier ja nur so unsere Gedanken. Sehen Sie denn nie Krimis im Fernsehen? Wir gucken alle: ›Tatort‹, ›Die Zwei‹, ›Der Kommissar‹ und vor allem ›Wilsberg‹ und das ›Großstadtrevier‹ –«

Anne unterbrach die Aufzählung: »Wie kommt man denn von hier zum Hafen?«

»Also, da brauchen Sie nur immer am Außendeich bis zur Stöpe entlangzulaufen.«

»Stöpe?«, fragte Anne.

»Bis zur Stöpe«, wiederholte Frau Lärche. »Das ist die Deichdurchfahrt, der Deichschart. Geradeaus geht es weiter bis zum Leuchtturm, aber wenn Sie links über den Deich schauen, sehen Sie irgendwann das Hafenbecken. Ist ja nur ein Sportboothafen, die Liegeplätze kosten nicht so viel, und wenn man rausfahren will, muss man immer auf die Flut warten. Aber wehe, man kennt sich nicht aus und achtet nicht auf die Pricken – das sind die langen Stangen, mit denen die Wasserwege gekennzeichnet sind … Sie sind wohl keine Wasserratte, wie?«

»Ich glaube, eher eine Landratte«, murmelte Anne.

»Das glaube ich auch. Und wollen trotzdem hierbleiben?«

»Nur für eine Weile. Ich hüte das Haus, es soll verkauft werden.«

»Ach, so ist das«, meinte Frau Lärche zufrieden. Sie legte

eine Hand über die Augen und ließ ihren Blick zur Straße wandern, wo sich ein Auto näherte. Es blieb vor Annes Haus stehen. »Sie kriegen Besuch. Die Kohlsetzlinge lege ich Ihnen nachher vor die Tür. Und die Setzkartoffeln auch, wenn wir noch welche haben.«

Anne stieß den Spaten in die Scholle und ging zur Straße, um den fremden Herrn zu begrüßen, der an seinem silbernen Mercedes lehnte und das Haus musterte wie einen Schrotthaufen, dessen Beseitigung ihm jetzt schon große Sorgen machte.

Bis zum Abend hatte Anne den größten Teil der Erdbrocken gedreht und gewendet, mit dem Spaten und dem Dreizink zerkleinert und von dem Unkraut befreit. Ein großer Haufen Kraut und Wurzeln lag mitten auf der Wiese, und das Beet sah schon recht beeindruckend aus. Dafür spürte sie jeden einzelnen Muskel und jeden Knochen in ihrem Körper. Morgen würde sie mit Sicherheit einen denkwürdigen Muskelkater haben.

Um zum Gartencenter zu fahren und Saatgut zu kaufen, war es inzwischen zu spät. Es wurde schon dunkel, und die Feuchtigkeit kroch aus allen Winkeln. Im letzten herrlichen Abendlicht schlenderte Anne noch mal über das Grundstück, sammelte Holzstücke und tote Äste auf und schichtete sie über das Unkraut. Dann ging sie zum Haus, um alte Zeitungen und Streichhölzer zu holen.

Wer die Abrisskosten übernehmen würde, hatte der junge Schnösel mit dem Mercedes sie gefragt. Anne hatte so getan, als ob sie keine Ahnung davon hätte, dass das Haus zum Verkauf stünde. Mit solchen Leuten wie dem würde Britt doch keine Geschäfte machen wollen. Das waren Spekulanten, denen durfte man so ein nettes altes Häuschen nicht überlassen.

»Abriss ist leider nicht möglich«, hatte Anne behauptet. »Das Haus steht unter Denkmalschutz.«

»Denkmalschutz – das kann doch nicht wahr sein. Die alte Bruchbude? Mich interessiert nur das Grundstück.«

»Keine Chance. Es ist das älteste Haus im Tümlauer Koog. Die Dachbalken sind hundertfünfzig Jahre alt. Eiderstedter Eiche, noch nie davon gehört?«

»Das fehlte mir gerade noch. Damit hat man nur Ärger. Nichts für ungut, schönen Abend.« Damit war der Typ wieder in seine silberfarbene Kutsche gestiegen und davongefahren.

Anne musste kichern, als sie daran dachte.

Vor der Scheunentür standen mittlerweile zwei Plastiktüten. In der einen befand sich ein dicker Strauß zarter Kohlsetzlinge, deren Wurzeln sorgfältig in feuchtes Zeitungspapier gewickelt waren. Die andere Tüte war halb voll mit fast gleich großen Kartoffeln. Anne nahm die Tüte mit auf die Wiese, wo sie das Feuer anzündete. Hell wie der Abendhimmel, der wieder in allen Rottönen leuchtete, loderten die Flammen auf. Heute würde die Sonne ganz bestimmt ins Meer fallen, aber heute war Anne zu kaputt, um zum Wasser zu laufen. Sie holte sich einen mit Leinenstoff bespannten Klappstuhl aus der Scheune und rückte damit so nahe ans Feuer wie nur irgend möglich. Als die großen Holzstücke runtergebrannt waren und eine leuchtende Glut hinterlassen hatten, wickelte sie ein paar der Setzkartoffeln in die Alufolie, in der Frau Petersens Topfkuchen verpackt gewesen war, und legte sie in die Hitze, hoffend, dass Frau Lärche sie nicht beobachtete.

Sie dachte an die andere Tüte mit den Kohlsetzlingen. Grünkohl hatte sie nie besonders gemocht. Wenn sie mal Kohl aß, dann höchstens Krautsalat beim Griechen. Sie wusste nicht einmal, wie Grünkohl wuchs und wie seine jungen Pflanzen aussahen. Sie stand auf, holte die Tüte und zog die Setzlinge heraus. Trotz des feuchten Papiers an ihren Wurzeln wirkten die am Rand leicht gewellten Blätter der bildhübschen, zarten Pflänzchen schon etwas schlapp. Aber ihre Stängel waren noch knackig und voller Lebenskraft. Eine Schande, wenn die Setzlinge bis morgen früh vertrocknet wären.

Anne legte ein paar trockene Zweige auf die Feuerstelle, sodass die Flammen wieder hell aufflackerten und ihr leuchteten. Dann lief sie mit den Kohlsetzlingen zu ihrem Beet und pflanzte sie in den im Schweiße ihres Angesichts beackerten, jungfräulich reinen Boden. Sie gehörten in diese Erde, und sie waren in Not. Das Salatbeet konnte warten.

8

Wie immer nahm Thomas am Sonntagabend um achtzehn Uhr vierzig am Bahnhof Altona die Nord-Ostsee-Bahn nach Husum. Er besaß zwar einen Führerschein und fuhr auch beruflich mit dem Auto, wenn es denn sein musste, aber eigentlich war er kein Autofahrer, sondern Radfahrer, Bahnfahrer, Straßenbahn- und Busfahrer und Fußgänger. Zu Renates steter Belustigung. Sie wäre am liebsten einen schnittigen Sportwagen gefahren, was sie sich nur nicht erlaubte, weil sie kein Snob sein wollte. Stattdessen nannte sie einen schwarzen Golf GTI ihr Eigen, unauffällig und trotzdem überdurchschnittlich spritzig. Auch auf dem Motorboot der Schutzstation, das ihm eigentlich nur für berufliche Zwecke zur Verfügung stand, gab sie keine Ruhe, bis Thomas ihr das Steuerrad überließ, wenn er sie mal raus aufs Meer mitnahm. Sie gab dann so viel Gas, dass ihm angst und bange wurde. Zum Glück aber beherrschte sie das Boot genauso wie das Auto: Sie fuhr elegant, schnell und sicher.

Thomas nutzte die Bahnfahrten, um seine Fachzeitschriften zu lesen, die verschiedenen Vogelschutzzeitungen, die »Nationalpark Nachrichten«, die er online abonniert hatte, und natürlich das »Journal of Ornithology«, die wissenschaftliche Fachzeitschrift der Deutschen Ornithologen-Gesellschaft. In Husum musste er in die Bummelbahn nach Bad St. Peter-Ording umsteigen.

Der Zug war am Sonntagabend meist leer, während sich in der Gegenrichtung die abreisenden Wochenendtouristen und Fahrradausflügler in den wenigen Waggons drängten. Er liebte es, zu dieser Zeit heimzukommen, die reine Luft strömte ihm dann wie eine Köstlichkeit in Nase und Lungen, und er spürte die Freiheit seines Berufs, seines Lebens. In diesen Momenten war er wirklich glücklich.

Erst als er sein Apartment betrat, den muffigen Flur, der vom diffusen Licht der Energiesparlampe erhellt wurde, die er schon seit längerer Zeit vergaß, gegen eine hellere Birne auszutauschen, fiel ihm Renates Frage wieder ein. Heiraten und zusammenziehen? Sich wie ein erwachsener Mann in einer zuverlässigen Zweisamkeit einrichten, Verantwortung übernehmen ... Er stellte seine Tasche neben der Tür ab, ging ins Wohnzimmer und ließ sich in den Sessel fallen, von dem aus er den Blick hinaus in die Weite und aufs Meer hatte. Seinen geliebten Vogelhimmelblick – er würde ihn nirgendwo anders als hier in St. Peter finden. Wollte er das alles wirklich aufgeben?

Am Anfang war es ein reizvolles Abenteuer gewesen, mit Renate zu flirten. Er hatte Respekt vor ihr, schließlich war sie Psychologin und kannte sich mit Seelen anderer Menschen aus. Auch mit seiner vermutlich, mit der er selbst nicht immer zurechtkam. Und wie stolz seine Freundin Hilde auf ihn gewesen war, weil er sich auf ihren Rat hin tatsächlich in Therapie begab! So bekam er endlich Aufmerksamkeit, sogar von zwei Seiten, von zwei Frauen. Hilde hatte ihm Renate empfohlen, die sie von früher kannte. Sie hatten gleichzeitig die Uni besucht und auch eine Zeit lang eine Wohnung geteilt. Hilde hatte große Stücke auf Renate gehalten. Bis Thomas sie ihretwegen verließ. Natürlich war sie geschockt gewesen, auch wenn sie versucht hatte, es sich nicht anmerken zu lassen.

»Du bist ein freier Mensch«, hatte sie gesagt, aber mit einer tieftraurigen Stimme. »Beziehungen sind nicht immer für die Ewigkeit gemacht. Das ist mir klar.«

Sie hatte ihn nicht unter Druck gesetzt, ihm keine Vorwürfe, keine Szene gemacht. Sie hatte auch nicht argumentiert, nicht versucht, ihm seine Gefühle auszureden. Allerdings hätte es auch nichts gebracht. Renate und er, das war keine langsame Annäherung gewesen, die man irgendwie hätte aufhalten können. Ihre Begegnung war eher wie ein Verkehrsunfall abgelaufen – keine Chance, auszuweichen. Und nicht rückgängig zu machen.

Ja, Hilde hatte sich ihm gegenüber großartig und tolerant verhalten. Fast zu tolerant – was ihn hätte stutzig machen müssen. Schließlich war sie nur seinetwegen hierhergezogen, obwohl sie mit dem Landleben nicht viel hatte anfangen können. Es bedeutete ihr nichts.

Thomas erhob sich und tappte im Dunkeln zur Küchenzeile, die eine Ecke des Wohnzimmers einnahm, holte die Flasche irischen Whiskey aus dem Schrank, die er vor Kurzem von Freunden geschenkt bekommen hatte, und goss sich ein großzügiges Schlückchen in ein Wasserglas. Der Schnaps brannte angenehm in der Kehle und fuhr unmittelbar in seine müden Glieder. Ihm schien, als würde sein Denken mit der Entspannung noch schärfer.

Wieder ließ er sich in den Sessel fallen und betrachtete den Nachthimmel über der Nordsee und die in der Ferne blinkenden Lichter der Schiffe, Seezeichen und Leuchttürme.

Als er die Therapie bei Renate begonnen hatte, war Hilde vor allem begeistert gewesen, weil er sich als Mann um seine Psyche kümmerte. Thomas selbst fand das nicht besonders bemerkenswert. In seinen Augen hatte das weder etwas mit historischem Fortschritt noch mit der Emanzipation der Männer zu tun. Hilde war da anderer Ansicht gewesen, sie hatte geglaubt, wenn Männer heutzutage kochten, Kinder aufzogen und eine Therapie machten, um ihr Innenleben zu erkunden, würde dieses Verhalten auch politisch zu großartigen Veränderungen führen. Nächtelang hatten sie darüber diskutiert. Der Punkt war, dass Hilde an den Fortschritt glaubte, Thomas aber nicht. Thomas glaubte an die Evolution und an Tod und Erneuerung als natürliche Vorgänge des Universums. So wie der Mensch geboren wurde und sofort anfing zu altern – wenn man den Prozess des Alterns als einen zellbiologischen verstand –, so war für ihn alles Leben auf diesem Planeten ein ständiger Veränderungsprozess. Mit Fortschritt im Sinne von »besser werden« hatte das nichts zu tun. Eher mit Untergang, sofern man der Evolution für diese stetige Veränderung nicht genügend Zeit ließ.

Hilde fand seine Auffassung fatalistisch und negativ. Sie konnte nicht nachvollziehen, dass das Leben als ein positiv besetzter Entwicklungsprozess nur eine idealistische Idee des Menschen war, die durch die Zeitkomponente – und durch den Wunsch und Willen zum Glück – entstand. Da ein Menschenleben aus der evolutionsbiologischen Perspektive sehr kurz war, erlebte man subjektiv immer nur winzige Abschnitte dieses langen, kontinuierlichen Vorgangs, der im Grunde immer im Gleichgewicht blieb – dabei höchstens mal kleine Umwege erzeugte, Schnörkel und Irritationen ohne Auswirkungen. Die Entwicklung ging vermeintlich zeitweise nach oben, zeitweise nach unten, produzierte herrliche Momente, geniale Lösungen der Natur wie auch Katastrophen, Endzeiten, Auslöschungen von Populationen – aber wenn man den ganzen unendlich langen Prozess des Planeten und erst recht des gesamten Kosmos betrachtete, so blieb das System immer im Gleichgewicht. Dank des Todes und der darauffolgenden Erneuerung.

Auch in einem Menschenleben gab es oft lange Phasen, in denen es scheinbar bergauf ging. Viele positive Abschnitte, vielleicht sogar mehr als negative, das musste selbst ein Misanthrop einräumen. Aber sah man es als Ganzes an, so stand am Ende eines jeden Lebens immer der Tod. Auch der größte Höhenflug eines menschlichen Geistes, auch die effektivste Mutation der Natur endete unweigerlich mit dem Absterben von Organismen, das Platz für Neues, für eine weitere Spielart, eine neue Variante schuf. Ein sinnvoller und notwendiger Prozess.

»Du kannst nicht wissen, wie es mit unserem Planeten weitergeht. Der Mensch hat schlicht und einfach keine Ahnung, wie sich alles entwickelt«, hatte sich Hilde ereifert. »Vielleicht wird diese Erde nicht ewig bestehen und sich wie ein Perpetuum mobile bis ans Ende aller Tage um die Sonne drehen, weil wir Menschen etwas Grundlegendes kaputt machen. Das wäre dann das Gegenteil von Fortschritt. Aber wo es ein Gegenteil gibt, den Untergang, da muss es auch die andere Seite geben – das Positive. Den Sieg.«

»Es gibt keinen Sieg in der Natur. Oder anders gesagt, Sieg und Untergang sind dasselbe. In der Natur gibt es kein Gut und kein Böse. Du willst das Positive am Untergang und am Tod nicht anerkennen«, hatte Thomas geantwortet. »Das ist typisch für das traditionelle westliche Denken, das tatsächlich zum Untergang führt – zum Untergang der menschlichen Kultur. Die Natur, unseren Planeten, gar unseren Kosmos kratzt das überhaupt nicht. Er wird einfach eine neue Spezies hervorbringen.«

»Ich erkenne den Tod nicht an, weil ich in das Leben verliebt bin«, hatte Hilde gesagt. »Den Tod ausblenden zu können ist eine der wichtigsten Fähigkeiten, um glücklich zu sein. Wie kannst du leben, wenn du immer den Tod vor Augen hast?«

Thomas schwenkte den letzten kleinen Schluck Whiskey in seinem Glas. Ihm war wohlig warm geworden, auch wohlig schläfrig. Er erhob sich und schaltete die Lampe über seinem Schreibtisch an, ebenfalls eine Sparlampe, die erst langsam hell wurde, sodass seine Augen sich an das Licht gewöhnen konnten. Dann stellte er das Whiskeyglas in die Spüle, packte seine Reisetasche aus und setzte sich an den Schreibtisch, um seine Aufgaben für die kommende Woche zu ordnen. Übers Heiraten würde er vorerst nicht weiter nachdenken. So etwas sollte man keinesfalls überstürzen.

9

Am nächsten Morgen erwachte Anne mit dem Gefühl, am ganzen Körper zu brennen. Der Versuch, sich auf die andere Seite zu drehen, scheiterte an einem stechenden Schmerz in der Lendengegend. Ihre Handflächen waren geschwollen und glühten vor Hitze. Auch ihr Kopf fühlte sich heiß an, und ihre Lider waren dick und verklebt. Der würzige Geruch von Holzfeuer stieg ihr aus ihren eigenen Haaren in die Nase und intensivierte sich, je wacher sie wurde.

Anne wandte den Kopf und starrte an die Wand, auf der sich gestern der Schatten des namenlosen Busches vor dem Schlafzimmerfenster abgezeichnet hatte. Heute war die Wand weiß und still. Langsam und unter Schmerzen drehte sie sich schließlich doch auf die andere Seite. Durch das Fenster drang das trübe Licht eines bedeckten Morgens. Entweder hatte es gerade geregnet, oder es würde gleich damit beginnen. Das Nass würde den kleinen Kohlpflanzen bestimmt guttun.

Der Gedanke an die zarten Setzlinge belebte sie und gab ihr den Impuls, das Bett zu verlassen. In ihrer Ausbildungszeit hatte man Muskelkater durch verstärktes Training geheilt. Dieser Auffassung war man heute nicht mehr, hatte sie vor Kurzem in der Apothekerzeitung gelesen. Der Muskelkater sei vielmehr eine Bezeichnung für vielfache, feine Muskelrisse, die mit Ruhe und Wärme zu behandeln seien. Wie auch immer, irgendwann musste sie das Bett verlassen. Allein schon, um zu sehen, was ihre Kohlpflänzchen machten, ob sie die Nacht gut überstanden hatten oder alle flach am Boden lagen und verfaulten.

Nachdem Anne beide Beine aus dem Bett geschoben und sich aufgerichtet hatte, sah der Tag schon anders aus. Und ein paar vorsichtige Bewegungen später ließ sich auch der Rücken wieder strecken und beugen. Wenn nur ihre Hände nicht so schrecklich schmerzen würden. Wie hatte sie nur ohne Handschuhe arbeiten können? Ihre Fingernägel zierten schwarze Trauerränder, und die beiden Blasen in der rechten Handfläche sahen aus, als wären sie dabei, sich zu entzünden.

Mit steifen Knien wanderte Anne in die Küche und stellte Kaffeewasser auf den Herd. Hatte sie etwa sämtliche Setzkartoffeln gestern Abend ins Feuer gelegt? Nein, neben der zerlaufenen und wieder fest gewordenen Butter, die sie sich am Abend zu ihrem frugalen Mahl aus dem Kühlschrank geholt und hinterher brav in die Küche zurückgebracht hatte, lag die noch halb volle Kartoffeltüte. Gott sei Dank. Sie goss Kaffee in einer Tasse auf, ging damit zum Sofa und schlürfte ihn in kleinen Schlucken. Nach und nach lockerten sich ihre Muskeln und ließen sich zögerlich dehnen und bewegen. Dank des Kaffees konnte sie auch die Augen langsam richtig öffnen. Ein lauter Vogelstreit drang aus dem Garten zu ihr herein, dann vernahm sie ein Tröpfeln und Klopfen. Der Regen wurde stärker und trommelte schließlich als kräftiger Schauer gegen die Scheiben.

Anne zog sich an und ließ sich in ihrem »Meditationszimmer« auf dem Wollteppich nieder. Jeden Morgen mindestens zehn Minuten atmen, am besten täglich ein paar Minuten mehr, bis man es auf eine halbe Stunde brachte, in der man die Gedankenkaskaden von sich fernhalten konnte, so lautete die Anweisung in dem schlauen Zen-Buch. Anne schloss die Augen und spürte ihren Atem. Ruhig, zuverlässig und widerstandslos strömte er heute in ihre Lunge und bis in den Bauch, der sich sachte hob und senkte. Sie ließ die Schultern schwer werden und spürte, wie sich gleichzeitig die Augenlider schlossen und sie die Kiefer losließ. Was man alles anspannte, wenn man nicht darauf achtete! Unnötige Kraftverschwendung!

»Du siehst schon wieder so verkniffen aus«, hatte Jonas ihr früher oft schon beim Frühstück gesagt. Jonas war lange Zeit ihr liebster und bester Arbeitskollege gewesen. Aber dann hatten sie sich ineinander verliebt und eine Beziehung begonnen. Leider. Anschließend ging nichts mehr. Wenn er schon am Morgen ihr Aussehen kritisierte, war das immer der Anfang eines schlechten Tages gewesen, denn sie war sofort zum Gegenangriff übergegangen. Hätte er gesagt: »Du spannst deine Kiefer an und legst die Stirn in Falten, warum stehst du eigentlich schon morgens so unter Druck?« – vielleicht hätte sie daraufhin sogar versucht, etwas lockerer zu sein. Vielleicht aber auch nicht. Sie waren beide keine großen Meister darin gewesen, einander so zu nehmen, wie sie waren. Stattdessen hatten sie sich gegenseitig beurteilt, verurteilt, gern auch verspottet. Sie waren gut darin gewesen, sich gegenseitig zu verletzen, viel besser als darin, sich zu stärken.

Sie stoppte ihre Gedanken an Jonas und versuchte, sie gehen zu lassen. Nur dem Atem zu folgen. Den Schmerz in den Knien wahrzunehmen, der langsam nachließ, den etwas stärkeren in ihrem unteren Rücken, die brennenden Handflächen. Sie spürte, wie ihr Kopf ein bisschen wankte, sich nicht ganz ruhig halten ließ, dann kitzelte sie ein widerspenstiges Haar über dem rechten Ohr. Sie würde sich heute die Haare waschen müssen. Ob noch ein altes Shampoo im Bad stand? Seife und Zahnpasta hatte sie schon gefunden und benutzt, würde aber bald neue besorgen müssen. Wie so vieles andere auch.

Sie kehrte zu ihrem Atem zurück und konzentrierte sich. Nach zwei sehr langen, sehr ruhigen Minuten ging ihr durch den Kopf, dass sie sich gestern nicht bei ihrem Anwalt gemeldet hatte. Diesen Gedanken konnte sie nicht verdrängen. Verdammter Mist.

Sie öffnete die Augen und erhob sich umständlich und unter Schmerzen vom Teppich. Wo war überhaupt ihr Handy?

Anne tappte aus dem Zimmer in die Küche. Trotz ihres aktuellen Gedankengewitters spürte sie einen winzigen Augenblick lang, dass die kurze Meditation, die überschaubaren Phasen, in denen sie wirklich entspannt gewesen war, ihr gutgetan hatten. Sie waren wie mikroskopisch kleine, ruhige Inseln gewesen – die sich auf wunderbare Weise in ihr selbst befanden und auf die sie sich für Bruchteile von Sekunden hatte zurückziehen können. Auch wenn danach das Chaos der Alltagsgedanken wieder über ihr zusammenschlug.

Anne fand das Handy auf dem Küchentisch unter ein paar alten Zeitungen. So wie sie es gestern Vormittag dort liegen gelassen hatte. Sie schaltete es ein und wartete, bis sie ihre PIN eingeben könnte. Doch ehe es so weit war, ertönte ein durchdringender Signalton: Der Akku war leer. Das Display verdunkelte sich, und das Gerät fuhr von allein wieder herunter.

Anne sperrte die Haustür auf und stoppte einen Moment in deren Rahmen. Der Schauer hatte sich in gleichmäßigen feinen Landregen verwandelt. Sie streifte sich ihre Jeansjacke, die an einem Haken neben der Tür hing, über und ging mit raschen Schritten zum Auto. Sie hatte es nicht einmal abgeschlossen. Sie öffnete das Handschuhfach, in dem sie normalerweise ein Handyladekabel aufbewahrte, doch das Handschuhfach war leer. Sie erinnerte sich: Sie hatte das Kabel irgendwann mit in ihre Wohnung genommen, den Grund dafür hatte sie vergessen.

Sie schlug die Autotür zu und reckte ihr Gesicht in den Regen. Wie kleine spitze Nadeln piekten die Regentropfen in ihre Haut. Das Regenwasser erfrischte sie und lockte eine wundervolle Würze aus der Wiese vor dem Haus. Es roch nach Erde und nach tausend Kräutern, am stärksten nach Kamille. Auch Salz und der Geruch von frischem Fisch lagen in der Luft, zart und appetitanregend.

Während sie mit bloßen Füßen über die Wiese zu ihrem Kohlbeet ging, hatte Anne den Eindruck, das Gras unter ihren Füßen im Regen wachsen zu spüren. Es fühlte sich kräftig an, als würden die Grashalme sich strecken und nach oben streben. In dem Beet am Ende des Grundstücks standen die kleinen Kohlsetzlinge wie eine hellgrüne Armee aus Pflanzensoldaten stramm im Regen. Auch sie reckten ihre löffelförmigen, gewellten Blätter energisch in die Luft, ihre elastischen Stängel schwankten. Seit gestern Abend waren sie mindestens einen Zentimeter gewachsen. Der Anblick ließ Anne vor Freude aufseufzen: die dunkle, satte, unkrautlose Erde, die schönen, glatten Kohlpflänzchen, deren Blätter wie poliert aussahen, weil ihre Farben durch den Regen hervorgehoben wurden. Und all das war ganz allein ihr Werk. Das Werk eines Tages voller Arbeit.

Trotz des Dauerregens holte Anne die Tüte mit den Setzkartoffeln, um sie einzugraben. Wie tief wurden die Knollen in die Erde gesetzt? Sie zog eine Furche, ungefähr zehn Zentimeter tief, und legte sie etwa zwanzig Zentimeter voneinander entfernt in den aufgelockerten Boden. Aus ein paar Kartoffeln wuchsen bereits kleine weiße Triebe. Mussten diese nach oben zeigen? Oder nach unten? Wurden aus den weißen Keimen Wurzeln oder Stängel? Am Ende schippte sie Erde darüber und klopfte sie fest. Musste man noch etwas tun? Aber was? Abdecken? Wie mochten die Kartoffelpflanzen wohl aussehen, wenn sie aus der Erde traten?

Sie war pitschnass, als sie wieder ins Haus kam. Ihr Handy lag still und schwarz auf dem Küchentisch. Ohne Ladekabel war es nicht mehr wert als eine leere Pappschachtel. Der Gedanke amüsierte sie. Im Gegensatz zu dem an ihren Anwalt, der mit Sicherheit auf einen Anruf von ihr wartete. Sie verdrängte ihn, wie sie es beim Meditieren geübt hatte. Einen Moment lang funktionierte diese Taktik phantastisch, dann beschlichen sie wieder Zweifel.

Warum konnte sie nicht einfach abschalten? Was sollte sie noch tun, um endlich zur Ruhe zu kommen? Sie wollte keine Verpflichtungen haben, keinen fremden Ansprüchen genügen müssen, beides brachte ihr ja doch nichts als Ärger ein. War sie nicht gerade deshalb übers Ziel hinausgeschossen, weil sie eine hundertfünfzigprozentige Beamtin gewesen war? Immer im Einsatz, immer am Ball, immer korrekt? Bis diese blöde Tussi sie bei der Kneipenrazzia mit ihrer Zombiemaske so wahnsinnig erschreckt hatte – und sich dann auch noch geweigert hatte, sie abzunehmen! Sie hatte ihrer Anweisung nicht Folge geleistet und sich auch nicht von ihren Drohungen einschüchtern lassen. Eine Waffe hatte Anne bei dem Einsatz nicht getragen, aber plötzlich hatte sie das Pfefferspray in der Hand gehabt und einfach abgedrückt. Ohne dass Gefahr im Verzug gewesen wäre. Sie war erschrocken gewesen, überreizt, zum Zerplatzen wütend wegen einer dämlichen Halloweenmaske und hatte direkt in die Augenlöcher gesprüht. Die Frau dahinter – eigentlich noch ein Mädchen von gerade erst siebzehn Jahren – war auf dem rechten Auge ganz, auf dem linken fast erblindet, zumindest vorübergehend. Eine allergische Reaktion, weil sie Asthmatikerin war, was Anne nicht hatte wissen können, aber das half ihr jetzt auch nichts. Dass das Mädchen je wieder richtig sehen könnte, durfte sie bislang nur hoffen. Mit den Drogendealern, die man hatte verhaften können, hatte sie im Übrigen noch nicht einmal etwas zu tun gehabt.

Lustlos begann Anne, nach dem Autoschlüssel zu kramen, gab die Suche aber bald wieder auf. Sie würde jetzt nicht nach Hamburg fahren. Stattdessen musste sie sich erst einmal etwas zu essen besorgen. Hatte sie auf der Herfahrt nicht irgendwo ein Schild an der Straße gesehen: »Eier und Honig«?

Sie tauschte den feuchten gelben Pullover von Hilde gegen ihr trockenes Sweatshirt, warf sich die klamme Jeansjacke wieder über und nahm den alten klapprigen Schirm aus dem Auto.

Als sie die Kreuzung nach Ording erreichte, nieselte es immer noch. Doch weit konnte es bis zum Hofladen nicht mehr sein. Jenseits des Deiches begann die Schutzzone Wattenmeer. Auf der Deichinnenseite gab es einen Lehrpfad mit Informationstafeln und zwei kleinen Schutzhütten, durch deren offene Sichtfenster man die Seevögel an den Wasserstellen in der Marsch beobachten konnte. Anne hatte keine Lust, dort den Regen abzuwarten, und lief weiter.

Der Wind frischte immer stärker auf, und die Tropfen erwischten sie jetzt schräg von der Seite. Sie waren fein, wie zerstäubt, drangen in jede Falte ihrer Kleidung. Es fühlte sich nicht so an, als würde sie schnell wieder trocknen. Anne kämpfte so lange mit dem Schirm, bis sie ihn schließlich schloss und als Wanderstab benutzte. Endlich riss die dichte graue Wolkendecke auf, und einen Moment lang sah es so aus, als würde die Sonne gleich durchbrechen und die restlichen Regenwolken zum Teufel schicken.

Nur eine Frau auf einem Rad kam ihr entgegen, aber sie fuhr schnell und ohne zu grüßen an ihr vorbei. Sie hatte eine hellgraue Plastikregenhaube tief ins Gesicht gezogen, und Anne wollte sie nicht aufhalten, um sie nach dem Weg zu fragen. Mittlerweile war sie sicher, dass sie irgendwo eine falsche Abzweigung genommen hatte.

Dann tauchte der nächste Radfahrer auf. Ungefähr auf halber Distanz zu ihm entdeckte Anne etwas Braunweißes, Kleines auf der Straße. Vielleicht ein toter Vogel, der von einem Wagen erwischt worden war. Dabei war Autofahren hier eigentlich nicht einmal erlaubt.

Der Radfahrer hatte gebremst und war bereits abgestiegen, als Anne den verunglückten Vogel erreichte. Der Mann war ungefähr im gleichen Alter wie sie, vielleicht etwas älter, Anfang oder Mitte vierzig. Sein Haar war voll und dunkelblond und hing ihm feucht in die Stirn. Ein paar graue Strähnen blitzten in dem dichten Schopf auf. Er trug Jeans und eine dunkelblaue wind- und regendichte Wetterjacke mit dem Logo des Nationalparks Wattenmeer auf dem Ärmel, war also kein Tourist, sondern ein Einheimischer. Touristen erkannte man an den schrillen Farben, in die sie sich kleideten. Wer würde schon im Alltag grasgrüne Shorts, alberne Sonnenhüte oder gelbe Regenjacken tragen? So etwas traute man sich nur im Urlaub, fern der Heimat.

Am Lenker des Fahrrads des Manns hing ein Korb mit Milch- und Bierflaschen. Er kam wohl vom Einkaufen in St. Peter. Er nickte Anne freundlich zu, dann beugte er sich zu dem toten Tier hinunter, zog ein Taschentuch aus der Jacke und drehte den Vogel auf den Rücken. »Eine junge Sturmmöwe, sie ist vermutlich angefahren worden«, murmelte er. »Kerngesundes Tier. Schon seit ein paar Stunden tot.«

»Sind Möwen nicht weiß oder grau?«, fragte Anne und ging ebenfalls in die Hocke.

»Junge Sturmmöwen haben noch ein braunes Gefieder. Erst später wird es weiß und grau mit schwarzen Schwanzfedern.« Der Mann strich mit dem Taschentuch über den Vogel und blickte Anne ernst an.

Von Nahem sah er verdammt gut aus, fand Anne.

Er zwinkerte ihr zu und lächelte, bevor er aufstand, das Taschentuch mit der Seite, die den Vogel berührt hatte, nach innen sorgfältig zusammenlegte und es zuunterst in seinen Fahrradkorb steckte.

»Sie kennen sich ja gut aus«, sagte Anne und erhob sich ebenfalls wieder. »Anne Schumacher.«

»Thomas Schmidt, ich bin Vogelwart hier.« Er reichte ihr die Hand. »Ich arbeite in der Schutzstation drüben beim Leuchtturm.«

»Freut mich«, murmelte Anne und ergriff seine Hand. Sie war warm und trocken und der Händedruck kräftig. »Ich wohne da drüben hinterm Deich«, sagte sie und wies schräg hinter sich, obwohl dort nur die grüne Böschung zu sehen war. »Im zweiten Haus.«

»In dem von Hilde?«

»Sie kennen es?«

»Sind Sie ... ihre Nichte?«

Anne schüttelte den Kopf. »Das ist Britt. Ich bin eine Freundin von ihr und kann so lange dort wohnen, bis das Haus verkauft ist.«

»Ach, es soll verkauft werden?« Thomas Schmidt sah nachdenklich in die Richtung, in der das Haus lag. Dann besann er sich. »Es ist ... ein schönes Haus«, sagte er langsam. »Oder vielmehr, es hat eine gute Lage, so nah am Deich.«

»Ich finde es auch sehr schön. Sie kannten Hilde?«

Der Vogelwart nickte.

»Hier kennt wohl jeder jeden?«

»Sie kommen aus der Stadt, oder?«, lachte er. »Hamburg?«

Anne nickte.

»Dachte ich mir schon. Und ja, es stimmt, hier kennt man sich. Das bleibt nicht aus.«

»Schlimm, wie die Hilde gestorben ist.«

Thomas Schmidt sah Anne prüfend an und nickte dann. »Haben Sie sie früher schon hier besucht?«

»Nein, ich kannte sie gar nicht. Auch Britt hatte nicht viel Kontakt zu ihr. Sie hat nur das Haus geerbt.« Als ihr Gegenüber schwieg, fragte sie: »Und was macht man so als Vogelwart?«

»Wir beobachten Vögel und andere Tiere aus deren Lebensumfeld. Wir zählen und beringen sie, vor allem die Zugvögel. Kommen Sie doch mal bei der Schutzstation vorbei, dort können wir es Ihnen besser erklären, und es gibt auch eine kleine Ausstellung. Haben Sie den Leuchtturm schon besichtigt?«

»Den da drüben?« Anne zeigte auf die rot-weiß gestreifte Turmspitze, die über den Deich lugte. »Bis jetzt noch nicht.«

»Dann wird es Zeit. Wenn Sie wollen, zeige ich Ihnen auch den Ausguck. Termine nach Vereinbarung.«

»Ist der Leuchtturm denn noch in Betrieb? Hat er einen Leuchtturmwärter?«

»Das Leuchtfeuer gibt es noch – trotz GPS benötigen es die Schiffe zur Orientierung. Aber die Leuchtturmwärter sind schon lange abgeschafft. Sämtliche Türme an den deutschen Seeküsten sind voll automatisiert. Das Leuchtfeuer wird von einem Computerprogramm gesteuert. Und im ehemaligen Leuchtturmwärterhäuschen befindet sich heute unsere Schutzstation.«

»Wohnen Sie da?« Anne schaute auf die Milch- und Bierflaschen.

»Nein, ich arbeite dort nur. Aber in der Schutzstation sind unsere Mitarbeiter untergebracht, früher waren es Zivildienstleistende, heute sind es junge Leute, die ein Freiwilliges Ökologisches Jahr absolvieren, oder Praktikanten. Sie wohnen dann ein ganzes Jahr dort. Ich schaue nach Möglichkeit jeden Tag einmal vorbei und bringe ihnen ein paar Lebensmittel. Wenn ich nett bin, nehme ich abends auch ihren Müll mit.« Er zeigte auf seinen jetzt leeren Gepäckhalter. »Wir bieten auch geführte Wattwanderungen und vogelkundliche Führungen an, falls Sie das interessiert.«

»Ich komme gern einmal vorbei. Aber jetzt muss ich mir etwas zu essen besorgen. Können Sie mir sagen, wie ich von hier aus schnellstens zu dem Hofladen gelange? Ich dachte, ich wüsste, wo er ist, aber nun habe ich mich verlaufen.«

Thomas Schmidt begleitete sie bis zur richtigen Abzweigung. »Dann bis demnächst«, verabschiedete er sich und zeigte gen Himmel, aus dem schon wieder der Landregen in dünnen, eiskalten Bindfäden herabfiel. »Mit etwas Glück ändert sich das Wetter bald!«

10

»Moin moin«, erwiderte Thomas den Gruß des Schäfers. Es war schon später Vormittag, aber der Gruß galt an der Küste den ganzen Tag über. »Moin« bedeutete ja auch nicht etwa »guten Morgen«, sondern hieß auf Platt so viel wie »schön« oder »gut«.

Der Schäfer von Westerhever, der schon längst keine Schafe mehr hütete, sondern das Gewerbe beizeiten seinem Sohn übergeben hatte, sah Thomas unter gerunzelten Brauen an. So schroff hatte er den Vogelwart selten erlebt. Vielleicht ärgerte er sich wieder mal über den Sohn des Schäfers, der gern mit seinem Jeep durch das Vorland bretterte, wenn er die Gatter kontrollierte, verletzte oder erkrankte Tiere versorgte und nach dem Rechten sah. Natürlich könnte er genauso gut auf dem Deichinnenweg parken und die paar Schritte über den Deich zu Fuß gehen, statt durch die Schutzzone zu fahren, aber vor Gericht hatte er sich unter Berufung auf sein Gewohnheitsrecht eine Sondergenehmigung erkämpft. Seither war er mit seinem Wagen auch in den Gebieten der brütenden und rastenden Vögel unterwegs. Danach, wie es den Landwirten ging, wenn die durchziehenden Nonnengänse mal eben ihre Weiden leer fraßen und verkotet zurückließen oder wenn ein Acker nicht bestellt werden durfte, nur weil ein Kiebitzpärchen sich dort niedergelassen hatte und seinen Nachwuchs aufzog, fragte schließlich auch niemand.

Thomas stieg vom Rad und stützte sich mit den Ellbogen auf die Lenkstange. »Wie läuft das Geschäft?«

»Zieht endlich wieder an«, meinte der Schäfer. Vor ein paar Jahren hatte er die alte Schäferei zu einem Café mit Andenken-, Kaffee- und Eisverkauf umgebaut. Im Sommer standen sogar ein paar recht empfehlenswerte Lammgerichte auf der Karte. Hier im »Café am Schafstall« versorgten sich die Gäste, ehe sie sich zu Fuß auf den Weg zum Leuchtturm machten, der etwa zweieinhalb Kilometer hinter dem Deich in den Salzwiesen auf einer Warft thronte.

Die Männer schwiegen eine Weile, bis der Schäfer bedächtig fragte: »Und bei euch?«

»Ostern war viel los. Das Wetter war ja auch klasse. Aber jetzt ist es wieder ruhig. Zu kalt für Touristen. Die Leute wollen immer Sonne haben, dabei ist das Watt auch bei bewölktem Himmel eindrucksvoll.«

»Irgendetwas Neues von der MKRO?«

Thomas schüttelte den Kopf. Als Leiter der Schutzstation war er immer über die neuesten Maßnahmen, Ausschreibungen und Vorhaben auf dem Laufenden, die von der Regierung und der Ministerkonferenz für Raumordnung in Sachen Hochwasserschutz, Deichbau und Ähnlichem beschlossen wurden. »Und was sagst du: Bleibt das Wetter?«

Der Schäfer sah mit zusammengekniffenen Augen in den Himmel, über den jetzt die schönsten weißen Wolkenschiffe segelten. »Entweder es ändert sich, oder es bleibt, wie es ist.«

Schmunzelnd verabschiedeten sie sich voneinander.

Thomas schob sein Rad auf dem geteerten Weg den Deich hinauf. Oben schlug ihm der Wind entgegen. Der Regen hatte aufgehört, und das Vorland mit den Salzwiesen flimmerte in der Sonne, die durch die Wolken gebrochen war. Er war spät dran. Sicher warteten die jungen Leute schon auf ihre Milch. Zum Glück hatte er heute ausnahmsweise weder das Fernglas noch die Kamera oder das Spektiv mitgenommen. Oft musste er noch Akten oder Bücher, Nachschlagewerke, und seinen Laptop mitschleppen, aber bei dem Nieselwetter am Morgen hatte er heute alles zu Hause gelassen.

Technisch waren die Mitarbeiter am Leuchtturm bestens versorgt. Neben ihren Handys verfügten sie über mehrere Festnetz- und Internetanschlüsse, natürlich über Strom – früher hatte der Leuchtturmwärter ihn mit einem Generator selbst erzeugt, heute kam er aus dem öffentlichen Netz – und natürlich über fließend Wasser. Nur Lebensmittel mussten sie sich selbst per Fahrrad und Anhänger herbeischaffen. Am Anfang ihres Aufenthalts fanden das die meisten abenteuerlich und interessant, aber spätestens im Herbst begannen sie zu schimpfen, wenn ihnen die Milch oder das Bier ausging und der Weg zum nächsten Kaufmannsladen eine Radtour durch Wind und Wetter von mehreren Kilometern bedeutete. Dann fingen sie an, sich zu organisieren. Hin und wieder kam der Techniker mit seinem Pkw vorbei, der, wenn man nett zu ihm war, manchmal auch einen ihm zuvor per SMS zugeschickten Lebensmitteleinkauf mitbrachte: ein Sixpack H-Milch, Joghurt, Obst und Gemüse oder auch eine Kiste Bier. Manchmal hinterließen auch die Gäste aus dem Seminarhaus – dem Zwillingshäuschen auf der anderen Seite des Turms – Essen, das sie mühsam im Bollerwagen durch die Salzwiesen zum Turm gezogen hatten und das Thomas' Jungs und Mädels ihnen gern abnahmen.

In der Regel hielt sich ein Team aus drei bis vier Mitarbeitern, das meistens aus zwei oder drei Männern und einer oder zwei Frauen bestand, für ein Jahr in der Schutzstation auf. Hinzu kamen manchmal Freunde und Freundinnen der Mitarbeiter, die längere oder kürzere Zeit zu Besuch waren. Zurzeit bestand das Team nur aus drei Personen: aus Pit, Ernest und Alissa. Die Besetzung des Teams erfolgte im Nachrückverfahren, sodass ein neuer Kollege immer von zwei bis drei erfahrenen eingearbeitet wurde.

Alissa war seit Oktober im Dienst und damit jetzt, Ende April, am kürzesten der drei auf der Station. Sie wollte Biologie studieren und Ornithologin werden, sich aber zuvor versichern, dass sie für den Beruf auch wirklich geeignet war. Ein abgebrochenes Studium hatte sie schon hinter sich – katholische Theologie. Thomas hatte den Eindruck, dass sie ziemlich unter der Umorientierung litt. Sie war gläubige Christin, das hatte sie ihm auf einem ersten, orientierenden Spaziergang durch das Deichvorland anvertraut. Sie wäre gern Priesterin geworden und hatte die Hoffnung, dass die katholische Kirche endlich auch Frauen zum Priesteramt zulassen würde, lange noch nicht aufgegeben. Sie hatte mit Leidenschaft studiert, ausgezeichnete Prüfungen abgelegt und wäre eine Vorzeigekandidatin für das Amt gewesen, aber bald hatte man ihr sehr deutlich gemacht, dass ihr Berufswunsch aussichtlos war. Sie hätte Hochschullehrerin für katholische Theologie werden, in dem Bereich forschen, Kirchengeschichte schreiben, in einem Bistumsarchiv arbeiten können und damit ganz sicher ihr Auskommen gefunden – aber nicht als Priestern tätig sein können. Der Ausschluss der Frauen von diesem Amt war in der katholischen Kirche genauso unveränderbar wie das Zölibat, das hatte ihr Mentor und Professor, ein engagierter katholischer Gelehrter und Priester, ihr in aller Deutlichkeit klargemacht.

Daraufhin hatte sie überlegt, in ein Kloster einzutreten, doch der Ausschluss aus der Welt, der Rückzug ins Gebet und die ständige Meditation waren nicht das, was ihr für ihr Leben vorschwebte. Sie wollte wirken, unter Menschen sein, sich mit ihnen auseinandersetzen, für etwas kämpfen. In einem schwierigen Entscheidungsprozess hatte sie ihren Lebenstraum aufgegeben, ihr Theologiestudium abgebrochen und war auch in kein Kloster eingetreten.

Zuerst schien sie sich gut in das Team am Leuchtturm zu integrieren. Die beiden jungen Männer, Pit und Ernest, hatten sie freundlich aufgenommen. Sie verstanden sich mit ihr, und es gab keine Probleme. Aber dann spürte Thomas bei seinen Besuchen immer öfter eine gereizte Stimmung. Alissa gab ihm pampige Antworten auf einfache, sachliche Fragen oder zog sich zurück und blieb während ihrer wöchentlichen Teambesprechungen stumm. Wenn sie gemeinsam unterwegs waren, setzte sie sich von der Gruppe ab, blieb zurück oder lief weit voraus.

Aufgrund ihrer Bewerbungsunterlagen, ehe er sie persönlich kennenlernte, war Thomas skeptisch gewesen, ob eine junge Frau mit schwärmerischem Naturbegriff in der Biologie und vor allem im Naturschutz am rechten Platz war. Er hatte befürchtet, sie könnte zu enthusiastisch, zu engagiert sein, und zu viel Begeisterung war gefährlich. Unter den Tierschützern gab es schon genug Fanatiker und Extremisten, die langfristig die Arbeit der Naturschutzorganisationen durch ihren instabilen

Demokratiebegriff, ihre Bereitschaft zu ausgefallenen Aktionen, ja zu Gewaltanwendung und Extremismus gefährdeten. Leute wie Thomas, die von Jugend an Teil von NGOs und Bürgerinitiativen gewesen waren, politische Arbeit in Sachen Naturschutz von der Pike auf gelernt und dabei erfahren hatten, dass man mit kleinen Schritten, dem ständigen Tropfen, der den Stein höhlte, schließlich am weitesten kam, waren vorsichtig mit jugendlichen Enthusiasten. Wer sich bei Thomas als strenger Vegetarier oder Veganer vorstellte, der sich weigerte, einen Ledergürtel oder Schuhe mit ledernen Sohlen zu tragen, den schloss er zwar nicht von vornherein bei der Auswahl für die Arbeit in der Schutzstation aus, prüfte ihn aber auf Herz und Nieren, ehe er ihm zusagte.

Doch Alissa hatte ihn in ihrem Vorstellungsgespräch schnell von ihrer Eignung überzeugt. Als sie erzählte, sie habe in ihrem Theologiestudium besonders die intensive Arbeit mit den alten Sprachen gemocht – sie las und schrieb Griechisch und Latein fließend –, war sie in seiner Achtung erheblich gestiegen. Und hatte bald jeden Vogel nicht nur mit der deutschen, sondern auch mit der lateinischen Bezeichnung benennen können, als wäre Latein ihre Muttersprache. Da sich über diese Bezeichnungen Verwandtschaftsbeziehungen der Tiere leichter erschlossen, erarbeitete sie sich in kurzer Zeit einen guten Überblick über die Artenvielfalt an der Küste. Jedes Mal, wenn sie sich trafen, verblüffte sie Thomas aufs Neue mit Kenntnissen, die sie sich offenbar über Nacht durch die Lektüre sämtlicher Fachbücher angeeignet hatte, die im Haus am Leuchtturm zu finden waren. Zudem verfügte sie über ein feines Gehör und konnte so die Rufe der Vögel leicht voneinander unterscheiden. Bei den meisten Enten- und Gänsearten, die hier herumkrakeelten, war das zugegebenermaßen nicht allzu schwer. Genauso wie bei den lautstarken Austernfischern, den Regenpfeifern, den Knutts, den vielen Möwenarten und den allgegenwärtigen Lerchen. Doch Alissa konnte auch seltenere Arten schnell identifizieren und hatte außerdem die für Vogelkundler und Zoologen höchst praktische Begabung,

Silhouetten zu abstrahieren und wiederzuerkennen. Das bedeutete, dass sie einen Vogel im Flug, dem sie einmal einen Namen zugeordnet hatte, leicht wiedererkannte – was Thomas mühsam hatte erlernen und sich antrainieren müssen. Seine Fähigkeiten lagen auf anderen Gebieten.

Auf jeden Fall hatte Alissa trotz einer vermutlich recht schwierigen psychischen Verfassung ansonsten hervorragende Voraussetzungen für die Arbeit im Vogelschutz. Zudem war sie sehr jung – Anfang zwanzig – und würde sich noch entwickeln. Wie im Übrigen die meisten Leute, die Thomas hatte kommen und gehen sehen. Die allermeisten hatten sich in diesem Jahr hier am Leuchtturm stark verändert.

Bald war er vollauf zufrieden mit Alissa, ja sogar von ihr begeistert gewesen, und manchmal flirteten sie fast ein bisschen miteinander. Sie konnte bezaubernd sein, wenn sie in all ihrer Jugend übermütig und fröhlich war! Außerdem sah sie mit ihrer dicken schwarzen Mähne, die er noch nie richtig gekämmt oder ordentlich frisiert gesehen hatte, ihrem dunklen Teint und ihren großen, nachdenklichen Augen umwerfend aus.

Und dann war Anfang des Jahres Marco aufgetaucht, dieser Tunichtgut aus Heide. Er schien es Alissa angetan zu haben. Thomas bezweifelte zwar, dass sie ein Paar waren, aber Alissa hatte den Burschen unter ihre Fittiche genommen und sich dafür eingesetzt, dass er in einer der Dachkammern wohnen durfte, weil er angeblich hier in der Gegend nichts anderes fand. Ab Sommer wollte er auf seinem Holzboot leben, das im Tümlauer Hafen lag und von ihm repariert und ausgebaut wurde. Wovon er lebte, wusste kein Mensch. Vogel- und Naturschutz kümmerten ihn einen Dreck, und andauernd gab es Ärger, weil er irgendwelche Gerätschaften auslieh und nicht zurückbrachte, die Küche nicht aufräumte, die Regeln des Zusammenlebens einfach nicht respektierte.

Von Weitem sah Thomas, dass Alissa ihm auf ihrem Fahrrad entgegenkam. Sie hatte einen Bollerwagen angehängt, vermutlich musste sie das Gefährt hinter den Deich zum Schafstall zurückbringen, wo die Gästegruppen des Seminarhauses sich die Wagen abholten, um ihre Siebensachen zum Leuchtturm zu transportieren

»Ich habe schon versucht, dich anzurufen, aber du gehst ja nie an dein Handy«, sagte sie nach einer knappen Begrüßung und grinste. »Zwei Heiratswütige würden gern einen Termin vereinbaren.«

Thomas zog eine Grimasse. Das Thema Heiraten schien ihn zu verfolgen.

»Ihr habt doch den Kalender, warum hast du ihnen keinen Termin zugeteilt?«

»Ich hab doch keine Ahnung, wann du Zeit hast. Außerdem bin ich nicht deine Sekretärin.«

Da war er wieder, der pampige, schlecht gelaunte Tonfall.

»Wenn der Standesbeamte einen Termin frei hat und das Hochzeitszimmer im Turm nicht besetzt ist, muss ich doch nicht dabei sein.«

»Ernest meinte, dass ich dich erst fragen soll. Die Leute wollen bestimmt auch eine Führung durch den Turm und eine Wattwanderung machen, wenn sie schon hier in der Wildnis heiraten, oder?«

Thomas hätte ihre patzige Erwiderung gern mit einer entsprechenden Antwort pariert, konnte sich aber nicht so gehen lassen. Er war ihr Vorgesetzter und bestimmte den Kommunikationsstil, der im Team herrschte, durch sein eigenes Verhalten. »Ist schon okay«, sagte er besänftigend. »Vielen Dank für die Information. Ich kümmere mich darum.«

»Ich habe die Daten des Anrufers ins Mitteilungsbuch eingetragen.« Alissa stieg wieder auf ihr Rad, hielt aber noch mit einer Fußspitze Bodenkontakt. Dann fragte sie mit etwas weicherer Stimme: »Bleibst du heute zum Essen?«

Thomas lächelte und nickte. »Gern. Was gibt's denn?«

»Spaghetti mit Tomatensoße – wie immer!«, rief sie und fuhr kichernd und winkend davon.

Sie radelte bis zum alten Schafstall, wo sie ihr Spektiv aus dem Anhänger nahm und diesen von ihrem Rad abkoppelte und zu den anderen in die Scheune schob. Eigentlich hatte sie noch ein Stück weiter am Deich entlangfahren wollen, um Watt- und Wasservögel an ihren Nistplätzen im nördlichen Vorland zu erfassen. Aber sie war unruhig, weil sie Marco den ganzen Tag nicht gesehen hatte. Vielleicht wollte er die kommende Nacht auf seinem Boot verbringen. Es war nicht mehr so kalt wie im Winter, und er hatte die kleine Kajüte inzwischen vollständig umgebaut. Zwei Kojen befanden sich darin, eine in der kleinen Kammer im Bug des Schiffes und eine in der Kajüte neben der Küchenzeile.

»Jetzt kann man zu zweit oder dritt auf dem Schiff leben«, hatte er ihr erklärt. »Alleine will ich nicht über den Atlantik fahren, das ist mir zu langweilig. Aber wenn du nicht mitkommen willst, frag ich jemand anderen.«

»Ich kann nicht«, hatte Alissa immer wieder erklärt. »Ich habe mich verpflichtet, ein Jahr lang in der Schutzstation zu arbeiten. Ich kann Ernest und Pit doch nicht einfach alleine lassen, und die Neue kommt erst in den Sommerferien. Thomas hat in diesem Jahr anscheinend nicht so viele Leute zugeteilt bekommen wie sonst. Die sparen doch, wo sie können. Zu dritt ist es echt hart. Am Wochenende müssen wir stundenlang im Ausstellungsraum rumsitzen für den Fall, dass mal jemand vorbeikommt und eine Frage hat, und ab Juni bin ich fast jeden Tag für eine Wattwanderung oder eine vogelkundliche Führung eingeteilt. Wie stellst du dir das vor – soll ich das Team sitzen lassen?«

Marco hatte die Schultern gezuckt. Ihm war die Arbeit in der Schutzstation vollkommen egal, er war ja nur Gast im Haus.

Alissa war schon froh, dass er aufgehört hatte, die Enten und Gänse zu jagen, und begriffen hatte, dass die Tiere unter Naturschutz standen. Sie mochte gar nicht daran denken, was passiert wäre, hätte Thomas gehört, dass Marco ein paar Gänse gefangen und gegrillt hatte. Das war echt der Hammer. Die schmeckten doch noch nicht einmal – Alissa schüttelte sich schon bei der Vorstellung, die wunderbaren, freien Tiere zu fangen, geschweige denn sie zu töten und zu essen. Wie konnte man auf solche Gedanken kommen?

»Auf dem Meer gibt's keine Kartoffeln und Möhren«, hatte Marco gesagt, »nur Trockenfutter und Fische. Wenn man dann einen Vogel erwischt, ist das wie ein Festessen. Verstehst du?«

Alissa war wütend gewesen, aber Marco hatte sie nur ausgelacht. Er vertrat die Theorie, dass die Vegetarier den Tieren das Essen wegaßen. Auch so ein Blödsinn.

Alissa wandte sich vor dem Schafstall nach Süden und radelte trotz Rückenwind langsam und nachdenklich Richtung Tümlauer Koog. Das schwere Spektiv hatte sie in der Radtasche verstaut. Bis zum Tümlauer Hafen waren es nur zwanzig Minuten per Rad, sie würde nachschauen, ob Marco dort war, und trotzdem rechtzeitig zum Essen am Leuchtturm zurück sein.

»Dann werde ich halt Folkert mitnehmen. Der ist nicht so pingelig wie du«, hatte Marco gesagt.

»Folkert kann nicht segeln. Was willst du mit dem auf dem Atlantik? Der ist Bauer, eine Landratte, wie sie im Buche steht.«

»Kann man alles lernen. Ist ja Zeit genug dafür bei einer Atlantiküberquerung.«

»Aber ihr müsst doch auch navigieren, so etwas eignet man sich nicht mal so nebenbei an. Das ist gefährlich.«

»Ja, Mutti. Es genügt, dass ich es kann. Übrigens muss man auch an den Küsten navigieren können, Kleines. Sogar noch viel besser als auf offener See. Dort braucht man vor allem gutes Wetter.«

Und dann hatte er wieder angefangen, ihren Nacken zu streicheln und ihren Hals zu küssen, und seine Hände waren wer weiß wohin auf ihrem Körper gewandert. Es war schön gewesen. Und gleichzeitig beängstigend. Noch beängstigender aber war die Vorstellung, dass Marco vielleicht bald nicht mehr da sein würde. Alissa sorgte sich, dass ihm etwas bei seinen Abenteuern passierte, aber auch, dass er einfach nicht mehr in ihrem Leben präsent war. Sie wollte ihn immer in ihrer Nähe wissen.

Sie trat fester in die Pedale – der Wind kam jetzt schräg von vorne –, fuhr parallel zur Koogstraße, blieb aber immer hinter dem Deich.

Sie hatte sich verliebt, verdammt und zugenäht. So ein blödes, albernes Gefühl! Bis jetzt hatte sie es geschafft, es sich nicht einzugestehen. Aber wenn sie sich vorstellte, dass Marco mit seinen warmen großen Händen, seinem heißen Atem und dem geschmeidigen Körper demnächst nicht mehr da sein sollte – verdammt, dann brach es ihr das Herz. Das ging einfach nicht. Aber mitfahren mit ihm – das ging genauso wenig.

Alissa bog rechts ab, strampelte über den Deich, raste die steile Straße hinab und bremste erst, als das Rad mit großer Geschwindigkeit auf das Hafenbecken zurollte. Mit einem Blick sah sie, dass Marco nicht da war. Das schmutzig weiße Holzboot lag wie immer vertäut hinter dem Motorboot der Schutzstation, die Persenning ordentlich über den Bug gespannt, und schaukelte im Niedrigwasser.

11

Gut zwei Wochen später, Mitte Mai, stieg das Thermometer endlich über zwanzig Grad. Bäume und Büsche standen immer noch in Blüte beziehungsweise hatten in Windeseile ihre grünen Gewänder angelegt. Anne konnte ihren Gartenpflanzen beim Wachsen zuschauen und beeilte sich, zumindest noch ein weiteres Beet, diesmal näher an der Küche, anzulegen. Seitdem sie Handschuhe trug, ging die Arbeit viel besser voran. Sie war so in die regelmäßigen Bewegungen von Stechen, Treten und Umwerfen vertieft, dass sie gar nicht bemerkte, dass sie aufmerksam beobachtet wurde.

Der Junge stand an dem Entwässerungsgraben, der die beiden Grundstücke voneinander trennte. Er führte schon lange kein Wasser mehr und war nur noch eine tiefe Mulde in der Rasenfläche. Das Kind riss Grashalme aus und warf sie in die Richtung, wo Anne nun schon seit Tagen im Boden herumwühlte. Es hatte sie zuerst vom Fenster aus beobachtet, dann von Weitem von der Terrasse seines Elternhauses aus. Jeden Tag hatte sich der Junge ein Stückchen näher an sie herangewagt, und nun stand er hier am Graben und riss Grashalme aus. Aber Anne sprach ihn einfach nicht an.

»Warum machst du das?«, rief er endlich gegen den Wind an, der seit gestern hart über den Deich pfiff. Dabei stemmte er die Hände in die Hüften wie ein Großer und beugte sich vor.

Anne schaute auf und wischte sich mit dem Unterarm ein paar Haarsträhnen, die unter ihrem Kopftuch herausgerutscht waren, aus dem verschwitzten Gesicht. »Wer bist du denn?«, fragte sie zurück.

»Ich bin Leander, und du?«

»Ich bin Anne. Guten Tag, Leander.«

»Warum machst du das da? In dem Haus da wohnt doch jetzt niemand mehr.«

»Doch, ich wohne darin. Schon seit ein paar Wochen.«

»Darfst du das?«

»Na klar.«

»Und was machst du da?«

»Ich grabe meinen Garten um. Das tun deine Eltern doch sicher auch hin und wieder, oder?«

Die Erwähnung seiner Eltern brachte den Jungen offenbar auf einen Gedanken. Er legte den Kopf einen Moment in den Nacken, dann lief er über die Wiese und verschwand hinter dem Nachbarhaus.

Anne zog die Handschuhe aus und steckte ihre Haarsträhnen wieder fest. Stolz betrachtete sie das stattliche Stück Acker von der linken Seite des Hauses bis zur Mitte des Grundstücks, das sie seit dem Morgen umgegraben hatte. Heute schien sie besonders gut voranzukommen. Der Boden vor dem Küchenfenster war nicht so fest und stark durchwurzelt wie der am unteren Ende des Grundstücks. Der geschützte Platz zwischen den Häusern und unter den Apfelbäumen schien ihr ideal für das geplante Kräuter-Küchenbeet zu sein. Wenn sie so weitermachte, würde sie noch an diesem Tag damit fertig werden.

Als sie wieder anfangen wollte zu graben, kam Leanders Mutter mit dem Jungen im Gefolge und einem Baby auf dem Arm um die Hausecke. Anne hatte sie bisher nur von Weitem gesehen. Sie schien nie im Garten zu arbeiten und verließ das Haus offenbar auch sonst nur selten. Ihre Kleidung und Aufmachung waren eher ungewöhnlich für die Gegend, soweit Anne das beurteilen konnte. Sie trug hautenge Jeans und Sandalen mit Stöckelabsätzen, die in der feuchten Wiese versanken. Dazu ein freizügiges Top. Sie war geschminkt, als wenn sie gleich zu einer Party abrauschen wollte.

»Hallo«, sagte die Frau und wischte dem Baby auf ihrem Arm mit dem Handrücken übers Gesicht. Es schien gerade geweint zu haben, auf den Wangen glänzten noch Tränen. »Das ist Nadine, meine Tochter.« Sie sprach den Namen deutsch aus, betonte das e am Ende. »Schön, dass wir wieder eine

Nachbarin haben. Mein Mann ist oft verreist, da fühle ich mich manchmal einsam. Lass das, Leander!«

Die letzten Worte sagte sie so heftig, dass Anne zusammenzuckte. Der Junge stand neben ihr und rupfte mit beiden Händen wieder Grasbüschel aus, die er jetzt erschrocken fallen ließ. Seine Hände waren wie seine Hosen und Schuhe starr vor Dreck.

»Ich freue mich auch, hier zu sein«, sagte Anne verlegen.

Die Nachbarin schaukelte von einem Bein aufs andere und schob das Baby von der rechten Hüfte auf die linke. Mit der freien rechten Hand griff sie nach dem Pullover ihres Sohnes und zog ihn damit zu sich heran. »Kommen Sie doch mal zu uns rüber. Heute Abend zum Beispiel. Wenn die Kinder im Bett sind, kann man besser reden.« Sie sah kritisch ihren Sohn an, der schmollend zu ihr aufblickte. »Du gehst gleich ins Bett. Und keine Widerworte, Freundchen. Sonst setzt es was.« Sie winkte Anne fröhlich zu. »Also abgemacht! Und nicht klingeln, nur klopfen, damit Sie die Kleinen nicht aufwecken.«

»Okay«, sagte Anne, obwohl ihr nicht klar war, ob sie am Abend wirklich Lust auf eine Verabredung hätte. »Ich, äh, ich bin übrigens Anne.«

»Maren«, flötete die Nachbarin. »Dann also bis später.« Sie winkte noch einmal, ehe sie mit ihren Kindern im Haus verschwand.

Anne starrte auf die rote Backsteinwand des Nachbarhauses. Wie gut, dass auf dieser Seite kein Fenster war, dachte sie. Von so viel Nachbarschaft wie auf dem Land konnte man in der Stadt nicht einmal träumen.

Etwas später tauchte Leander wieder auf, diesmal im Schlafanzug. Der Junge hatte einen unglaublich dichten, hellblonden Schopf, der kurz geschnitten wie eine Bürste seinen runden Kopf bedeckte. Seine blauen Augen schauten neugierig und ein bisschen zu eng beieinanderstehend in die Welt. Sein Mund war hübsch geschwungen, und wenn er lachte, entblößte er eine Reihe kleiner, ebenmäßiger weißer Milchzähnchen.

»Mama meint, du sollst jetzt gleich kommen«, sagte er, nachdem er Anne wieder eine Weile schweigend beim Graben zugeschaut hatte. »Ich gehe jetzt nämlich ins Bett.«

Anne hatte eigentlich noch etwa zwei Quadratmeter Boden beackern wollen, ehe sie ihre Arbeit für heute abschloss.

»Bitte«, fügte Leander hinzu und entblößte noch einmal seine Zähnchen.

Sein Lächeln war entwaffnend. Anne legte den Dreizink vom Ehepaar Lärche über die Schubkarre. »Okay, ich komme gleich. Ich muss mich nur noch umziehen. In zwanzig Minuten bin ich da.«

Leander rannte wie der Blitz zum Haus zurück, und Anne hörte ihn gellend nach seiner Mutter rufen. Sie fuhr die Schubkarre zum Komposthaufen und kippte die Fuhre zu dem großen Haufen aus Wurzeln und Gestrüpp, der schon dort lag. Dann verstaute sie die Gartengeräte in der Scheune, duschte so lange, bis der Heißwasserboiler leer war, und zog sich ein paar zwar seltsam aussehende, aber trockene und saubere Sachen aus den unergründlichen Tiefen des Schlafzimmerschranks an. Die Jeans, die sie bei ihrer Ankunft getragen hatte, konnte sie bald in die Ecke stellen, so dreckig waren sie. Wenn sie nicht bald nach Hamburg fuhr, um frische Kleidung zu holen, musste sie halt in den Jogginghosen der Verstorbenen herumlaufen. Anne trug zwar keine Größe 38, aber die Hosen, die hier im Schrank lagen, waren alle reichlich groß geschnitten. Besser so als zu klein, dachte sie, zog die Bänder der Trainingshose eng zusammen und band aus ihnen eine doppelte Schleife.

Tatsache war, dass sie weder wusste, wo sich ihr Autoschlüssel zurzeit befand, noch die geringste Lust verspürte, sich auf die Autobahn zu begeben. Sie wollte einfach mal nicht vernünftig sein, keine Pflichten erfüllen, nicht mal die gegenüber sich selbst. Auch ins Einkaufszentrum von St. Peter-Ording hatte sie es bis jetzt nicht geschafft – keine Lust. Es gab ja alles um die Ecke: In dem Hofladen kaufte sie Kartoffeln, Zwiebeln, Kohl und Äpfel, echten Bienenhonig und frische Eier. Auch Fleischwaren konnte man dort bestellen. Mit Brot, Milch und

Butter versorgte sie der Bäckereiwagen, der regelmäßig kam, und Frau Lärche legte ihr dauernd neue Sämereien vor die Tür, die sie für ihre Gartengestaltung brauchte – sie hatte also alles, was ihr Herz begehrte. Bargeld hatte sie zum Glück genug im Portemonnaie. Reiner Zufall.

Auf dem Küchentisch lag noch immer der Stapel mit staubigen Zeitschriften und Zetteln aus dem Bücherregal, den sie vor einigen Tagen durchgeschaut hatte. Alles altes Zeug, diverse Magazine aus dem letzten Jahrhundert, alte Anti-AKW-Broschüren, ein vergilbtes Exemplar des »Arbeiterkampf«, ein Flyer mit dem Aufdruck »Angehörigen-Info« und eine uralte Ausgabe der Zeitschrift »Konkret«, Hildes Archiv sozusagen. Ein paar handschriftliche Notizen, es konnten Briefe sein, waren auch darunter, aber die Schrift war so schwer zu entziffern, dass Anne sie erst einmal zur Seite gelegt hatte. Jetzt wuchtete sie den Papierstapel zurück ins Regal und schaute sich nach einem Mitbringsel für die Nachbarin um. Bis auf eine Flasche Rotwein, die noch im Auto lag, »Côte du Rhône Grand Cru«, der teuerste von Aldi, hatte sie nichts Besonderes zu bieten. Eigentlich hatte sie die Flasche für Jonas gekauft, der letzte Woche Geburtstag gehabt hatte. Oder vorletzte Woche? Sie hatte komplett vergessen, ihm zu gratulieren. Wenigstens eine Postkarte hätte sie ihm schreiben können. Aber wirklich wichtig war ein Geburtstag weder für ihn noch für sie.

Sie warf einen letzten Blick in den Spiegel: Mit gewaschenen Haaren sah sie gleich wieder zivilisierter aus, obwohl sie statt Shampoo die Kernseife, die neben dem Waschbecken lag, verwendet hatte. Ihre Haut war gerötet, als ob sie einen leichten Sonnenbrand hätte – aber so richtig in der Sonne gelegen hatte sie ja noch gar nicht. Vielleicht war es die viele frische Luft, die sie so zum Glühen brachte. Sie warf sich ihren bunten Strickschal um den Hals, um wenigstens etwas Eigenes am Leib zu tragen, und zog die Haustür hinter sich ins Schloss.

Anne nahm den offiziellen Weg über die Straße. Auch wenn man nebeneinander wohnte, musste man ja nicht übers Grundstück laufen, die Gewohnheit wollte sie erst gar nicht einführen. Sie klopfte leise an die Haustür und ignorierte die Klingel, unter der der Name »Andresen« stand. Kein Männername davor. Einen Mann hatte Anne bei ihrer Nachbarin auch noch nicht gesehen. Vielleicht ein Seemann auf großer Fahrt?

»Herzlich willkommen!«, rief Maren etwas zu laut, als sie die Tür öffnete. Wieder hatte sie ihre Tochter auf dem Arm, die nur mit einer Windel bekleidet war. Sie machte ein Gesicht, als würde sie gleich in Tränen oder Geschrei oder beides ausbrechen. »Kommen Sie rein in die gute Stube, Frau Nachbarin. Du musst mir leider noch einmal deinen Namen sagen, ich habe ihn schon wieder vergessen. Wie peinlich.«

Anne tat wie geheißen, aber Maren war vollauf damit beschäftigt, ihr Baby zu beruhigen, das in dem Augenblick, als Anne an ihr vorbei ins Haus trat, tatsächlich in gellendes Geschrei ausgebrochen war.

»Nadine, halt die Klappe, du kommst jetzt ins Bett!«, brüllte Maren nicht viel weniger laut. »Setz dich schon mal hin und mach es dir bequem, ich komme gleich!«, rief sie Anne zu. Dann war sie wieder bei ihren Kindern. »Nein, Leander, du gehst jetzt auch ins Bett! Das ist mein letztes Wort, Bürschchen!«

Anne bedauerte schon, der Einladung gefolgt zu sein. Wie wunderbar ruhig und friedlich es bei ihr drüben doch war. Während Maren mit an offene Gewalt grenzendem Geschrei ihre beiden Sprösslinge ins Bett brachte, musterte Anne mit Entsetzen die Wohnzimmerlandschaft, die aus einer Mischung aus deutscher Eiche und Plaste und Elaste bestand. Die Wände waren nicht tapeziert, sondern mit einer vermeintlich modischen Wischtechnik in drei Rottönen bemalt worden, die nicht im Geringsten miteinander harmonierten. Vor diesem wilden Hintergrund machte sich auf der einen Seite des Raums eine enorme Polsterlandschaft breit, die auch XXXL-Menschen ausreichend Platz zum Rekeln und Relaxen geboten hätte. Sie war mit einem giftgrünen Veloursstoff bezogen, der schon auffällig viele Spuren vom Leben mit kleinen Kindern zeigte. Auch der

Couchtisch aus schwarzem Rauchglas war eigentlich nichts für eine junge Familie. Man sah jeden Fingerabdruck darauf. An der gegenüberliegenden Wand fächerte sich die übliche Wohnzimmerschrankwand auf, in der ein überdimensionaler Flachbildfernseher dominierte. Die Regale waren weitgehend mit Nippes gefüllt, Bücher gab es keine. Nicht einmal Imitationen davon. Dafür lagen ein paar DVDs auf dem Couchtisch. Anne versuchte lieber nicht, die Titel zu entziffern. Stattdessen überlegte sie fieberhaft, wie sie schnellstens von hier verschwinden könnte.

Aber da kam Maren schon mit einem Tablett wieder ins Zimmer und schloss die Tür hinter sich, sodass das Gewimmer von Nadine und der Erzähler der Märchen-CD von Leander kaum noch zu hören waren. »Endlich«, seufzte sie und ließ sich auf der Polsterlandschaft nieder, Anne genau gegenüber. Sie verteilte Schälchen mit Nüssen und Salzgebäck auf dem Tisch und stellte zwei große Whiskygläser mit schweren Böden vor ihnen hin.

Anne hielt das für den geeigneten Moment, ihr Gastgeschenk loszuwerden.

»Oh, danke!« Maren machte einen kleinen Diener, als sie die Weinflasche entgegennahm. »Rotwein aus Frankreich, puh, den können wir ja am Hochzeitstag aufmachen oder so.«

»Trinkt ihr gar keinen Wein? Sorry, das wusste ich nicht.«

»Kannst du ja auch nicht, wir lernen uns doch gerade erst kennen. Außerdem trinken wir zu besonderen Gelegenheiten schon Wein. Ich finde, der macht alles so feierlich. Wie Musik in der Kirche.«

Sie lachte, und Anne wurde plötzlich klar, wie jung ihre Nachbarin war. Bestimmt noch keine dreißig. Sie hatte strahlend blaue Augen wie die ihres Sohnes, die aber nicht so nah wie seine beieinanderstanden. Dazu etwas dunkleres Haar als er, das durch blonde Strähnchen entstellt wurde und ihr lockig bis auf die Schultern fiel. Sie trug ein Top mit dünnen Trägern, als wäre es Hochsommer. Vermutlich brachten die beiden Kinder sie so ins Schwitzen. Sie war jetzt abgeschminkt, was man ihr deutlich ansah. Frauen, die regelmäßig Make-up benutzten, sahen ohne irgendwie nackt aus, fand Anne. Marens Händen war wie ihrem Haarschnitt anzusehen, dass sie regelmäßig professionell gepflegt wurden, obwohl sie keinen farbigen Nagellack trug. Über den Bund ihrer engen Jeans quollen ein paar Speckrollen, vermutlich die Überreste der Schwangerschaften. Ihre Füße steckten barfuß in mit Strass verzierten Zehenlatschen mit hohem Absatz. Sie ließ sich zu Hause nicht gehen, war aber trotz Friseur und Maniküre auch nicht richtig gepflegt. Vielleicht war sie einfach überfordert, eine junge Frau, die mitten in der Kinderhölle steckte und den Überblick verloren hatte.

»Endlich Feierabend«, sagte sie mit einem tiefen Seufzer und drehte zu Annes Schrecken den Schraubverschluss einer Flasche Oldesloer Korn auf. Sie schenkte gut zwei Fingerbreit in jedes Glas ein und füllte es dann mit gelber Limonade aus einer eineinhalb Liter fassenden Plastikflasche auf, bevor sie Anne ein Glas reichte und ihres auf Kinnhöhe hob. »Auf gute Nachbarschaft. Ich bin Maren.«

»Und ich Anne.« Sie stieß mit ihrem Glas an Marens und machte sich auf ein schauerliches Trinkerlebnis gefasst. Doch zu ihrer Überraschung war es gar nicht so schlimm. Man schmeckte den Korn nicht, nur die schrecklich süße Orangenlimonade, die sie seit Jahrzehnten nicht mehr getrunken hatte. Der trockene Côte du Rhône würde in diesem Haus wenig Beifall finden. Schade um den guten Tropfen.

»Ich finde es cool, dass du jetzt hier bist – echt, das kannst du dir gar nicht vorstellen. Seitdem ich hier wohne, hatten wir nie vernünftige Leute in der Nähe. Rechts eine alte Schreckschraube und links eine alte Schreckschraube. Und so geht's die ganze Straße entlang weiter. Also, Prost und auf gute Nachbarschaft!«

»Auf gute Nachbarschaft«, wiederholte Anne und kicherte bei der Vorstellung von alten Schreckschrauben, die sich an der Straße aufreihten. Der hinterhältige Korn tat sofort seine Wirkung.

Maren stimmte ein. Sie kicherten wie Schulmädchen und tranken dabei im Nu ihre Gläser leer. Das Zeug schmeckte süß und fruchtig, stieg einem aber bestimmt fürchterlich in den Kopf.

Frau Lärche konnte man mit gutem Gewissen zu den Schreckschrauben zählen, dachte Anne, aber wie war das Verhältnis zwischen Hilde und Maren gewesen? Sie erkundigte sich.

»Ach, die …« Maren fing schon an, die Konsonanten zusammenzuziehen. Sie schraubte die Kornflasche auf und schubste ihnen eine weitere ordentliche Portion in die Gläser, was Anne nur mit weiterem Kichern kommentieren konnte. »Die war auch so 'ne Schreckschraube. Die … die hat ja nicht mal gegrüßt. Ehrlich!«

»Moin moin«, sagte Anne trocken, und beide brachen in nicht endendes Gelächter aus. »Nicht mal ein ›Moin‹?«, fragte Anne dann, während sie sich die Tränen von der Wange wischte.

»Nicht ein einziges!«, kreischte Maren und wurde dann schlagartig still. »Sie hat kein Platt gesprochen. Obwohl sie es mal gekonnt haben muss, sie kam ja aus Heide. Aber sie hielt sich eben für was Besseres. Genau wie ihre Schwester. Die lebt immer noch in Heide, ihr Mann war dort Pastor. Meine Mutter kennt sie.«

»Pastor?«

»Mhm, ja. Und die Hilde war Lehrerin. Früher wohl in Hamburg und dann wieder in Heide. Du weißt schon, diese Sorte von Frauen mit stufigem grauen Kurzhaarschnitt, die aussehen wie Straßenköter. Bloß nicht färben, bloß nicht sich schick machen! Die nie Trinkgeld geben. Und die Haare immer schön kurz schneiden, damit sie nicht so schnell wiederkommen müssen.«

»Ach«, staunte Anne, »so eine war Hilde? Du hast sie also gut gekannt?«

»Solche erkenne ich auf hundert Meter Entfernung. Ich bin doch gelernte Styl… Stylis… Ich bin Friseuse. Gelernte. Ich hab ausgelernt, verstehst du?«

Anne nickte. Daher der modische Haarschnitt und die manikürten Finger. Maren war vom Fach und hatte vermutlich genug Kolleginnen, mit denen sie sich gegenseitig die Haare schnitt.

»Aber nun ist die Hilde tot.«

»Ja, das ist echt ein Ding. Hätte ich nie gedacht, dass die ins Wasser geht. Also, freiwillig, meine ich.«

»Du glaubst auch, dass es Selbstmord war?«

Maren hob wieder die Schultern, leerte das zweite Glas und schenkte es sich noch einmal voll. Ihre Motorik wurde schon etwas unsicher.

Anne nahm ein paar von den Salznüssen.

»Kein Mensch weiß, was passiert ist. Neff sagt, dass das bestimmt etwas mit ihren jugendlichen Liebhabern zu tun hatte.«

»Neff? Ist das dein Mann?«

Maren nickte, und ihre Stimmung kippte endgültig. Der letzte Rest der absurden Fröhlichkeit fiel von ihr ab und hinterließ eine übermüdete und traurige junge Frau. »Ja, das ist mein Mann.«

»Und wo ist der?«

»Nicht da.« Maren schluckte. »Neff ist nie da, nie, nie, nie. Er arbeitet auf Montage. Irgendwo da unten.« Sie wies mit der Hand schräg hinter sich auf den Boden. »In Stuttgart. Meistens. Er wohnt bei uns, aber er arbeitet da unten.«

»Mist«, sagte Anne teilnahmsvoll. »Und du hockst hier allein mit den Kindern.«

»So isses. Haben wir uns auch anders vorgestellt.«

Sie schwiegen eine Weile. Im Haus war es wohltuend still geworden. Nadine und Leander waren offenbar eingeschlafen, und die Märchen-CD war auch zu Ende. Draußen hörte man den Wind in den Blättern rauschen, und der Frieden zog schließlich auch in das vormals laute Haus ein.

»Was sind das für jugendliche Liebhaber, von denen Neff sprach?«

»Hä?«, machte Maren und sah Anne verständnislos an. Ihre Augenlider waren schon fast geschlossen, und ihre Mundwinkel hingen schlaff herab. Vermutlich würde sie gleich im Sitzen einschlafen. »Was meinst du? Dass die Schlampe was mit meinem Mann gehabt hat? Die doch nicht. Die hätte unsere Oma sein können.«

»Nein, ich wollte wissen … Du sagtest doch eben …«

»Gar nix habe ich gesagt. Und wissen tu ich auch nix. Neff spinnt immer nur rum. Der kann das einfach nicht ab, wenn Frauen jüngere Männer haben. Er selbst ist nämlich zwei Monate jünger als ich, und das macht ihn völlig fertig. Verstehst du das?«

Anne schüttelte den Kopf.

»Ich auch nicht. Aber immer muss ich drauf achten, dass es niemand merkt. Sonst kriegt der Mann 'ne Krise. Nicht mal meinen dreißigsten Geburtstag darf ich nächstes Jahr feiern. Eigentlich wollten wir 'ne richtig große Party machen, im September, wenn Neff dreißig wird, und dann meinen Geburtstag gleich mitfeiern – geht aber nicht. Denn dann würden ja alle merken, dass ich ein paar Monate älter bin! So ein Mist!«

Anne lachte, aber Maren blieb stumm. Das Problem war offenbar ernst.

»Und dass Hilde nebenan mit denen rummachte – also mit diesen Jungs und so –, das konnte Neff nicht ab. Der kriegte immer 'nen Anfall, wenn er das mitbekam.«

»Mit was für Jungs?«, hakte Anne nach.

»Na, mit irgendwelchen Jungs halt, was weiß denn ich? Bist du vielleicht ein Bulle? Du fragst wie die von der Polizei. Ich kannte die doch nicht. Ich bin immer nur zu Hause mit den Gören. Ich hab nichts gesehen.«

»Aha«, sagte Anne und überlegte, ob sie Maren sagen sollte, dass sie tatsächlich ein Bulle war. Aber ein gescheiterter. Sie ließ es lieber bleiben, sicher war sicher.

Maren goss sich erneut Schnaps ins Glas und trank ihn diesmal pur. Bald würde sie sich gar nicht mehr verständlich artikulieren können.

»Und warum arbeitet dein Mann in Stuttgart? Findet er hier keine Stelle?«

»Nee. Als wir uns kennenlernten, war er in der Ausbildung. Tiefbau. Dann ging die Firma pleite, und er wurde arbeitslos. Und dann gab es diesen Job im Süden. Was sollte er denn machen? Wir hatten das Haus schon gekauft und müssen es abbezahlen. Leander war schon geboren, und ich konnte nicht mehr arbeiten gehen. Hier sowieso nicht. Hier sitzen wir in der Falle. Echt gemein in der Falle.«

So schnell, wie der Korn Anne in den Kopf gestiegen war, schien seine Wirkung auch wieder zu verpuffen. Selbst Maren wirkte trotz der doppelten Menge Schnaps, die sie getrunken hatte, fast schon wieder nüchtern. Ein Teufelszeug, man glaubte, es weitertrinken zu können, weil man nichts mehr davon merkte, aber dann fiel man vermutlich irgendwann tot um.

»Woher kommst du eigentlich?«, fragte Maren.

»Aus Hamburg. Und ihr, seid ihr von hier?«

Maren wedelte mit ihrem Zeigefinger vor ihrem eigenen Gesicht herum. »Ach was, ich komme auch aus der Stadt. Meine Mutti hat mich immer gewarnt, die wollte nicht, dass ich aufs Land ziehe. Das ist doch öde, hat sie gesagt und so recht damit gehabt. Du glaubst ja gar nicht, wie recht.«

»Aber schön ist es hier auch«, behauptete Anne. Sie wollte durchs Fenster nach draußen zeigen, sah dann aber die grasgrüne Polsterlandschaft an und fand sie plötzlich auch schön. So weich und gemütlich. Anne atmete tief durch, aber es half nichts. Sie war betrunken. »Du kommst also auch aus Hamburg?«

»Nein, aus Heide. Neff kommt aus Brösum. Das Haus hier hat seinem Onkel gehört. Der ist gestorben, seine Tante hat es uns günstig verkauft. Und nun sind wir hier. Ich jedenfalls.« Sie schwieg einen Moment lang. »Und du auch«, fügte sie dann mit einem verschmitzten Lächeln hinzu. »Du hast wohl gar nichts mit Männern am Hut, was?«

Anne wiegte den Kopf. »Verschieden.«

»Verschiedene?«

»Nein.« Anne grinste, als Maren sich vor Gelächter ausschütten wollte. Anscheinend sah sie nicht so aus, als ob sie je etwas mit verschiedenen Männern gleichzeitig gehabt haben könnte. »Mal ja, mal nein.«

»Oha«, machte Maren. »Und im Augenblick gerade nein, wie?«

»So ungefähr.«

»Und Kinder?«

Anne verneinte.

»Eine ganz Schlaue, alle Achtung«, sagte Maren. »Schade. Früher wollte ich auch keine Kinder, aber dann kam Neff. Das war echt was Besonderes mit uns beiden. Nicht so wie heute, wo er immer weg ist und ich den ganzen Tag allein hier bin. Wir waren immer zusammen. *Immer.*«

Maren schenkte ihnen ein letztes Mal nach, dann waren die Korn- und die Limonadenflasche leer.

Anne sah glasklar, wie aussichtslos Marens Situation war. Genauso wie ihre eigene. *Meine Ruh ist hin, mein Herz ist schwer; ich finde sie nimmer und nimmermehr* … oder so ähnlich. Ob sie jetzt jeden Abend mit der Nachbarin Korn mit gelber Brause statt eines schönen Glases guten Rotwein trinken musste?

Maren lehnte sich in die Polster zurück und versuchte so etwas wie ein Lächeln. »Ich glaube, ich muss mich bald hinlegen. Und ich hab schon wieder vergessen, wie du heißt. Ist das schlimm?«

Anne schüttelte den Kopf.

»Marco, das war der Name des Jungen«, sagte Maren plötzlich. »Jetzt weiß ich es wieder. Das ist ein Freund von Folkert. Die beiden waren oft zusammen drüben bei Hilde. Folkert auch, bis spätnachts. Die Hilde hatte es wirklich faustdick hinter den Ohren, das kann man wohl sagen.« Sie grinste.

»Folkert?«, rief Anne erschrocken. »Mit dem war Hilde … Ich meine, mit dem war sie zusammen?«

Maren grinste noch breiter. »Sag ich doch, ganz schön jung für so 'ne alte Dame …«

Anne starrte auf die Rauchglasfläche, in der sich die Tischleuchte und die Standby-Lichter des Fernsehers spiegelten.

Der schüchterne Folkert und Hilde, drüben im Haus, in dem großen alten Ehebett – das konnte und wollte sie sich wirklich nicht vorstellen. Und der schöne Thomas Schmidt, der Vogelwart, hatte ja auch gesagt, er habe Hilde gekannt …

»Da staunt der Laie, und der Fachmann wundert sich«, sagte Maren und sackte noch tiefer ins weiche Grün.

»Sag mal, diesen Vogelwart, Thomas Schmidt, kennst du den auch? Ist der wie die anderen beiden oft bei Hilde gewesen?« Anne schüttelte sachte den Arm von Maren, der aber schon die Augen zugefallen waren.

»Jaja«, murmelte sie nur und drehte sich auf die Seite. »Faustdick hinter den Ohren …«

Anne erhob sich leise und sah sich nach einer Wolldecke um. Sie fand eine ordentlich zusammengefaltete auf einem Fußhocker neben der Tür. Schritt für Schritt bewegte sie sich vorsichtig durch die schwankende Polster- und Schrankwandlandschaft und deckte Maren zu, die schon mit offenem Mund schnarchte. Dann wankte sie selbst mehr schlecht als recht über die Wiese auf dem kürzesten Weg zu ihrem Haus, das im tiefsten Frieden im Mondlicht lag.

12

Wann genau sich seine Gefühle für Hilde verändert hatten und er sich eingestanden hatte, dass er sich viel zu stark zu Renate hingezogen fühlte, um noch länger bei Hilde zu bleiben, konnte Thomas heute kaum noch sagen. Es war ein schleichender Prozess gewesen. Viel zu groß waren seine Schuldgefühle Hilde gegenüber gewesen. Viel zu groß auch die Angst vor Renates Reaktion, wenn er ihr seine Gefühle gestehen würde. Nach den Therapiestunden war er meistens sehr erleichtert und frei von allen negativen Gedanken und Unsicherheiten gewesen. Mit jeder Sitzung war diese befreiende Energie stärker geworden. Wenn er Renate verließ, freute er sich bereits auf den folgenden Termin bei ihr. Es waren die Highlights in seiner Woche. Welches Rätsel in seinem Inneren würde sie wohl beim nächsten Mal lösen? Welche verkorksten Einstellungen, welche unnötige Belastung würde sie ihm dann von den Schultern nehmen? Er liebte die Entdeckerarbeit und war sicher ihr eifrigster und fleißigster Patient – wobei diese Tugenden bei ihr eigentlich nicht gefragt waren.

»Sie müssen gar nichts tun«, sagte sie immer. »Sie müssen keine Hausaufgaben machen. Sie müssen über nichts nachdenken, nur einfach hierherkommen.«

Hilde hatte sich anfangs mit ihm über seine Erfolge gefreut. Gemeinsam hatten sie über seine Verirrungen gelacht, über seine Ängste, die ihm, kaum war er sie los, so lächerlich wie Kindermärchen vorkamen. Hilde hatte sogar überlegt, wie es ihr in ähnlichen Situationen ging oder gegangen war. Sie hatten viel über ihre Eltern und ihre Kindheit gesprochen. Hilde stammte ja aus der Gegend und war als Mädchen stark vom protestantischen Glauben geprägt worden. Ein Grund, warum sie sich als Erwachsene vehement von der Kirche abgewandt hatte. Nicht mal die schönsten italienischen Kathedralen oder die hübschesten skandinavischen Stabkirchen hatten sie verführen können, wieder ein Gotteshaus zu betreten. Das Thema Kirche war für sie untrennbar mit ihrer als traumatisch erlebten Erziehung verbunden gewesen. »Beten, still sitzen, Mund halten, singen, heucheln, weinen, leiden, einsam sein«, hatte sie aufgezählt. »Das sind meine Assoziationen zu Kirche und Kindheit. Und das ist nur der Anfang. Würdest du freiwillig daran erinnert werden wollen? Ich möchte nichts mehr davon hören und werde nie im Leben wieder so ein Gebäude betreten.«

»Seltsam, dass deine Schwester das ganz anders erlebt hat«, hatte Thomas gemeint. Er hatte ihre Schwester zwar nie kennengelernt, weil Hilde kaum Kontakt zu ihr pflegte, wusste aber, dass sie einen Pfarrer geheiratet hatte.

»Meine Schwester Susanne hat immer alles ganz anders erlebt als ich«, hatte Hilde kurz angebunden erwidert.

Durch die Erzählungen aus seiner Therapie hatte Thomas einiges aus Hildes Vergangenheit erfahren, über das sie sonst vielleicht nie gesprochen hätten. Hilde hatte es blendend verstanden, andere zum Reden zu bringen, sich selbst jedoch bedeckt zu halten. Als Thomas mit Renate an seinem Dauerthema »flüchten oder ausharren, Widerstand leisten oder sich unterordnen« arbeitete und wochenlang darüber nachdachte, warum er es nie geschafft hatte, sich mit seinem Vater zu streiten, fing Hilde an, ihre Erlebnisse aus den Anfängen der Anti-AKW-Bewegung zu erzählen. Wie sie mitgefahren war nach Brockdorf, um friedlich gegen den Bau des AKWs zu demonstrieren. Wie sie dann plötzlich von Hubschraubern und Wasserwerfern aus mit Chemical Mace besprüht worden war, das die Augen schmerzhaft tränen ließ und die Schleimhäute verätzte. Sie selbst war schwer verletzt worden und hatte tagelang nicht richtig gucken, riechen und schmecken können. Am schlimmsten aber sei der Schock gewesen, als unbewaffnete und ungeschützte Demonstrantin von den übermächtigen Staatsorganen gejagt und angegriffen zu werden.

»Das hat mein Staatsverständnis für alle Zeiten erschüttert. Wir waren traumatisiert, auch wenn man das damals noch nicht so nannte. Bis dahin waren wir brave, gutwillige Lehrlinge, Studenten oder Berufsanfänger gewesen, die ihr Recht auf freie Meinungsäußerung praktizieren wollten. Ich war eine junge Lehrerin, war gerade verbeamtet worden. Okay, uns drohte Berufsverbot, wir wussten, dass die Demonstration gegen das AKW am Bauzaun verboten war – aber wir waren keine Staatsfeinde. Wir wollten die Grenzen austesten und den Bau der Atomkraftwerke verhindern, die uns äußerst gefährlich erschienen. Wir haben damals sogar Schulungen gemacht, um die Technik von Siede- und Druckwasserreaktoren zu verstehen. Wir hatten Angst, dass das Wasser der Elbe zu stark erhitzt werden würde und die letzten Fische sterben würden, die nicht bereits durch die Abwässer der Chemiekonzerne vergiftet worden waren. Heute kann man sich das nicht mehr vorstellen – aber damals gab es in der Regierung keine Lobby für unsere Anliegen. Wir standen mit unserer Überzeugung ganz allein da, außerparlamentarisch, die Nachfahren der APO.«

»Ich weiß«, sagte Thomas. »Ich habe viel darüber gelesen.«

»Anschließend überlegte ich, mich mit einer schrecklichen Aktion zu rächen«, sagte Hilde. »Ich wollte mich nicht von unerreichbaren Hubschraubern und diesen bis an die Zähne bewaffneten Bullen mit Chemiewaffen verletzen lassen und mich nicht wehren, das war doch Faschismus pur. Wir waren so wütend und geschockt über das Verhalten des Staates. In dieser Zeit habe ich mich innerlich von der Gesellschaft distanziert. Und so ist es bis heute geblieben.«

»Und was hast du gemacht?«, fragte Thomas.

»Nichts«, sagte Hilde. »Ich habe so weitergelebt wie zuvor. Ich bin jeden Tag in die Schule gegangen, hatte meine Wohnung, meine Freundinnen und Freunde. Ich habe mit meinen Waffen gekämpft, an meinem Ort.«

»Mit was für Waffen?«, fragte Thomas skeptisch. »Als Kampf würde ich so ein Leben erst mal nicht bezeichnen.«

»Du hast recht«, sagte Hilde. »Den Kampf haben andere geführt. Sie haben dem Staat die Machtfrage gestellt. Sie haben alle Brücken hinter sich abgebrochen, was ich auch gern getan hätte. Auch ich war erschüttert und enttäuscht, auch ich wollte mit meiner Kritik ernst genommen werden. Aber sie verhallte und verpuffte in den Institutionen, in denen ich arbeitete, wie die Knüffe eines kleinen Kindes auf dem Schoß eines übermächtigen Vaters, der darüber nur lacht. Freunde von mir erhielten Berufsverbot, weil sie ihre politische Gesinnung öffentlich vertraten. Andere starben an AIDS, weil sie ihrer sexuellen Orientierung folgten, sich nicht selbst verrieten, sondern es wagten, gegen die herrschende Moral zu leben. Meine Freundinnen und ich fielen mit unserem Widerstand nicht groß auf. Aber auch wir hatten unsere Ziele, denen wir treu blieben. Wir wollten zum Beispiel keine Männer bedienen, ihnen nicht den Rücken freihalten, wir wollten ihnen und dem Staat keine Kinder schenken. Die biedere Kleinfamilie haben wir konsequent verweigert. ›Gebärstreik‹, so nannten wir das – doch es war viel mehr. Es war auch die Weigerung, angepasste Staatsbürger zu erziehen.«

»Aber du warst dein Leben lang Lehrerin und hast vermutlich jede Menge braver Staatsbürger erzogen.«

»Unsere Unterrichtskonzepte waren immer kritisch.«

»Dann habt ihr eben Kinder mit eurer kritischen Haltung indoktriniert!«

Hilde hatte aus vollem Herzen gelacht. Tausend Fältchen zeigten sich dann immer in ihrem Gesicht. Vor allem, wenn sie ihn auslachte – und das hatte sie gern getan.

»Wir haben keine Kinder indoktriniert«, hatte sie gesagt. »Vielleicht ganz am Anfang. Aber später nicht mehr. Wir wussten nämlich, was Kinder brauchen. Liebe, sonst nichts. Genau wie du und ich. Und die haben wir ihnen gegeben.«

Der Rasen der Warft unter seinem Hosenboden wurde langsam feucht. Thomas hatte sich nach draußen auf die Wiese verzogen, um in Ruhe zu telefonieren, hielt sein Telefon aber immer noch in der Hand und schaute über das Watt, statt Renates Nummer zu wählen. Warum lachten die Frauen ihn aus? Was machte er falsch? Warum behandelten sie ihn immer von oben herab, diese Emanzen? Und warum landete er immer wieder bei solchen Exemplaren? Weil er geliebt werden wollte – wie ein Kind? Aber wollten das nicht alle Menschen?

Die Horizontlinie, die Himmel und Wasser eben noch deutlich voneinander abgegrenzt hatte, verschwamm nach Sonnenuntergang, als beide Flächen zunehmend grau in grau miteinander verschmolzen. Bald würden die ersten Sterne aufgehen, und der Mond würde von Osten her die Wasserfläche zum Glitzern bringen. Er, Thomas, würde heute im Dunkeln nach Hause nach St. Peter radeln müssen. Aber das machte ihm nichts aus. Im Gegenteil, er liebte die Fahrten durch die Nacht, und richtig dunkel würde es ja lange noch nicht werden.

Als er endlich Renates Nummer in seinen Kontakten aufrufen wollte, klingelte sein Handy. Renate war ihm zuvorgekommen.

»Wobei störe ich dich?«, eröffnete sie das Ritual.

»Du störst mich nie«, parierte Thomas und spürte gleichzeitig wie so oft in letzter Zeit diesen winzigen, ihn schwächenden Stich der Lüge. Denn er fühlte sich sehr wohl gestört, wenn auch nicht von ihrem Anruf, sondern von ihrer Stimme, in der dieser leicht spöttische Ton lag, der ihn kränkte. Was sollte er an so einem Abend schon Wichtiges zu tun haben? Wartete er nicht wie immer sehnsüchtig auf Renates Anruf? Spott, der ihn kleinmachte, in seine Schranken wies. Musste er nicht dankbar dafür sein, dass die große Therapeutin sich herabgelassen hatte, privat mit ihm zu verkehren? Mit ihm, dem armen, gestörten Patienten … Wie immer schluckte er seinen Ärger hinunter. Aber es tat weh.

Als könnte Renate seine Gedanken spüren, wechselte sie das Register und sprach mit leiser, warmer Stimme weiter. »Geht es dir gut?«

Sofort verflog sein Ärger. Wie kleinlich er doch war! »Ja, mein Schatz. Alles gut. Und bei dir?«

»Okay«, sagte Renate. »Ich bin geschafft. Dabei haben wir

erst Mittwoch. Und du bist erst vor drei Tagen gefahren.« Sie lachte leise.

»Dafür sind es nur noch zwei, bis wir uns wiedersehen«, sagte Thomas und spielte damit auf die erste Zeit ihrer Beziehung an, in der die wöchentlichen Trennungen die reinste Folter für sie beide gewesen waren. »Weniger als zwei Tage.«

»Du hast recht. Was machen wir am Samstag?«

Renate würde am späten Freitagabend nach St. Peter kommen. Üblicherweise wechselten sie sich jedes Wochenende ab. Wenn Renate zu ihm kam, fuhr sie zuerst nach Kating in ihr Häuschen, schaute nach dem Rechten und stellte im Winter die Heizung und im Sommer den Kühlschrank an, auch wenn sie sich kaum dort aufhalten würde. Denn meistens kam sie danach zu ihm, in das ungeliebte Hochhausapartment, und gemeinsam schauten sie über das dunkle Wasser, sahen dem Aufgang des Mondes zu, wenn nicht Renate darauf bestand, einen ausgedehnten Strandspaziergang zu machen und am Ende in irgendeiner Kneipe zu landen. Aber oft war sie dafür zu müde, und der Abendspaziergang fand erst am Samstag statt.

»Ich habe noch keinen Plan. Das ist doch auch ein schöner Plan, was meinst du?«, sagte Thomas gut gelaunt.

»Stimmt. Aber ich habe einen besseren. Ich war schon so lange nicht mehr am Leuchtturm. Willst du mich nicht mal wieder an deinen Arbeitsplatz mitnehmen? Bei der Gelegenheit könntest du mir auch euer Heiratszimmer zeigen.«

Wie ein Messer fuhr Thomas der Schreck zwischen die Rippen. Er richtete sich auf, um zu Atem zu kommen, versuchte, dabei nicht zu keuchen, um sich nichts anmerken zu lassen. Seit zwei Wochen hatte Renate das Thema nicht wieder angesprochen, und Thomas hatte sie nicht dazu ermutigt. Für sie schien Heiraten so eine Art Sport zu sein. Man nahm es sich vor wie einen Wettkampf, den man bestreiten wollte. Sie hatte schon zwei Ehen hinter sich, beide waren nicht von langer Dauer gewesen. Die erste mit einem heute recht bekannten Psychiater und Sexualforscher hatte ungefähr fünf Jahre gehalten. Renate war damals noch sehr jung gewesen, Anfang zwanzig. Sie war seine Studentin gewesen – und seine Patientin. Offenbar kam diese Kombination von Partnern unter Psychoanalytikern und Psychotherapeuten häufig vor, hatte Thomas erkannt, lange nachdem er selbst Teil einer solchen Beziehung geworden war. Von ihrem ersten Mann hatte Renate zwei Kinder bekommen, Zwillinge. Sie hatten ihr Studium und ihre Ausbildung ein bisschen verzögert, aber ehrgeizig und hartnäckig, wie sie war, hatten sie sie von ihrer Karriere nicht abhalten können. Ihre Kinder waren heute erwachsen. Ihre Tochter befand sich in der Ausbildung zur Psychotherapeutin, setzte damit die Familientradition fort und hatte auch schon eine eigene Familie. Ihr Sohn war Schiffszimmermann. Er hatte sich auf Jachtausbau spezialisiert und lebte mal in der Karibik, mal in Hamburg oder sonst wo, wo er gerade einen Auftrag zu erfüllen hatte. Er war ein sympathischer Typ, Thomas mochte ihn gern, während er mit der Tochter nicht richtig warm wurde. Sie war irgendwie gestört, verstört, trug ständig einen Vorwurf vor sich her, als wäre sie vom Leben betrogen, von ihrer Mutter vernachlässigt, von ihrem Vater nicht ausreichend beachtet, von ihrem Mann nicht genügend geliebt und von ihrem Professor nicht angemessen beurteilt worden – kurz, sie würde wohl selbst in naher Zukunft eine gute Therapeutin abgeben, da sie alle denkbaren Neurosen aus eigener Erfahrung kannte. Thomas gegenüber gab sie sich misstrauisch. Vielleicht glaubte sie, er würde ihre Mutter eines Tages zugunsten einer jüngeren Frau verlassen. Sie ahnte ja nicht, wie weit er davon entfernt war. Er war auch ohne eine Trauung an sie gefesselt.

»Klar«, sagte er möglichst munter. »Das ist eine gute Idee. Die Knutts sind gerade im Anflug, da gibt es im Watt viel zu sehen.«

»Die Knutts«, wiederholte Renate spöttisch. »Auf die warte ich schon seit Monaten. Schlaf gut, mein Schatz. Wir sprechen uns morgen?«

»Wir sprechen uns morgen«, sagte Thomas und schaltete das Telefon aus.

Erst im Nachhinein fiel ihm der Eintrag ins Mitteilungsbuch ein, von dem Alissa vor etwa zwei Wochen gesprochen hatte. Er hatte damals vergessen, ihn sich anzuschauen. Hoffentlich war es nicht Renate gewesen, die einen Heiratstermin im Leuchtturm reservieren wollte.

13

Anne hatte schon so manches Mal in ihrem Leben einen Kater gehabt, aber keiner war je so schlimm gewesen wie dieser. Als sie am frühen Morgen erwachte, wusste sie nicht mehr, wie sie ins Bett gekommen war. Sie sah sich noch auf der Wiese stehen und ihr friedliches, dunkles Haus bewundern, aber ob und wie sie die Tür aufgesperrt hatte, wie und wann sie sich ausgezogen und ins Bett gelegt hatte – das alles war in ihrer Erinnerung gelöscht. Filmriss. Auch an die Gespräche mit Maren am späteren Abend konnte sie sich nicht mehr genau erinnern. Vielleicht lag es daran, dass sie mehr oder weniger gegenstandslos gewesen waren. Ein leichtes Schuldgefühl plagte sie, aber im Verhältnis zur Schwere des Besäufnisses war es wirklich sehr leicht, schließlich hatte sie nur mitgetrunken, sich zum Trinken überreden, verführen lassen. Sich selbst freiwillig in dieser Weise geschädigt zu haben hätte schwerer gewogen. Manchmal machte sich Anne schon nach einem Glas Sekt oder Wein zu viel am nächsten Morgen schwerste Vorwürfe. Doch vielleicht würde das noch kommen, da sie im Augenblick nur noch nicht dazu in der Lage war.

Als sie sich aufsetzte, um zur Toilette zu gehen, merkte sie, dass auch ihr Magen mit dem Alkohol vom Vorabend nicht ganz einverstanden war. Es kam ihr so vor, als würde er eine komplette Umdrehung machen. Anne schaffte es gerade noch bis ins Bad. Nach wenigen Minuten fühlte sie sich zwar stark geschwächt, aber auch sehr erleichtert. Sie trank etwa einen halben Liter kaltes Wasser aus dem Wasserhahn, ging zurück ins Schlafzimmer, sank ins Bett und schlief sofort wieder ein.

Als sie erneut erwachte, waren ihre Gedanken in einer Schlaufe gefangen, die im Halbschlaf quälend gewesen war, sich im wachen Zustand aber als gar nicht so schlimm herausstellte. Sie hatte versucht herauszufinden, welcher Wochentag heute war. Vielleicht Dienstag? Oder Mittwoch?

Anne erhob sich, taumelte ein wenig und rieb sich lange die Augen. So ging es nicht weiter. Sie war doch nicht hergekommen, um noch mehr die Kontrolle über ihr Leben zu verlieren, sondern um ein paar Salatköpfe zu ziehen und die frische Landluft zu genießen. Morgen würde sie definitiv zurück in die Stadt fahren, ihre Sachen ordnen, endlich ihren Anwalt anrufen, zum Friseur gehen, ein paar Gartenbaubücher und biologisches Saatgut kaufen ... Da war sie schon wieder, die To-do-Liste, länger als der Elbtunnel. Genau die Art von Liste, mit der sie sich ihren Alltag zur Hölle machte. Normalerweise schrieb sie alles, was erledigt werden musste, auf kleine Zettelchen oder auf die Rückseite von gebrauchten Briefumschlägen, da dort mehr Platz war. Nach und nach strich sie akribisch durch, was schon erledigt war, um die übrig gebliebenen Punkte mit Sternchen, Pfeilen und Unterstreichungen neu zu ordnen. Irgendwann wurden die Zettel so unübersichtlich, dass sie sie neu schreiben, Unerledigtes übertragen – und Neues hinzufügen – musste. Manchmal arbeitete Anne auch mit verschiedenen Zetteln: mit einem fürs Büro und einem für ihr Privatleben. Oder mit einem für Montag, einem für Dienstag und so weiter. Was notgedrungen in einem unüberschaubaren Chaos von Zetteln endete, von denen der jeweils gerade wichtigste, zum Beispiel der Einkaufszettel, garantiert nicht zur Hand war, wenn sie im Laden stand. Sehr selten wurde ein Zettel gänzlich abgearbeitet, eigentlich nur vor längeren Urlauben. Und auch dann existierte oft schon ein neuer Zettel für die Zeit danach. Als sie vor ein paar Jahren einmal eine Reise nach Amerika gemacht hatte, hatte sie einen neuen, nach der Rückkehr abzuarbeitenden Zettel bereits vor der Abreise begonnen. Verrückt. Das war genau die Art Lebensorganisation, mit der sie sich das Leben schwer machte.

Zum Glück war sie heute noch nicht fahrtüchtig. Vermutlich hatte sie noch mehrere Promille Restalkohol im Blut und würde damit jede Menge roter Ampeln missachten. Heute durfte sie noch einmal mit gutem Gewissen hierbleiben, morgen würde man weitersehen. Wo war eigentlich das Zen-Buch? Ob darin etwas über Besäufnisse stand?

Sie tappte in die Küche. Die Sonne schien so arglos freundlich über den Deich, dass Anne sich rasch die Trainingshose überzog und aus dem bewährten Kleiderschrank ein großes Sweatshirt zutage förderte, dessen Farbton exakt zu dem der grauen Jogginghose passte. Was konnte es bei einem Kater dieses Ausmaßes Besseres geben als viel frische Luft?

Sie schlüpfte in ihre verdreckten Turnschuhe und marschierte auf dem Innendeichweg entlang in Richtung Ording, bis der Weg über den Deich führte. Die Priele und Kanäle im Vorland waren etwa halb voll, was vermutlich bedeutete, dass das Wasser auflief. Oder dass es ablief? Wenn es auflief, könnte sie es vielleicht wagen, an der Sandbank kurz ins Wasser zu springen. Es war immerhin schon Mai, und es gab Leute, die sogar im Winter im Meer badeten …

Sie legte einen Zahn zu und ging mit schnellen Schritten durch die Schafe, deren Lämmer vor ihr flohen, wenn sie ihnen zu nahe kam. Die mutigen von den älteren schauten ihr aufmerksam entgegen und schienen abzuwägen, ob sie ihnen etwas antun wollte. Auch die Vögel ließen sie nicht aus den Augen, als Anne durch ihr Revier spazierte. Ob man auf dem Deich am Rand der Schutzzone überhaupt laufen durfte? Sie hatte keine Ahnung, aber der Blick war zu herrlich, als dass sie hinter dem Deich hätte gehen mögen. Ständig kreiste irgendein aufgeregter Vogel über ihr und machte mit Geschrei auf sich aufmerksam. Ein Austernfischer, den Anne an seinem knallroten Schnabel erkannte, zeterte fürchterlich, indem er den gleichen Ton immer schneller werdend wiederholte. Das war kein Warnruf mehr, sondern ein empörtes Gejammer, eine regelrechte Beschwerde. Auch eine Möwe schimpfte sie mit einem seltsam umständlichen Ruf aus, der wie ein Schluckauf klang. Sie kreiste so dicht über ihr, dass Anne ihren gefährlich gebogenen Schnabel erkennen konnte. Wenn sie nun doch herunterstürzte und ihr einen Hieb verpasste? Da war ihr die Lerche doch lieber, die hoch am Himmel zu stehen schien und ihre zehntausend kurzweiligen Strophen zwitscherte, ohne ein einziges Mal Luft holen zu müssen.

Und dann waren da noch die lautstarken Rufe der unscheinbaren kleinen Vögel, die immer im Pulk auftauchten und sich vielstimmig über alles Mögliche aufzuregen schienen. Wie hießen sie noch gleich? Knutts? In der Ferne sah Anne Kolonien von ihnen im Vorland hocken. Auch Gänse und Enten bevölkerten in Scharen die dichten grünen Matten. Zwischen den schlammigen Kanälen, die bleigrau bis tiefschwarz in der Sonne glänzten, ließ es sich wohl vortrefflich auf die Flut warten, die ihnen neue Nahrung bringen würde. Und über allem thronte am Horizont der hübsche, rot-weiß gestreifte Leuchtturm von Westerhever mit den beiden roten Giebeln der Naturschutzhäuser. Obwohl er bestimmt fünf oder sechs Kilometer Luftlinie entfernt war, leuchtete er heute groß und majestätisch in der flimmernden Wattlandschaft.

Nach ungefähr einer Stunde erreichte Anne den Deichknick, hinter dem die Dünenlandschaft begann. Den Übersichtstafeln entnahm sie, dass etwa einen Kilometer weiter ein Weg durch die Dünen hindurch auf die Sandbank vor Ording führen musste, von wo aus man bis nach St. Peter-Bad und St. Peter-Dorf weiterlaufen konnte.

Der leichte Wind war sommerlich warm und kam jetzt direkt von vorne, sodass er ihr die Haare aus dem Gesicht blies. Es ließ sich gut gegen ihn anlaufen. Rechts und links am Weg blühte es in allen Farben. Der Huflattich war groß und fett und wuchs viel höher als in ihrem Garten. Kleine blaue Veilchen, klebrige Kriechpflanzen und weiße Gänseblümchen durchsetzten den von den Schafen kurz gehaltenen Rasen. Auch das Dünengras und die Salzwiesen zwischen den Kanälen und Prielen leuchteten in unterschiedlichen zarten Farben. Trotz des Sonnenscheins war der Himmel milchig weiß, wie verschleiert. Es war drückend warm und feucht, fast schon wie an einem Sommertag.

Endlich führte der Weg über eine Holzbrücke durch die Salzwiesen und die Dünen, deren Betreten strengstens untersagt war. »Dünenschutz ist Küstenschutz« stand auf verschiedenen Schildern. »Beten verboten«, las ein Kind laut vor, das an der Hand seines Vaters vor Anne über die Planken tappte. Tatsächlich fehlten dem Wort drei Buchstaben. Anne wunderte sich, warum trotzdem rechts und links in den Dünen überall die bunten T-Shirts von Jugendlichen leuchteten, die offenkundig genau das taten, was verboten war: die Dünenlandschaft betreten.

Schließlich stand sie auf dem äußersten Zipfel der Sandbank, die wie ein Walrücken aus der Nordsee auftauchte und das riesige Strandbad bildete, wie es auf dem Festland kein zweites gab. Nur auf den Inseln gab es vergleichbar schöne und große Strände, während die Küsten des Festlands durchgehend mit grünen Deichen gesichert waren. Abgesehen von einem schmalen graugrünen Streifen kurz unter dem Horizont war von hier aus kein Wasser zu sehen. Stattdessen weiche weite Sandflächen, von der Sonne angewärmt, auf denen es sich nur mühsam laufen ließ, oder glatte betonharte Sandpisten, feucht und kalt unter den Füßen, Strände, auf denen das Wasser Wellenlinien hinterlassen hatte, Bänke aus spitzen Muscheln, weiche, nasse Sandabschnitte mit phantasievollen Mustern, matschige Sumpfstücke, große, flache Wasserlachen und dann wieder einfach nur flacher, glatter und fester Sand, so weit das Auge reichte.

Die wenigen Spaziergänger, die wie Anne die Holzbrücke überquert hatten, verliefen sich schnell auf der riesigen Fläche. Jeder schlug eine andere Richtung ein, und in kürzester Zeit war man außer Hör- und bald auch außer Sichtweite. Den Leuchtturm fest im Blick lief Anne weiter in Richtung Wasser.

Endlich hörte sie das Meer rauschen. Eine kleine, aber feine Brandung wurde an den Strand geworfen und von einer starken Strömung schnell wieder zurückgeholt. Niemand badete, stellte sie fest. Ob das Wasser wirklich noch so kalt war? Schuhe und Strümpfe hatte sie schon an der Holzbrücke ausgezogen, jetzt krempelte sie die Trainingshosen auf und lief über die letzte Bank aus Muscheln, die mit scharfen Kanten und Ecken ihre Fußsohlen malträtierten.

Der nasse Sand war eisig unter den Füßen. Dann erwischte der erste Wellenbogen ihre Zehen: kalt wie Gletscherwasser. Die nächste Welle schwappte über den ganzen Fuß, schäumte bis zum Knöchel. Bitterkalt. Wirklich noch kein Badewasser. Anne ging trotzdem bis zu den Knien ins Meer und krempelte die Hosenbeine noch etwas höher, damit sie nicht nass wurden. Es war eben doch erst Mai und noch nicht Juli. Und es war die Nordsee und nicht das Mittelmeer.

Und doch wurde das Wasser immer wärmer, je länger Anne mal bis zu den Knöcheln, mal bis kurz unters Knie von den Wellen umspült wurde. Am FKK-Strand, dessen Bucht schon bewacht wurde, sah sie die ersten Badenden. Sie gingen in die Knie, um sich von der Brandung umspülen zu lassen, tauchten jauchzend in die Gischt und verschwanden dann Schritt für Schritt immer tiefer im Wasser, bis sie endlich zu schwimmen begannen.

Was die konnten, konnte Anne auch. Schnell streifte sie Hosen, Hemd und Unterwäsche ab und stand in den Wellen. Einmal untergetaucht und vom Meer erfasst, war es wieder da, dieses Gefühl von Wildheit und Hingabe an das Wasser, das sie aus der Jugendzeit erinnerte. Kaum war sie aus einer Woge aufgetaucht, brach die nächste über ihr zusammen. Die Zeit dazwischen reichte gerade, um rasch einmal tief Atem zu holen. Von Kälte war keine Spur mehr. Nur die Luft war kalt, wenn sie auftauchte, und so blieb Anne besser unter Wasser in der Brandung und tanzte mit den Füßen auf dem festen, samtigen Sandboden. Nach einer Weile spürte sie, wie der Sog hinaus ins Meer stärker wurde. Das Wasser begann abzulaufen. Ihre drei Mitschwimmer gingen lachend an ihr vorbei und zurück zum Strand, und Anne folgte ihnen.

Bibbernd schlüpfte sie in ihre Kleider, wickelte das nasse Haar fest in ihr Halstuch und lief mit raschen Schritten über den langen Holzsteg hinauf in die Dünen. Erwärmt und gleichzeitig erfrischt und von sämtlichen Nachwirkungen des Alkohols befreit, fiel ihr wieder ein, was Maren gestern Abend über Hildes jugendliche Liebhaber erzählt hatte: über Folkert und – wie hieß der andere noch? Marco? Sie musste sie finden und sich mit ihnen unterhalten. Vielleicht wussten sie mehr über Hilde und ihre letzte Wattwanderung. Vielleicht war einer von ihnen sogar dabei gewesen. Ob die Polizei sie befragt hatte? Und wie hatte Folkert sich noch mal über Hilde geäußert? Ausweichend, oder? Hatte er am ersten Morgen, als er bei ihr aufgetaucht war, nicht gesagt, sein Verhältnis zu ihr sei »normal« gewesen? Er habe Hildes Leiche gefunden, das hatte er erzählt, aber nicht mehr. Anne beschloss, sich den jungen Mann vorzuknöpfen.

Dann dachte sie an die Briefe oder Notizen, die sie zwischen den alten Zeitschriften gefunden hatte. Vielleicht konnten die Jungs ihr helfen, sie zu entziffern. Im leichten Dauerlauf ließ sie die Dünen hinter sich, zog ihre Schuhe wieder an und machte sich durch die Marschlandschaft auf den Weg zurück zum Haus.

14

Als hätte Folkert ihre Überlegungen geahnt, stand er mit seinem Trecker mit laufendem Motor vor ihrem Grundstück, als Anne von ihrem Bad wieder am Deichhaus ankam. Er unterhielt sich über den Graben hinweg mit Maren, die eine dunkle Sonnenbrille und dasselbe Top und die Jeans vom Vorabend trug. Die Ärmste hatte nicht ausschlafen und baden gehen können. Stattdessen hatten ein schreiendes Töchterchen und ein anspruchsvoller Sohn sie vermutlich zwischen sechs und sieben Uhr geweckt und seitdem keinen Augenblick lang in Ruhe gelassen.

»Moin moin!«, rief Folkert Anne zu und musterte sie grinsend. »Schon im Wasser gewesen? Das ist doch nur was für Fische!«

»Eigentlich schon«, sagte Anne. »Kann aber auch für Menschen ganz angenehm sein.«

»Je nachdem, wie viel man am Abend vorher getrunken hat«, sagte Maren.

»Ach, so ist das.« Folkert schaute von Maren zu Anne und zurück.

Maren verzog das Gesicht. Es hatte wohl ein Lächeln werden sollen, wurde aber mit der Zigarette im Mundwinkel nur eine klägliche Grimasse. »Ausgeschlafen?«, fragte sie Anne.

Anne nickte. Ließ man die Sonnenbrille außer Acht, war Maren nicht das Geringste von einer durchzechten Nacht anzusehen. Segen der Jugend.

»Bis morgen um zwölf dann.« Damit entschwand sie elegant mit der Hüfte schwingend, auf der ihre Tochter wie ein Affenbaby schaukelte, durch den Garten ins Haus.

»Soll ich bei Ihnen morgen auch mähen? Am Freitag?«, fragte Folkert. Er lächelte und zog seine leuchtend roten Lippen auseinander, sodass seine kleinen Zähne zum Vorschein kamen.

Anne lächelte. Er hatte etwas von einem rosafarbenen Schweinchen, vielleicht wegen seiner rosigen Gesichtsfarbe und den schütteren blonden Haaren. »Morgen ist schon Freitag«, wiederholte Anne. »Dann ist heute ja Donnerstag.«

»Schon den ganzen Morgen.«

»Mähen Sie jede Woche?«

»Jede zweite. Sonst wird das Gras zu hoch, und dann ist es noch mehr Arbeit.«

»Ach so. Ja, dann müssen Sie wohl morgen mähen.«

»Oder wollen Sie alles umgraben?« Folkert zog die Oberlippe noch etwas höher und strahlte nun wirklich von einem Ohr zum anderen wie ein Marzipanschweinchen. »Soll ich den Pflug anhängen? Das geht schneller als mit dem Spaten.«

»Einen Pflug für den Garten?«, fragte Anne.

»Warum nicht?«

»Ich dachte, ein Pflug wäre nur etwas für einen großen Acker.«

»Ich kann den Einschar-Drehpflug mit nur fünfundzwanzig Zentimeter Durchmesser dranhängen.« Folkert wies auf die Kupplung hinter seinem Sitz. »Damit hätte ich in zwei Stunden alles umgeworfen. Ich kann übrigens auch einen Schneepflug vorspannen. Geht alles.«

»Das mit dem Pflug wäre natürlich gut gewesen, aber nun habe ich schon ziemlich viel mit dem Spaten umgegraben. Außerdem – wie kriegt man denn nach dem Pflügen das Unkraut aus der Erde?«

»Einfach liegen lassen. Einen Winter lang. Dann ist es kaputt. Ich könnte Ihnen zum Beispiel im Herbst und im Frühjahr das Grundstück pflügen, dann könnten Sie anschließend loslegen. Rasen einsäen und so. Wie die Nachbarn.«

»Rasen?«, rief Anne. »Aber ich will Gemüsebeete anlegen. Hier sollen Kräuter und Blumen wachsen.«

»Das wird nicht funktionieren. Nicht mit dem Boden. Der taugt nix. Ich könnte Ihnen aber Mutterboden bringen. Übermorgen.«

»Woher denn?«

»Von der Deponie. Dort gibt es auch eine extra Mischung für die Ansaat.«

Anne schwirrte der Kopf. Die gute Erde, die so wunderbar roch und die sie so mühsam per Hand vom Unkraut befreit hatte – nicht brauchbar? Stattdessen Mutterboden aus der Deponie und Ansaaterde von Monsanto? Das kam gar nicht in Frage und kostete außerdem bestimmt ein Vermögen. »Vielen Dank, Folkert. Aber ich glaube, das wird mir zu teuer. Irgendetwas wird hier schon wachsen, ich probiere es einfach mal aus. Aber wenn Sie morgen mähen würden, wäre das super.«

»Dann bin ich so gegen zwölf wieder hier«, sagte Folkert und tippte sich als Abschiedsgruß an die Stirn.

»Ach, und noch etwas. Kennen Sie vielleicht einen Marco?«

Folkerts Lächeln gefror. Er sah verwirrt aus, als hätte Anne ihn etwas gefragt, was nicht hierhergehörte. »Marco«, wiederholte er.

»Er soll mit Hilde befreundet gewesen sein.«

Folkert nickte.

»Sie kennen ihn also?«

»Ja. Wir sind zusammen zur Schule gegangen.«

»Und wo ist dieser Marco jetzt?«, fragte Anne.

»Im Hafen. Er arbeitet an seinem Boot.«

»Hier im Hafen?«

Folkert nickte. »Klar.«

»Hat er nicht eine Zeit lang bei Hilde gewohnt?«

Folkert grinste etwas unbeholfen. Er legte eine Hand auf das Schutzblech des Treckers, stützte sich ab und blinzelte. »Kann sein. Glaub schon.«

»Und warum ist er ausgezogen?«

Folkert schwieg.

Gleich würde er die Achseln zucken, dachte Anne, und sagen, dass er das nicht wisse.

Aber Folkert erwiderte: »Er ist am liebsten auf seinem Schiff.«

»Und das war der Grund? Nicht etwa, dass seine Beziehung zu Hilde vorbei war?«

Folkert schüttelte den Kopf.

»Und Ihre eigene Beziehung zu Hilde, war die auch vorbei?«

Folkert grinste und starrte zu Boden. »Ich weiß nicht. Wie meinen Sie das?« Er wippte auf seinen Füßen.

Anne versuchte, etwas freundlicher zu klingen, machte zwei Schritte auf Folkert zu und legte ihm eine Hand auf die Schulter.

»Entschuldigen Sie, ich habe natürlich kein Recht, Sie so auszufragen. Aber seitdem ich hier im Haus wohne, mache ich mir Gedanken über Hilde. Ich wüsste gern, warum sie gestorben ist, denn alle erzählen so seltsame Sachen über sie. Was meinen Sie dazu?«

»Ich weiß nicht«, murmelte Folkert. »Aber freiwillig ist sie bestimmt nicht ins Wasser gegangen.«

»Warum nicht?«

»Sie mochte das Wasser nicht.«

»Ich finde, das ist ein sehr wichtiger Aspekt«, erwiderte Anne. »Haben Sie das auch der Polizei gesagt?«

»Mich hat ja keiner gefragt. Die haben gleich gesagt, es war ein Unfall.«

»Aber Sie glauben nicht, dass das stimmt?«

Folkert zuckte wieder die Achseln. »Ich weiß es ja nicht. Niemand weiß es.« Er sah auf und Anne direkt in die Augen. Seine hellblaue Iris leuchtete, die Pupillen waren klein und tiefschwarz. »Sie wollte gern über den Atlantik fahren. Darum hat sie ihm ja das Boot bezahlt.«

»Welches Boot? Das von Marco?«

»Genau.«

»Und damit wollten die beiden den Atlantik überqueren? Glauben Sie, dass Marco … Hat er sich vielleicht mit Hilde gestritten?«

»Marco ist mein Freund.« Folkerts Stimme zitterte. Dann sagte er plötzlich laut und drohend: »Ich muss jetzt gehen. Bis morgen.« Er schwang sich auf seinen Trecker und fuhr mit hohem Tempo in Richtung Otteresing davon.

Anne ging ins Haus und starrte eine Weile auf den Küchentisch, auf dem noch immer der kleine Stapel Briefe lag. Sie spürte, wie ihr Magen knurrte, aber sie hatte jetzt keine Zeit für ein spätes Frühstück.

Thomas klappte den dicken Kalender der Schutzstation wieder zu, nachdem er das rote Leinenbändchen als Lesezeichen beim aktuellen Datum eingelegt hatte. Im September waren schon einige Trauungstermine eingetragen, ein Samstag war nicht mehr frei. Er war erleichtert und spürte auch eine gewisse Häme bei dem Gedanken, Renates Wunsch, noch vor ihrem sechzigsten Geburtstag hier im Turm zu heiraten, nicht erfüllen zu können. Es ging eben nicht immer alles nach seiner Prinzessin. Prinzessin? Ja, manchmal nannte er sie für sich so. Sie hatte gern ausgefallene Wünsche, die sich schnell in Anordnungen und Befehle verwandelten. Vor allem ihm gegenüber.

War das wirklich so? Oder bildete er sich das nur ein? Warum das dauernde Spekulieren, das Sich-bedroht-Fühlen? Genau wie vor seiner Therapie bei Renate in der Beziehung zu Hilde. Nur dass er jetzt keine Therapeutin mehr hatte, die ihn darauf aufmerksam machen konnte.

Thomas stand so heftig auf, dass dabei das Wachstischtuch verrutschte und seine leere Kaffeetasse vom Tisch fiel. Er legte den Kalender, in den alle Termine der Schutzstation und des Leuchtturms sowie die Vermietung des Seminarhauses eingetragen wurden, zurück auf seinen Platz neben dem Telefon, hob die Tasse auf und stakste dann mit großen Schritten durch den unordentlichen Flur des Hauses, in dem die jugendlichen Kolleginnen und Kollegen ihre gesamte Wattbekleidung – für Regen, Sturm oder Sonnenschein – abzuwerfen pflegten. Neben der Eingangstür war noch die sandige Ansammlung von Gummistiefeln zu überwinden.

Nach einem sommerlich warmen Tag war der Wind am Abend plötzlich aufgefrischt, und eine frische Brise aus Nordosten riss ihm fast die Tür aus der Hand, als er um Viertel nach zehn Uhr endlich den Heimweg antreten wollte. Die breiten Lichtkegel des Leuchtturms huschten über die Salzwiesen, reichten bis fast an den Rand des Watts. Es war unheimlich, die nächtliche Natur so beleuchtet zu sehen, er musste sich immer überwinden, in die erhellte Dunkelheit hinauszutreten. Erst wenn er wieder etwas weiter entfernt vom Leuchtturm stand, konnte er sich an dem Anblick, wie die farbigen Leuchtfeuer die Nacht durchkreisten, wieder erfreuen.

Thomas schwang sich auf sein Fahrrad, klickte den Dynamo an den Reifen und trat in die Pedale.

Hilde hatte von sich aus gemerkt, was mit Thomas los war. Er hatte ihr nichts mehr vorspielen, seine Liebe zu Renate nicht mehr verbergen können. Er war abwesend gewesen, auch bei Hilde zu Hause. Im Geist war er ständig bei Renate, ging die Therapiestunden durch, erinnerte sich an jeden Satz, den sie gesagt hatte, und an jeden von sich selbst. Er überdachte ihre Reaktionen, grübelte, ob sie seine Gefühlte teilte oder nur eine professionelle Beziehung zu ihm hatte. Wie konnte er das je sicher wissen? Sollte er sie fragen? Er hatte sich ausgemalt, was geschehen würde, sollte er ihr in einer Therapiestunde gestehen, dass er sich in sie verliebt hatte. Es gab verschiedene Szenarios, das schlimmste war: Entsetzen auf Renates Seite und der darauf folgende Rauswurf. Er stellte sich vor, wie sie aufsprang und ihm empört die Tür aufhielt. »Was fällt Ihnen ein? Ich versuche, Ihnen zu helfen, und Sie wollen sich mir an den Hals werfen?« Das zweite war, wenn man es recht bedachte, vielleicht sogar noch schlimmer, entwürdigender. Darin nickte Renate verständnisvoll und sagte: »Das habe ich mir schon gedacht. Aber Sie machen sich leider falsche Hoffnungen, es gehört zu Ihrem Krankheitsbild, dass Sie sich immer in Frauen verlieben, die für Sie unerreichbar sind.« Bei dem Gedanken an eine solche Reaktion wurde Thomas heute noch schlecht, und sein Magen krampfte sich zusammen. So etwas konnte, wollte und durfte er sich nicht anhören, nicht sagen lassen. Die dritte Variante war immerhin etwas erträglicher. Darin hörte Renate sein Geständnis aufmerksam an, blieb gelassen und antwortete in etwa: »Das ist nicht schlimm, Herr Schmidt. Das passiert häufig, damit kommen wir schon klar. Gut, dass Sie es angesprochen haben.«

Doch Thomas hoffte natürlich auf das vierte Szenario. Darin schwieg Renate und sagte irgendwann nachdenklich: »Und was machen wir nun?« Dann, so malte er es sich aus, könnte er sie fragen, ob sie seine Gefühle erwiderte. Darauf gab es wieder verschiedene Möglichkeiten zu antworten, die alle ziemlich interessant waren, über die er aber nie lange nachdenken hatte können, weil es ihn zu sehr aufgeregt hatte.

So jedenfalls hatte er die Tage verträumt – Tage und Nächte, ausschließlich mit Renate beschäftigt. Einen Vortrag auszuarbeiten fiel ihm zunehmend schwerer, ihn zu halten kam einem schier unmenschlichen Kraftakt gleich. Er hatte vor seinen Manuskripten gesessen und immer an Renate gedacht. Nur die Arbeit in der Schutzstation hatte ihn ablenken können. Die Teambesprechungen mit den lebhaften jungen Leuten, die Exkursionen über die Deiche und ins Watt, die Bootsfahrten raus zu den Seehundbänken, die Reparatur der Zäune, die Arbeit mit dem Spektiv, die langen Wanderungen mit schwerem Gerät, anstrengende körperliche Arbeit, sie beruhigte seinen aufgewühlten Geist. Aber sowie er auf dem Sofa in Hildes Küche still saß oder in ihrem Bett an ihrer Seite lag, nachts im Dunklen oder morgens, wenn die Sonne durch den Rosenbusch ins Zimmer flackerte, dann dachte er nur noch an Renate. Er konnte zärtlich Hilde gegenüber sein, sogar leidenschaftlich – aber er war nicht bei ihr. Er betrog sie durch seine Gedanken und schämte sich dafür. Manchmal fand er die Situation jedoch auch interessant, ihre Beziehung nahm noch einmal Schwung auf, weil er wieder öfter Lust hatte, mit ihr zu schlafen – jedoch nur, um dann auf schreckliche Weise mit einer Bruchlandung zu enden.

»Du hast dich in Renate verliebt«, hatte Hilde ihm eines Tages auf den Kopf zugesagt. Sie war ganz in Schwarz gekleidet gewesen, was sonst nicht ihre Art war. In engen Hosen und einem weiten Sweater, der ihre kleinen Rettungsringe an der Taille verdeckte, sah sie aus wie ein Racheengel. Das graue Haar stand borstig und stahlgrau um ihren Kopf, ihre Augen sprühten. Sie war zornig auf ihn und auf Renate.

Er hatte ihr gegenüber auf dem roten Sofa gesessen und geschwiegen. Demütig die Hände im Schoß gefaltet wie ein geschlagener Krieger. Mit der Wahrheit konfrontiert hatte er keinen Ton herausgebracht. Er war am Ende gewesen, hatte nicht mehr gekonnt. Auch nicht mehr lügen.

Es folgte eine Hasstirade gegen die Zunft der Therapeuten im Allgemeinen und gegen therapeutischen Missbrauch im Speziellen. Über Renate persönlich hatte Hilde kein Wort verloren. Doch Thomas wusste, was sie ihm verschwieg. Ihr war alles sonnenklar, so als wäre sie bei seinen Therapiesitzungen dabei gewesen. Ob sie selbst auch zu einem Therapeuten gegangen war? Aber nein, das passte nicht zu ihr. So etwas hatte sie nicht nötig.

An diesem Abend war Thomas nicht bei Hilde geblieben, sondern in sein Apartment ins Hochhaus nach St. Peter-Ording gefahren und hatte seitdem nie wieder in dem Häuschen hinter dem Deich übernachtet. Er hatte noch einige anstrengende Gespräche mit Hilde geführt, die aber nur dazu gedient hatten, ihre Beziehung endgültig zu zerstören. Hilde hatte ihm seinen Verrat nicht verziehen.

Zum Glück war er beruflich stark eingebunden gewesen und einmal pro Woche nach Hamburg zur Therapie gefahren. Er hatte Renate gesagt, dass er die Beziehung zu Hilde beendet habe. Über die Gründe hatte er geschwiegen. Renate hatte ihn aufmerksam beobachtet und war stumm geblieben. Genauso wie in der nächsten und den folgenden Sitzungen. Thomas hatte geredet und sich einsam gefühlt, in der Therapie wie auch im Leben – so einsam wie noch nie. Nicht mal als Kind war er sich so verlassen vorgekommen wie in diesen Wochen. Seine Gefühle für Renate waren wie auf Eis gelegt – sie waren noch da, lebten und bestimmten ihn aber nicht mehr. Wenn er in sich hineinhorchte, spürte er nur Scham und Verzweiflung. Also betäubte er sich mit Arbeit, er schuftete wie ein Stier, stellte längst überfällige Aufsätze fertig, die er Zeitschriften und Tagungsbänden schuldete, zutiefst konzentriert, verbissen, endlich wieder produktiv.

Nach einer Weile wurde ihm klar, dass er in der Therapie nicht mehr weiterkam. Er war verwirrt, thematisierte es aber nicht, sondern entschied für sich, die wöchentlichen Sitzungen nicht fortzusetzen. Renate nickte nur, als er ihr seinen Beschluss mitteilte. Sie gab ihm zum Abschied die Hand, sah ihn aufmerksam an und sagte mit bedeutungsschwerer Stimme: »Auf Wiedersehen.«

Ein halbes Jahr später hatte Thomas wieder bei ihr angerufen. Seitdem waren sie ein Paar.

15

Die Briefe waren auf Briefpapier geschrieben, dick wie Büttenpapier, aber ohne Wasserzeichen oder Prägung. Sie schimmerten leicht gelblich, vielleicht Anzeichen des Zahns der Zeit. Ein vollständiges Datum trugen sie nicht, auch kein Ort war angegeben. Auf dem ersten Brief hatte jemand »21. Oktober« flüchtig in die obere rechte Ecke gekritzelt, bevor in einer kryptischen Handschrift der Text folgte. »Hilde«, konnte Anne gerade noch entziffern, doch das Wort hätte auch »Halde« oder »Holde« heißen können. Dahinter war ein Punkt gesetzt worden. Keine sehr freundliche Anrede.

Anne ließ ihren Blick über die wenigen Zeilen auf der Seite gleiten. Blassblaue Hieroglyphen, eine Arztschrift, hätte man früher gesagt. Woher stammte nur das Gerücht, dass Ärzte eine schlechte Handschrift hatten? Es gab doch heutzutage weiß Gott Menschen, die mehr schreiben mussten als Ärzte! Annes Hausärztin zum Beispiel hatte eine ausgezeichnet lesbare Handschrift.

Auf jeden Fall war dies die Handschrift eines Vielschreibers. Annes Vermutung, die Briefe könnten von Folkert oder Marco, Hildes jugendlichen Liebhabern, stammen, ließ sich damit kaum aufrechterhalten. Vielleicht hatten die Jungs eine Sauklaue, aber bestimmt nicht so eine.

Anne suchte nach einem weiteren Wort, das sich entziffern ließe, und entfaltete das nächste Blatt. Es war auf den 2. November datiert und begann wieder mit »Hilde« – Punkt. Sie stieß auf das Wort »Sorge«, und plötzlich schälte sich auch »Präzedenzfall« aus dem blauen Geschlinger heraus. Also könnte es heißen: »Hilde. Mach dir keine Sorgen ... Präzedenzfall ... eine verg... Situation. Es tut ... Land. Aber bitte lass ... Rein/Reich/Regen ... Gruß«, und dann folgte ein völlig unleserlicher Namenszug, der beim besten Willen nicht mehr als eine Wellenlinie darstellte.

Anne entfaltete das dritte Blatt. Es trug das Datum vom 21. Dezember, begann wieder mit »Hilde« – Punkt. Es folgten nur drei Zeilen: »… du ein starken Charakter … und nicht … aufgibst. Aber in diesem Haus hast du keine Chance. LASS UNS IN RUHE.« Am Ende wieder die Wellenlinie.

Anne griff nach dem letzten Blatt, das auf den 4. Januar datiert war. Aber außer »Hilde« – Punkt konnte sie kein einziges Wort entziffern. Die Schrift war noch kryptischer als in den drei Schreiben davor. Hut ab, wenn Hilde sie hatte lesen können. Sie musste den Schreiber sehr gut gekannt haben. Vielleicht ihre Schwester? Oder Britt? Zu dumm, dass die in Spanien war und ihr nicht weiterhelfen konnte. Vielleicht wäre es ja möglich, ihr einen der Briefe zu faxen?

Zurzeit verfügte Anne allerdings nicht einmal über ein funktionierendes Handy, mit dem sie Britt eine Nachricht hätte schreiben können. Es wurde Zeit, dass sie endlich nach Hause fuhr und sich ein paar wichtige Sachen holte.

16

Folkert hatte sich die Hände geschrubbt und die Haare gekämmt, ehe er Annes Aufforderung nachkam und sich an ihren Küchentisch setzte, um mit ihr einen Kaffee zu trinken. Er war pünktlich um zwölf Uhr mit seinem kleinen Trecker erschienen und hatte in einer halben Stunde die ganze Huckelwiese vor dem Haus gemäht und auch noch den breiten Streifen Gras geschnitten, der an Frau Lärches Grundstück grenzte. Sein Hemd war verschwitzt, aber die dunkelblaue Latzhose noch recht sauber. Sein Kinn glänzte wie frisch rasiert, und er hatte sich die Haare vor dem Kämmen anscheinend befeuchtet. Sein ganzes Gesicht strahlte wie üblich in seltsam bunten Farben: die hellblauen Augen, die roten Wangen und fleischigen Lippen, der goldblonde dünne Schnurrbart, die blauen Äderchen an den Schläfen. Sein Blick flackerte, und nachdem Anne ihm einen Platz am Küchentisch zugewiesen hatte, trommelte er nervös mit seinen abgekauten Fingernägeln auf die Tischplatte und mied ihren Blick.

»Vielen Dank fürs Mähen, was bekommen Sie dafür?«, fragte Anne, die ebenfalls verlegen war.

»Ist schon okay«, meinte Folkert. »Das können wir später abrechnen. Und Sie können ruhig Du zu mir sagen, das tun alle hier.«

»Okay. Aber du dann auch. Ich bin Anne.« Sie reichte ihm die Hand, und er ergriff sie wie schon bei ihrer ersten Begegnung mit laschem Druck. Anne erschrak, auch weil sich seine Hand feuchter und kühler als erwartet anfühlte. Sie ließ sich nichts anmerken, schob ihre Finger aber schnell zwischen ihr Hosenbein und das Sitzpolster ihres Stuhls.

»Ich hab bei der Gelegenheit noch ein paar Zweige der Kastanie geschnitten, sie hätten Ihnen – dir – beim nächsten Sturm die Ziegel vom Dach gefegt.«

Anne hatte das Ergebnis bereits gesehen: Die Kastanie hatte

eine ordentliche Anzahl von Zweigen eingebüßt. Auch die Büsche zur Straße hin hatte Volkert ausgelichtet. Es gefiel ihr nicht, war aber vermutlich sinnvoll gewesen. »Vielen Dank. Hat Hilde das auch immer von dir machen lassen?«

Folkert nickte, seine Finger trommelten weiter.

»Hast du Hilde oft besucht?«

Folkert verzog keine Miene. Dann hörte er plötzlich auf zu trommeln und sah Anne an. »Soll ich dir zeigen, wo im Hafenbecken ich sie gefunden habe?«

»Ja, gern. Dann kann ich mir vielleicht auch mal Marcos Boot anschauen.«

Folkert kletterte auf seinen Trecker und klappte einen Beifahrersitz hinunter. Er sah ziemlich schmal aus. Anne hatte wenig Lust, sich an den dicken Folkert zu klammern, aber anders ging es wohl nicht. Sie stieg auf den Traktor und fasste den jungen Bauern vorsichtig um die Schultern. Selbst die waren weich und etwas schwammig.

Der Motor sprang an, und Folkert tuckerte mit Höchstgeschwindigkeit die Auffahrt hinunter und bog auf die Koogstraße Richtung Tümlauer Hafen.

Es war Ebbe, der Priel, der das Hafenbecken mit dem offenen Meer verband, führte kaum Wasser. Ein dicker Schlickpanzer säumte die Uferstreifen.

Folkert stellte den Trecker auf den Parkplatz vor das Hafengebäude und ging am linken Ufer entlang bis zu den dort vertäuten Booten.

Anne folgte ihm. Die Sonne war rausgekommen und brannte ihr auf die Stirn, sie spürte ihre Kraft und Hitze. Es war Frühsommer geworden, ohne dass der Frühling sich voll entfaltet hatte.

Folkert lief schnell, mit raumgreifenden Schritten, gar nicht so lahm, wie sein lascher Händedruck vermuten ließ. Als Landwirt musste er vermutlich täglich schwere Arbeit verrichten, kein Wunder also, dass er trotz seines Aussehens gut trainiert war. Endlich blieb er stehen, legte sich die rechte Hand an die Stirn, um die Augen vor der Sonne zu schützen, und trat dann vorsichtig mit seinen schweren schwarzen Arbeitsschuhen auf einen Steg. Als Anne ihn eingeholt hatte, wies er mit der anderen Hand auf ein altes, ehemals weiß gestrichenes Holzboot mit Kajüte, das hinter einem kleineren, modernen Motorboot festgemacht war.

»Das Motorboot ist die ›Westerhever I‹, die gehört zur Schutzstation. Und das dahinter ist Marcos ›Frigga‹«, sagte er. Dann deutete er in eine Ecke des Hafenbeckens. »Und da drüben hat die Hilde gelegen. Unter dem Eis. Erst hab ich nur ihre blaue Jacke gesehen.«

Anne betrachtete die Stelle und sah dann Folkert an. Er hielt ihrem Blick stand. Konnte sie einer mit so offenem, ehrlichem Blick anschauen, während er ihr zeigte, wo er jemanden gefunden hatte, mit dessen Tod er auch nur das Geringste zu tun hatte?

Folkert hob die Oberlippe, seine Barthaare zitterten, seine kleinen weißen Zähne blitzten in der Sonne. Er lächelte. »Ich habe sie an den Haaren erkannt. Und an der Jacke.«

»Und dann hast du die Polizei geholt?«

»Nein. Ich wusste ja, dass sie nicht mehr lebt. Das Wasser war viel zu kalt. Ich bin nach Hause gefahren, und meine Mutter hat die Polizei angerufen.«

»Dann hast du gar nicht mit den Polizisten gesprochen?«

»Doch. Später. Sie kamen, um mich zu befragen. Aber ich wusste ja nichts.«

»Bist du traurig, dass Hilde tot ist?«

Folkert nickte.

»Du hast sie sehr gemocht, nicht wahr?«

Jetzt erschien ein breites Grinsen auf Folkerts Gesicht. »Sie war ein bisschen in mich verliebt.«

Er schaute sie so drollig von oben herab an, dass Anne am liebsten laut gelacht hätte. Sie konnte es sich gerade noch verkneifen. Folkert hielt sich offenbar genauso für unwiderstehlich wie jeder andere Mann. »Meinst du, wir können mal an Bord der ›Frigga‹ gehen?«, fragte sie.

»Warum nicht?«, meinte Folkert und kletterte über das direkt am Ufer vertäute Motorschiff und von ihm aus auf die »Frigga«.

Er klopfte an die Kajütentür, und zwei Köpfe erschienen in der Luke.

»Folkert!«, rief Marco erfreut. »Du bist da?«

Unter dichten Locken strahlte ein schmal geschnittenes Gesicht. Eine junge Frau schaute neben ihm aus der Luke und legte ihren Arm um den Mann.

»Hallo, Alissa«, sagte Folkert und wies dann auf seine Begleitung. »Das ist Anne. Sie wohnt in Hildes Haus und wollte euch mal kennenlernen.«

»Hi, Anne«, sagte Alissa, und Marco nickte ihr zu. Beide trugen nur T-Shirts und Shorts.

»Wir wollen nicht stören«, meinte Anne.

»Ihr stört nicht. Kommt rein.«

Anne traute sich kaum, über die schwankenden Boote zu steigen, aber einen anderen Weg zur »Frigga« gab es nicht. Folkert reichte ihr seine feuchte Hand und half ihr sicher an Bord.

Anne schaute sich um – obwohl sie aus Hamburg stammte, war sie noch nie auf einem Segelboot gewesen. Ziemlich wackelig – dabei war der Priel ganz ruhig, nicht die kleinste Welle kräuselte das brackige Wasser. »Darf ich?«, fragte sie und stieg die Stufen zur Kajüte hinab.

Marco zog sich seine blauen Arbeitshosen über, die vor Schmutz und schwarzer Schmiere starrten.

»Ich mache Kaffee«, sagt Alissa. »Nehmen Sie auch einen?«

»Gern«, sagte Anne. »Leben Sie hier auf dem Schiff?«

»Nein, ich wohne drüben in einem der beiden Häuser neben dem Leuchtturm.«

»In der Schutzstation?«

»Genau. Dort arbeite ich. Waren Sie schon mal da? Sind Sie zu Besuch in der Gegend?«

Anne nickte. »Und nein, ich war noch nicht da. Es gibt immer so viel zu tun.«

Alissa lachte. »Jaja, das stressige Landleben.« Sie erkundigte sich nach Annes Verhältnis zu Hilde und wollte wissen, woher sie kam und was sie sonst in ihrem Leben machte.

Zum ersten Mal, seit sie an der Küste war, musste Anne

etwas mehr von sich erzählen und kam ins Schleudern. »Ich habe Urlaub – also, eigentlich bin ich arbeitslos. Ich bin grad meinen Job losgeworden.«

»Oh, Mist«, sagte Alissa. »Vielleicht finden Sie ja hier etwas Neues. Man glaubt es nicht, aber es gibt eine ganze Menge Jobs in der Gegend. Zum Beispiel in der Gastronomie. Wenn auch nur in der Saison.«

Sie fragte nicht nach, was Anne gearbeitet hatte, und Anne war froh darüber. Lieber wollte sie noch mehr über Hilde erfahren. Doch Alissa erzählte, dass sie die ehemalige Lehrerin nicht gekannt, sondern nur das Auffinden ihrer Leiche mitbekommen habe.

»Ich bin auch noch nicht so lange hier. Erst ein gutes halbes Jahr, seit Oktober. Und bald ziehe ich weiter.«

»Zum Studieren?«

Alissa blinzelte Marco an, der sich neben Folkert auf die Bank am Tisch gesetzt hatte und reichlich Zucker in seinen Kaffeebecher löffelte. »Später«, sagte sie. »Davor wollen wir uns ein bisschen die Welt ansehen.« Sie lächelte verlegen.

»Sie drei zusammen?« Anne schaute die jungen Leute der Reihe nach an, während es in ihrem Kopf zu rattern begann: drei junge Menschen auf einem Boot, das von einer Frau bezahlt worden war, die vor Kurzem ein paar Meter weiter im selben Hafenbecken tot aufgefunden worden war, was sollte sie davon halten?

Als hätte Alissa ihre Gedanken erraten, sagte sie lässig: »Wir wollen unterwegs jobben. Marco hat eine Menge Schulden wegen dem alten Kahn. Wenn er und Folkert nicht alles selbst reparieren könnten …«

»Ich dachte, Hilde hätte das Schiff bezahlt«, sagte Anne und nahm einen Schluck Kaffee. Er war tiefschwarz und bärenstark, Milch gab es nicht.

»Angezahlt«, sagte Marco. »Sie hat mir für den Anfang ein bisschen Geld geliehen. Werde ich alles irgendwann abstottern. Den Rest musste ich mir woanders pumpen. Was meinen Sie, was so ein Kutter kostet – das ist kein Pappenstiel.«

»Und wem wollen Sie das Geld zurückzahlen? Den Erben?«, fragte Anne.

Marco zuckte die Achseln. »Klar, warum nicht?«

»Wohin soll die Fahrt denn gehen?«

»In die Südsee.« Folkert grinste. »Da, wo es richtig warm ist.«

»Du spinnst ja«, sagte Alissa und wandte sich an Anne. »Vielleicht nach Dänemark, einfach die Küste hoch. Wir müssen uns ja erst an das Schiff gewöhnen. Hör doch auf damit«, fuhr sie Marco an, der hinter sich auf dem Fensterbrett in einer Dose kramte.

»Nix mehr zu rauchen«, brummte er.

»Ich habe leider auch keine Zigaretten«, sagte Anne. »Bin schon lange Nichtraucherin.«

Folkert fing an, mit offenem Mund zu lachen. »Nicht Zigaretten«, sprudelte es aus ihm heraus. »Marco raucht was anderes!«

»Was redest du bloß, Folkert«, sagte Alissa streng. »Halt doch einfach mal die Klappe.«

Der Angesprochene legte sich eine Hand vor die roten Lippen und prustete leise vor sich hin.

Marco hatte die Hände auf dem Tisch gefaltet und sah Alissa mit einem Lächeln an, das Anne nicht zu deuten wusste. Der Kaffee war so stark, dass sie ihn nicht so schnell austrinken konnte, wie sie gewollt hätte. Irgendetwas stimmte mit den dreien nicht, sie wusste nur noch nicht, was.

»Ich muss wieder los«, sagte sie schließlich. »Es würde mich wirklich sehr interessieren, sollte Ihnen noch etwas über Hilde einfallen – es ist doch seltsam, im Haus einer Toten zu wohnen, von der man nicht genau weiß, wie und warum sie gestorben ist. Das treibt einen um.«

»Haben Hildes Verwandte Sie hergeschickt?«, fragte Marco. »Die Erben?« Sein freundliches Lächeln war plötzlich wie weggeblasen. Mit seinem dunklen Teint und den Bartschatten über der Oberlippe und auf der Wangenpartie sah er ein bisschen verschlagen aus.

Ein Mann mit vielen Gesichtern, dachte Anne. »Wie man's nimmt«, sagte sie. »Ich habe gerade Zeit, und Hildes Nichte, meine Freundin Britt, will das Haus verkaufen.«

»Fragen Sie doch mal Thomas Schmidt, wenn Sie etwas über Hilde wissen wollen«, sagte Marco. »Ich glaube, der hat sie von uns allen am besten und längsten gekannt.«

»Tatsächlich?«

»Tatsächlich«, wiederholte Marco. »Das hat er Ihnen verschwiegen, nicht wahr? Sie haben ihn doch bestimmt schon verhört – äh, ich meine, mit ihm gesprochen.«

Anne ließ eine kleine Schrecksekunde verstreichen, bis sie sich wieder im Griff hatte. Dann sagte sie mit möglichst freundlicher Stimme: »Vielen Dank für den Tipp, Marco. Aber lassen Sie sich nicht täuschen – ich bin wirklich privat hier.«

»Und trotzdem ein Bulle, oder nicht?«

Anne stand auf, ging zur Treppe und stieg durch die Luke wieder ins Freie, bevor sie sich noch einmal hinunterbeugte. »Vielen Dank für den Kaffee.«

Am späten Nachmittag lief Anne zu Fuß bis nach Ording, wo sie nach ihrem Schwimmausflug im Vorbeigehen das Schild eines Fahrradverleihs gesehen hatte. Für ein paar Euro Gebühr erhielt sie ein schönes altes Hollandrad mit drei Gängen, gemütlich tiefem Einstieg und frisch aufgezogenen Reifen. Mit viel Rückenwind radelte sie im Abendlicht weiter in Richtung St. Peter-Bad, durchquerte ein duftendes Kiefernwäldchen und kam direkt an der Dünentherme heraus, die gleichzeitig den Beginn der Einkaufsstraßen von St. Peter-Bad darstellte. Hier gab es die große Buhne und die lange Seebrücke zu bewundern. Über die Strandpromenade und den geteerten Deich fuhr sie weiter gen Süden bis St. Peter-Dorf. Wieder ging es durch einen schattigen Waldstreifen, bis plötzlich ein paar hässliche Hochhäuser vor ihr auftauchten: achtstöckige, orange gekachelte Türme, in denen sich bestimmt Ferienwohnungen befanden. Wer von den Einheimischen hätte schon darin wohnen mögen?

Anne hatte das Areal umfahren und wollte gerade wieder zurück ins Zentrum des Kurbetriebs, als ein schicker schwarzer Golf mit Hamburger Kennzeichen auf den Parkplatz rollte. Neugierig blieb sie stehen und beobachtete, wie er geparkt wurde und die Türen sich öffneten. Zu ihrer Überraschung erkannte sie Thomas Schmidt, der auf der Beifahrerseite ausstieg. Anne zog sich rasch in den Schutz des Wäldchens zurück. Von ihrem Versteck aus musterte sie die Dame, die hinter dem Lenkrad gesessen hatte: eine schlanke, große Blonde in einem eleganten Etuikleid und mit einem kleinen roten Köfferchen in der Hand. Thomas wartete, bis sie den Wagen verriegelt hatte und mit klackernden Absätzen auf seine Seite kam. Lässig legte er seinen Arm um ihre Schultern und nahm ihr den Koffer ab. Gemeinsam überquerten sie die Straße und gingen zum Eingangsbereich des Hochhauses. Ganz Gentleman schloss er die Tür auf, ging einen Schritt zurück und ließ seine Freundin zuerst eintreten.

Ob dies die Nachfolgerin von Hilde Jensen war? Schade, ein kleines bisschen hatte Anne gehofft, der attraktive Vogelwart wäre noch zu haben gewesen. Leider hatte sie zu weit entfernt gestanden, um die Gesichtszüge seiner Begleiterin zu erkennen. So konnte sie jetzt auch nicht mit Sicherheit sagen, wie alt die Dame war, aber von ihrem Auftreten und ihren Bewegungen her hatte sie wie eine reifere Frau gewirkt. Thomas Schmidt stand offenbar auf ältere Damen. Und die Damen waren sicherlich stolz, sich einen so attraktiven, jugendlichen Liebhaber geangelt zu haben.

Verwirrt, aber zufrieden, etwas Interessantes entdeckt zu haben, radelte Anne gegen eine schwächer werdende Brise nach Hause, nicht ohne sich zuvor im Eiscafé »Venezia« noch einen großen Becher Schokoladeneis mit Sahne zu gönnen.

17

Nicht nur am Abend und in der Nacht war der Blick aus Thomas' Apartment erhebend schön, auch am Morgen, wenn die Sonne aufging und die Wasser- und Wattflächen vielfarbig strahlen ließ. Vor allem an einem wolkigen Tag wie heute. Dicke, immer stärker aufquellende Wolkengebilde türmten sich über der spiegelglatten Fläche des Meeres und zogen mit majestätischer Ruhe durch den Rahmen des Fensters in Thomas' Wohn- und Schlafzimmer. Um diese Naturschauspiele morgens und abends vom Sofa und vom Bett aus in der geräumigen Einzimmerwohnung betrachten zu können, hatte er sich nie Vorhänge angeschafft.

Auch Renate hatte schon die Augen geöffnet und beobachtete sinnend die Farbenspiele, die sich in ihren Pupillen spiegelten.

Thomas strich ihr zärtlich mit den Fingerspitzen über die Wangen, die kleine gerade Nase, die schmalen, aber sinnlichen Lippen, auf die er schließlich einen Kuss drückte. »Guten Morgen, du Schöne«, flüsterte er leise.

Renate lächelte.

Sie war noch zu müde, um zu sprechen, das kannte er schon. Ein kleiner Kaffee mit viel Milch ans Bett gebracht konnte da Wunder wirken. Thomas schlug die Bettdecke zurück und tappte zur Küchenzeile am anderen Ende des Raumes. Leise hantierte er mit den Kaffeeutensilien, stellte die Tassen unter die Maschine, erhitzte Milch auf dem Herd und schlug sie mit dem Schneebesen schaumig. Der Heißluftstrahl aus der Maschine, der zu einem ähnlichen Ergebnis geführt hätte, war ihm am Morgen zu laut.

Schließlich kroch er mit einem kleinen Tablett, auf dem zwei dampfende Tassen Milchkaffee standen, wieder ins Bett zurück, baute für sich und Renate eine stabile Rückenstütze aus den Polstern seiner Schlafcouch und genoss die Vollendung des Sonnenaufgangs mit dem Duft des Kaffees in der Nase und seinem Geschmack auf der Zunge. Ein perfekter Morgen. Es war gerade erst sechs Uhr fünfzehn, sie waren früh aufgewacht, weil sie am Abend früh ins Bett gegangen waren. Sie hatten sich gestern in Tönning getroffen. Thomas hatte beruflich im Informationszentrum des Wattforums zu tun gehabt, das nur wenige Kilometer von Renates Katinger Haus entfernt lag.

»Wann ist noch mal heute deine Wattwanderung?«, flüsterte Renate mit belegter Stimme und räusperte sich dann. »Ich meine, wann fahren wir zum Leuchtturm?«

»Um elf Uhr beginnt die vogelkundliche Führung«, sagte Thomas. »Ich muss gegen zehn Uhr losfahren.«

»Kannst du dich nicht ein wenig verspäten? Ich hätte vorher noch eine Kleinigkeit zu erledigen.«

»Leider mache ich den Tidenkalender nicht. Da musst du dich bei dem alten Herrn da oben beschweren.« Er wies mit seinem Kaffeebecher zur Zimmerdecke.

Renate verdrehte die Augen. »Ich bin schon hier am Wattenmeer gewesen, als du noch in den Windeln stecktest. Also erzähl mir nichts über die Tide, mein Freund.«

»Und du willst immer noch zum Leuchtturm mitkommen?«

»Wir könnten anschließend eine Bootstour machen. Ich war schon ewig nicht mehr bei den Seehundbänken draußen. Außerdem möchte ich gern mit dir zusammen sein, und den Leuchtturm hast du mir auch noch nie von drinnen gezeigt.«

»Die Leuchtturmführung ist mit Sicherheit schon ausgebucht, Liebes. Ich führe dich ganz bestimmt ein anderes Mal herum – aber in aller Ruhe, heute geht es nicht.«

»Ich weiß, die Wattwürmer warten auf dich – aber wenn du nichts dagegen hast, könnte ich ja wenigstens bei der Wanderung dabei sein …«

»Du willst dich doch nur über mich lustig machen«, meinte Thomas und seufzte.

»Ich mache mich nicht über dich lustig«, sagte Renate ernst. »Und das weißt du auch. Im Übrigen war ich schon einmal bei einer Wanderung dabei, erinnerst du dich? Es war ganz am Anfang. Du hast immer nur zu mir gesehen, sodass die anderen Teilnehmerinnen ganz beleidigt waren.«

»Aber das war nicht am Anfang, wir kannten uns schon zwei Jahre lang aus der Therapie«, sagte Thomas.

»Es war am Beginn unserer Beziehung. Die Zeit vorher zählt nicht. In der warst du für mich nur ein Patient.«

»Ein Patient wie alle anderen?«

»Natürlich. Was hast du denn gedacht?«

Thomas zögerte und blies den Milchschaum in seiner Kaffeetasse zu einem kleinen Berg zusammen. Er sah aus wie die Schaumkronen, die das Meer bei Sturm aufwühlte und bei starkem Wind über den Wattboden trieb. Sie hatten dieselbe schmutzig weiße Farbe und auch diese klebrige Konsistenz, vermutlich waren es nur Eiweiße, die sich zusammenballten. Er würde mal seine Kollegin Gitte danach fragen, die kannte sich mit organischer Chemie besser aus als er.

»Zwischen uns war von Anfang an noch etwas anderes.«

»Das zuzugeben wäre aber von meiner Seite aus unprofessionell gewesen.«

Thomas zuckte die Achseln. »Na und? Das ist mir doch egal!«

»Aber mir nicht. Stell dir vor, ich würde mich andauernd in Patienten verlieben.«

»Nicht andauernd, aber immer wieder in mich!«

Renate lächelte. »Aber natürlich, jederzeit.«

»Ist dir das vorher denn noch nie passiert? Sei ehrlich!«

»Willst du das wirklich wissen? Also gut, ja, es ist mir schon einmal passiert. Manchmal verliebt man sich in Patienten. Sie sind so rührend und liebenswert in ihrer Not und ihrer Anhänglichkeit. Das schmeichelt dem Ego, und ich bin auch nur ein Mensch. Sie lieben mich, und ich liebe sie.«

»Muss ich jetzt eifersüchtig sein?«

»Das kannst du halten, wie du willst«, lachte Renate und streckte einen ihrer hübschen, immer leicht gebräunten Füße aus dem Bett. »Sachlich betrachtet brauchst du es aber nicht zu sein, denn eine Beziehung unterhalte ich seit ziemlich langer Zeit ausschließlich mit dir. Und habe dir vor kurzer Zeit sogar einen Heiratsantrag gemacht, wie du dich vielleicht erinnerst.«

Thomas brummte.

»Das gefällt dir nicht, nicht wahr? Lieber hättest du immer weiter um mich kämpfen wollen, um die unnahbare, unerreichbare Therapeutin. Du möchtest eifersüchtig sein und immer wieder alle anderen Patienten, alle gleichwertigen Bewerber aus dem Feld schlagen, habe ich recht?«

Grinsend stellte Thomas seine Kaffeetasse auf den Nachttisch und drehte sich zu Renate. Er legte eine Hand dort auf ihre Bettdecke, wo sich ihre Hüfte befinden musste, und zog sie zu sich heran. »Hör auf, mich zu interpretieren.«

»Aber du machst es einem so schön leicht, dich zu durchschauen, Herr Dr. Vogelwart.«

Thomas stöhnte und zog Renate noch näher zu sich, bis sie fast auf ihm zu liegen kam und spüren konnte, wie er sich fühlte.

Sie lächelte spitzbübisch. »Ach, so ist das also mit uns beiden, schau an.« Sie zog ihr Nachthemd über den Kopf und beugte sich zu ihm hinunter.

Am Morgen schwang Anne sich gleich wieder in den Sattel in der Hoffnung, Thomas Schmidt im Laufe des Vormittags allein zu erwischen. Sie wusste ja nun, wo er wohnte, und wollte mal schauen, was er den Tag über so trieb. Vielleicht war die schicke Dame aus Hamburg auch schon wieder abgereist? Möglich, dachte sie, aber eher unwahrscheinlich.

Anne frühstückte mit einem Croissant beim Bäcker und einem Cappuccino im Eiscafé, fuhr wieder zu den hässlichen Hochhäusern und verbarg sich hinter den Büschen, die um den Parkplatz herum wuchsen. Der schnittige schwarze Golf stand noch immer auf seinem Platz vom Tag zuvor.

Tatsächlich traten Thomas Schmidt und seine Freundin bald mit noch feuchten Haaren vor die Tür. Anscheinend hatten sie gerade geduscht. Der Vogelwart war lässig mit Windjacke und

Jeans bekleidet. Er trug einen Rucksack, in dem sich offenbar etwas Schweres befand.

Die beiden begaben sich schnurstracks zum Auto, verstauten aber nur den Rucksack im Kofferraum und gingen dann zu Fuß durch das Wäldchen Richtung Seedeich bis zur Strandpromenade. Anne folgte ihnen unauffällig und mit viel Abstand. Vor einer alten Villa am Strandläuferweg blieben sie stehen. Thomas hatte wieder den Arm um die Dame gelegt, die heute leichte blaue Stoffhosen und ein weißes Hemd trug. Ihren dunkelblauen Pullover hatte sie sich über die Schultern gelegt und die Ärmel vor der Brust verknotet. Ihre Augen schützte eine große Sonnenbrille, und sie hatte nur eine kleine Umhängetasche dabei.

Gemeinsam durchschritt das Paar die Gartenpforte und ging drei Stufen zur Eingangstür hinauf. Der Vogelwart klingelte, und wenige Sekunden später wurden sie hereingebeten.

Anne studierte das Emaille-Schild neben der Haustür. »Dr. Wilfried Karstendiek, Psychotherapeutische Gemeinschaftspraxis. Sprechstunden nach Vereinbarung.«

Wollten die beiden etwa eine Paartherapie machen? Als sich die Gardinen hinter einem Fenster bewegten, stieg Anne schnell auf ihr Leihrad und gab Gas. Sie wollte auf keinen Fall von Thomas Schmidt hier erwischt werden. Zudem ahnte sie schon, wo sie die beiden in Kürze wiedersehen könnte. Am besten machte sie sich gleich auf den Weg, denn mit dem Fahrrad würde sie bis raus zum Leuchtturm ein Weilchen unterwegs sein.

18

Wie sehr Anne auch in die Pedale trat, sie benötigte über eine Stunde bis zum Leuchtturm. Natürlich war der Wind immer von vorne gekommen. Erschöpft schob sie das Rad hinauf auf die Warft, auf der weiß und rot gestreift der Leuchtturm thronte. Lachsrot leuchteten die Dächer der beiden Häuser an seinem Fuße. Eine weiße Fahne mit dem Emblem des Nationalparks – schwarzer Punkt in grün-gelbem Kreis – knatterte im Wind.

Die schwarze Gittertür des Leuchtturms stand offen, die Holztür dahinter war noch geschlossen. Vor dem linken Haus hockte Alissa in Shorts mit braun gebrannten Beinen auf der Kante eines Bollerwagens und band sich ihre Turnschuhe zu. Ihr Flanellhemd blähte sich, und ihre dunklen Haare flogen im Wind. Auf den Holzbänken rund um den Turm saßen Wanderer und schauten mit und ohne Fernglas über die Salzwiesen, fotografierten den Leuchtturm oder verzehrten ihren Proviant.

Anne ging auf Alissa zu und überlegte noch, wie sie sie ansprechen sollte – waren sie per Du oder per Sie gewesen? –, da kam die Begleiterin des Vogelwarts hinter einem der zwei Häuser hervor.

Anne spürte, wie sich ihr Puls beschleunigte. Nun würde wohl auch gleich Thomas Schmidt auftauchen – ob er sie wiedererkannte? Ihr war ein bisschen mulmig zumute.

Aber der Vogelwart erschien nicht. Stattdessen trat seine Freundin auf Anne und Alissa zu und grüßte Anne mit einem Nicken.

»Wenn Sie wegen der vogelkundlichen Führung kommen«, sagte Alissa, »sind Sie leider zu spät. Die Gruppe ist schon eine Weile unterwegs.« Sie legte eine Hand über die Augen und deutete über die flachen Salzwiesen in Richtung Deich, vor dem eine Gruppe Menschen beisammenstand. Die meisten Teilnehmer der Führung hatten den Kopf in den Nacken gelegt und starrten in den Himmel. Einer, vermutlich Thomas Schmidt, hatte ein Fernglas in der Hand und wies mit dem Arm in die Luft. Ein Vogelschwarm zog in Volten über sie hinweg.

»Die Knutts«, sagte Alissa und verfolgte den Schwarm mit zusammengekniffenen Augen. »Die nächste Führung ist morgen um dieselbe Zeit.«

Anne nickte und sah von Alissa zu Thomas Schmidts Begleiterin. Dann reichte sie ihr die Hand und stellte sich vor. »Anne Schumacher, angenehm.«

»Renate Plessner.«

»Haben Sie sich die Ausstellung schon angesehen?«, fragte Alissa an Renate Plessner gewandt, die zur Antwort nickte. »Dann können wir ja jetzt den Turm hinaufsteigen. Sie wollten nur das Heiratszimmer sehen, oder? Den Ausguck und das Leuchtfeuer darf ich Ihnen nämlich nicht zeigen. Das ist nur zusammen mit Thomas oder dem ehemaligen Leuchtturmwärter möglich. Die nächste Führung findet heute um vierzehn Uhr statt, ist aber schon ausgebucht.«

»Das hat Thomas schon gesagt«, erwiderte Renate Plessner. »Aber es geht mir wirklich nur um das Hochzeitszimmer.«

Alissa machte sich am Türschloss zu schaffen und schob dann Renate Plessner schnell durch die Tür, ehe andere Touristen sich anschließen konnten. »Wenn Sie mitkommen wollen, beeilen Sie sich«, sagte sie zu Anne.

»Klar.« Anne schob sich durch die Tür, ehe Alissa sie von drinnen verriegelte. »Wollen Sie hier heiraten?«, fragte sie die Freundin des Vogelwarts.

Renate Plessner lächelte verschmitzt. »Warum nicht? In meinem Alter will man zu so einem Anlass doch keine große Feier mit der ganzen Verwandtschaft mehr veranstalten. Die Zeremonie soll nur für uns zwei sein – und da mein Verlobter hier arbeitet, ist es naheliegend, sich hier trauen zu lassen. Was meinen Sie, Alissa?«

Alissa hatte schon begonnen, die Treppenstufen hochzusteigen. »Das muss jeder selbst wissen!«, rief sie aus dem stählernen

Gehäuse des Turms, das ihre Stimme veränderte und lauter klingen ließ. »Ich persönlich bin kein Heiratsfan.«

Schweigend erklommen die drei Frauen die vierundsechzig Stufen. Der Turm war in mehrere Ebenen untergliedert. In den unteren waren Technik und Geräte untergebracht, ein Stockwerk stand leer. Vor den Eingängen zu den jeweiligen Räumen waren Kordeln gespannt, sodass man hineinsehen, sie aber nicht betreten konnte.

»Ganz unten befand sich früher die Werkstatt der Leuchtturmwärter«, erklärte Alissa, als sie schließlich oben ankam. »Gewohnt haben sie nebenan, wo wir jetzt untergebracht sind.«

»Interessant«, sagte Renate Plessner, nachdem sie und Anne Alissa leicht außer Atem eingeholt hatten. »Aber auch irgendwie etwas ungemütlich, wenn ich mir vorstelle, hier zu arbeiten und zu leben.«

Auf der vierten Ebene war das Hochzeitszimmer eingerichtet worden. Renate umrundete langsam den Tisch in der Mitte des Raumes. Obwohl der Turm sich nach oben hin verjüngte, war das Zimmer relativ groß. Seine Grundfläche betrug bestimmt über zwanzig Quadratmeter. Durch die runden Fensterluken fiel helles Tageslicht. Die genieteten Stahlwände und der Ausblick aufs offene Meer ließen keinen Zweifel aufkommen, wo man sich befand: entweder auf hoher See im Bauch eines Schiffes – oder eben in einem Turm. An einer Tischseite stand ein Stuhl für den Standesbeamten, an der anderen zwei Stühle für das Brautpaar. Dahinter waren vier weitere für die Trauzeugen aufgereiht und an der Wand ein paar für einige wenige Gäste. Sonst war der Raum leer.

»Ganz schön feierlich«, sagte Anne.

Renate Plessner nickte und schaute durch eins der Bullaugen.

»Und wann soll die Hochzeit sein?«, fragte Alissa. »Wir sind schon ziemlich ausgebucht. Jedenfalls an den Samstagen.«

»Wir dachten eigentlich an September. Aber es muss ja nicht unbedingt ein Samstag sein.«

Alissa lehnte sich mit einer tiefen Falte auf der Stirn mit dem

Rücken an die weiße Stahlwand. »Komisch, dass Thomas den Termin nicht schon reserviert hat.«

»Die Idee ist noch nicht besonders alt«, sagte Renate. »Und ehrlich gesagt: Er ist auch kein ›Heiratsfan‹, wie Sie sich so treffend ausgedrückt haben.«

Anne fiel auf, dass Renate dabei weder lachte noch lächelte. Sie war nicht im Geringsten verlegen, sprach sachlich und ruhig, ohne sich dabei zu genieren. Nur ein bisschen Spott lag wie schon davor in ihrer Stimme, der eine kleine Distanz zum Gesprächspartner schuf. War es Humor? Oder nicht zu verbergende Überheblichkeit?

»Ich verstehe Sie ehrlich gesagt nicht«, sagte Alissa. »Ich wollte nie heiraten. Wenn man eine Familie gründen will, okay. Aber einfach so – sind Sie verheiratet?«, fragte sie Anne.

Die schüttelte den Kopf.

»Auch kein ›Heiratsfan‹, wie?«, lachte Alissa.

Anne zuckte die Achseln. »Hat sich bisher noch nicht ergeben.«

»Sie sind doch noch jung«, meinte Renate Plessner an Alissa gewandt. »Warum sollten Sie sich schon binden und eine Familie gründen wollen?«

»Ja, aber bei mir ist es nicht nur das Alter. Ich wollte früher mal in ein Kloster eintreten«, meinte Alissa.

»Sie wurden katholisch erzogen?«, fragte Renate.

»Nein«, antwortete Alissa gereizt. »Meine Eltern sind nicht gläubig. Ich habe mich selbst dem katholischen Glauben zugewandt.«

»Und nun sind Sie hier?«

»Genau. Nun diene ich der Natur. Beziehungsweise ihrem Schutz.«

»Hauptsache dienen?« Renate Plessners Stimme klang sanfter, nur noch leise war der spöttische Unterton zu hören.

»Warum denn nicht? Ich finde, ein bisschen mehr Demut stünde uns allen gut zu Gesicht. Aber mit dieser Meinung bin ich wohl mehr oder weniger eine Ausnahme.«

»Gefällt es Ihnen, eine Ausnahme zu sein?«

»Ich war schon immer eine Außenseiterin.«

»Eine Außenseiterin ist etwas anderes als eine Ausnahme.«

»Wenn man eine Ausnahme ist, also ein bisschen andere Ansichten hat als der Mainstream, dann ist man schnell eine Außenseiterin.«

»Damit haben Sie recht.« Renate Plessner lächelte aufrichtig und sah zu Anne. »Was meinen Sie dazu?«

Anne wunderte sich, wie schnell die beiden Frauen in ein so persönliches, vertrautes Gespräch eingetaucht waren. Dabei wahrten sie aber doch Distanz. Sie hatte wortwörtlich mit offenem Mund zugehört, so erstaunt war sie. Was war das für eine seltsame Frau, die so sicher die Grenzen wahrte und trotzdem das Innere der Menschen aufsperrte wie ein Schmuckkästchen, für das sie den richtigen Schlüssel besaß? Anne hatte Respekt vor Renate Plessner und war gleichzeitig von ihr fasziniert.

»Ich kenne das auch«, sagte sie schließlich langsam, zog einen der beiden Stühle, die für das Brautpaar bereitstanden, unter dem Tisch hervor, setzte ihren Turnschuh auf die Querstrebe der Stuhlbeine und stützte sich mit einer Hand auf dem Knie ab. »Aber ich bin gern Außenseiterin und auch gern allein. Ich glaube, es gibt eine ganze Menge Leute, die das mögen. Hier wohne ich zum Beispiel in einem alten Haus hinter dem Deich, das einer Frau gehört hat, die auch eine Außenseiterin war. Sie wurde in diesem Winter im Hafenpriel gefunden, tot. Sie hieß Hilde, vielleicht kennen Sie sie?«

Alissa schaute zu Boden, schließlich hatte sie die Frage schon auf dem Boot verneint.

Anne ließ Renate Plessner nicht aus den Augen. War sie kaum merklich zusammengezuckt, als sie Hildes Namen erwähnt hatte? Aber wenn sie sich erschrocken hatte, hatte sie das Gefühl vortrefflich verborgen. Sie schien es gewohnt zu sein, ihre Gefühle zu kontrollieren – oder zumindest nicht offen zu zeigen.

»Ich kannte Hilde«, sagte Renate Plessner schließlich und sah Anne freundlich und ruhig an. »Von früher.«

»Wie das?«, fragte Anne überrascht.

»Aus Studienzeiten. Ist das so verwunderlich?«

»Nun – also, dass sich hier auf dem Land alle kennen, das habe ich schon gelernt. Es liegt ja nahe – ich meine, wenn man sich dauernd über den Weg läuft. Aber dass Sie aus Hamburg –«

»Woher wissen Sie, dass ich aus Hamburg komme?«

Anne schoss das Blut ins Gesicht. Jetzt hatte sie sich verplappert. Es rächte sich immer, wenn man andere Leute ausspionierte, sie hatte es geahnt. Weiter würde sie ihrer Erfahrung nach nur mit der Wahrheit kommen. »Ich habe Sie gestern zusammen mit Thomas Schmidt ankommen gesehen.«

»Aha.«

»Sie stiegen aus einem Auto – mit Hamburger Kennzeichen.«

Renate Plessners Miene ließ sich nicht deuten. Ausdruckslos blickte sie Anne an – war das in ihren Augen wieder Spott, Überraschung oder Ärger? Würde etwas davon gleich aus ihr hervorbrechen? Würde sie die Erwähnung angriffslustig machen oder verunsichern? Oder würde sie sich unter Kontrolle haben?

»Und nun?«, erwiderte Renate Plessner schließlich. »Warum interessieren Sie sich für mich?«

»Ich interessiere mich für die Frau, in deren Haus ich lebe. Und dafür, wie und warum sie so grausam zu Tode kam.«

»Das geht nicht spurlos an Ihnen vorüber, nicht wahr?«

Anne spürte wieder, wie sie errötete. Zum zweiten Mal in kurzer Zeit fühlte sie sich erwischt. »Stimmt«, räumte sie ein. »Ich dachte, es würde mir nichts ausmachen, aber so ist es nicht.«

Alissa hatte ihnen schweigend zugehört, löste sich jetzt von der Leuchtturmwand und trat ins Treppenhaus. »Ich muss jetzt wieder in die Ausstellung. Vielleicht können Sie sich unten weiter unterhalten.«

Anne und Renate Plessner stiegen hintereinander die Stufen hinunter.

Vor dem Turm hatten sich inzwischen noch mehr Besucher eingefunden. Sie ließen sich die Sonne ins Gesicht scheinen, studierten die Anschlagtafeln mit Informationen über das Leuchtfeuer und das Watt und beobachteten die drei Frauen, die aus dem Turm kamen. Über dem Wattenmeer flimmerte die Sonne, Luftspiegelungen hingen über der Sandbank und sahen vor dem gleißend hellen Himmel aus wie kleine blaue Wolken. Die Wandergruppe war inzwischen mit bloßem Auge kaum noch zu erkennen. Stecknadelkopfgroß bewegten sich die Teilnehmer einzeln oder paarweise auf der weiten Wattfläche auf die Sandbank zu.

Renate Plessner bedankte sich bei Alissa und drückte ihr lange die Hand, bevor sie sich an Anne wandte. »Wenn Sie Unterstützung brauchen, können wir uns gern einmal in Ruhe unterhalten. Ich bin Psychotherapeutin.«

»Gerne«, sagte Anne. »Vielen Dank für das Angebot.« Sie war erleichtert, dass die andere das Gespräch nicht fortsetzte und sie nicht weiter in die Enge trieb. Gleichzeitig war sie erpicht darauf, mehr von ihr und über ihr Verhältnis zu Hilde und deren Vergangenheit zu erfahren. Auch um den Preis, sich damit einem psychotherapeutischen Gesprächsmodus unterzuordnen. Sie würde schon auf sich aufpassen.

»Ich habe heute Vormittag gerade einen Praxisraum in St. Peter angemietet. Wenn Sie wollen, können Sie gleich übermorgen kommen, sagen wir, um fünfzehn Uhr? Am Montagabend fahre ich wieder nach Hamburg, und das nächste Mal bin ich leider erst in zwei Wochen wieder hier.«

»Das passt perfekt. Wohin soll ich kommen?«

»Haben Sie etwas zum Schreiben dabei?«

Anne holte ihren Notizblock und einen Stift aus der Tasche.

Renate Plessner drehte sich zum Turm, nutzte dessen Wand als Unterlage, schrieb eine Adresse auf den Block und reichte ihn dann Anne zurück.

Anne starrte auf den Zettel. Hätte sie nicht schon geahnt, dass der Praxisraum sich im Strandläuferweg in St. Peter befand, wohin sie dem Paar am Morgen gefolgt war, hätte sie es durch diese Notiz bestimmt nicht erfahren. Die Buchstaben schwammen genauso konturlos über das Papier wie die Buchstaben der unlesbaren Briefe, die sie in Hildes Bücherregel gefunden hatte. Wenn dies nicht ihre Schreiberin war, würde sie einen Besen fressen. Sie sah auf und sagte lächelnd: »Lesen kann man das aber nicht.«

»Entschuldigen Sie.« Renate Plessner nahm Anne den Block aus der Hand und korrigierte ein paar Buchstaben, sodass die Adresse noch weniger lesbar wurde. »Strandläuferweg 1, vielleicht können Sie es sich auch so merken. Ich habe eine Sauklaue, daran ist leider nichts mehr zu ändern. Ursprünglich war ich Linkshänderin, aber das wurde mir aberzogen.«

Ehe Anne auf ihr Rad stieg und sich auf den Rückweg machte, drehte sie sich noch einmal um und winkte Alissa zu, die in der Tür zur Schutzstation lehnte. Die junge Frau erwiderte ihren Gruß nicht, sondern verschwand schnell im Haus.

Wieder zu Hause nahm Anne den Umschlag mit den Briefen an Hilde aus dem Regal, breitete diese auf dem Küchentisch aus und zog dann ihren Notizblock aus der Tasche, auf dem Renate Plessner die Adresse ihres neuen Praxisraums und den Termin aufgeschrieben hatte. »Strandläuferweg 1, St. Peter-Bad. Montag, 15 Uhr«, stand dort. Als hätten sich Annes Augen in der Zwischenzeit an die Buchstaben gewöhnt, wuchsen in den Briefen beim erneuten Lesen die Wellenlinien zu Worten zusammen. Den zweiten Brief konnte sie nun fast vollständig entziffern: »Hilde. Du machst dir unnütz Gedanken. Wir … die Situation … verändert, ehe … Präzedenzfälle gibt es nicht … nicht für eine vergleichbare Situation … du verletzt bist. Es tut mir leid. Aber bitte lass uns in Ruhe. Gruß …« Das Ende des Briefes bildete die Schlangenlinie, die durchaus »Renate« heißen konnte.

Auch der dritte Brief vom 21. Dezember war für Anne nun lesbar: »Hilde. Ich weiß, du hast einen starken Charakter und gibst nicht so leicht auf. Aber in diesem Fall hast du keine Chance. Wenn du uns drohst, denk mal darüber nach, was dir passieren könnte. LASS UNS IN RUHE.« Und wieder die Unterschrift, die einer Schlangenlinie glich.

19

Frau Petersen blieb lange auf an diesem Samstagabend. Viel länger, als es sonst ihre Gewohnheit war. Normalerweise erledigte sie abends noch die am Tag liegen gebliebenen Küchenarbeiten. Erst wenn es kein frisch geerntetes Gemüse zu putzen und einzufrieren oder einzuwecken, Marmelade zu kochen oder für den nächsten Tag einen Kuchen zu backen galt, dann setzte sie sich um kurz vor zwanzig Uhr vor den Fernseher, guckte die »Tagesschau« und gern noch einen kurzen Film oder eine Folge einer Serie. Am liebsten etwas mit Liebe oder mit Tieren. Aber nicht zu lange, denn schon nach einer Dreiviertelstunde überkam sie normalerweise die nötige Bettschwere.

Meistens setzte Folkert sich zu ihr vor den Fernseher, trank ein Bier oder zwei und guckte noch ein bisschen länger, wenn sie ins Bett ging. Er war ein guter Junge, ein guter Sohn und ein guter Mensch. Vielleicht nicht so schlau wie viele andere, aber er hatte einen guten Charakter.

Folkert war in der Schule nie mit den anderen mitgekommen. Darum hatte man ihn auf die Sonderschule in Tönning geschickt. Sie hatten eine schlimme Zeit damals gehabt. Noch immer war er schrecklich schüchtern – verklemmt, sagte Klaus, sein Cousin, immer. Wobei er eigentlich gar keinen Grund hatte, so zu sein. Er war ein stattlicher Mann, gesund und kräftig, schön groß und gerade gewachsen, wie Großmutter immer gesagt hatte. Es konnte doch nicht jeder studieren und Lehrer oder wie Klaus Ingenieur werden. Es musste doch auch noch Männer geben, die nicht ins Büro gingen, sondern gerne auf dem Traktor saßen und mit einer Heugabel umgehen konnten. Folkert reparierte alle Maschinen auf dem Hof selbst, auch wenn er angeblich lernbehindert war. Das sollte Klaus ihm erst mal nachmachen. Er hatte ein Herz und Hände aus Gold. Die Frau, die ihn mal abbekam, konnte sich glücklich schätzen. Nur mit Tieren kam er nicht so gut klar, darum hatten sie vor ein paar Jahren die Ferkelaufzucht und die Hühner abgeschafft. Frau Petersen war darüber nicht traurig, es hatte sich eh nicht mehr gerechnet.

Obwohl Folkert schon gestern Abend nicht nach Hause gekommen war, deckte sie den Abendbrottisch wie immer. Mit zwei Brettchen und zwei Gläsern, obwohl ihr Sohn lieber aus der Flasche trank. Normalerweise goss sie sich einen Schluck von ihm ein und füllte ihr Glas dann mit Dunkelbier auf. Dadurch wurde das Getränk etwas herber und entspannte so schön. Aus Alkohol machte sie sich eigentlich nichts, aber ihr Malzbier am Abend war ein Muss. Mittags aßen sie warm, am Abend gab es nur Brot und Aufschnitt. Gute Landleberwurst und Mettwurst aus der Gemeinschaftsschlachtung, eine Scheibe Tilsiter und ein paar eingelegte Gurken.

Nachdem sie eine Weile vergeblich auf Folkert gewartet hatte, setzte sie sich wieder allein an den Tisch. Sie trank ihr Malzbier ohne den Schuss Pils, aber es schmeckte ihr lange nicht so gut wie sonst. Da hockte sie nun, die einzige übrig Gebliebene einer riesigen Bauernfamilie. Im Geiste tauchten sie alle vor ihr auf, die ihr Leben lang mit am Tisch gesessen hatten: die Eltern, die bis zum Tod in ihrem eigenen Haus gelebt hatten, lange noch rüstig, erst kurz vor Lebensende krank. Ihr Vater hatte bis zum letzten Tag seines Lebens seine Runden über den Hof gedreht und nach dem Rechten gesehen, wie er das immer genannt hatte. Dann hatte er auch in der großen Scheune die beiden Trecker begutachtet, den alten und den neuen – der jetzt auch schon zwanzig Jahre auf dem Buckel hatte. Vater hatte riechen können, wenn etwas mit ihnen nicht stimmte. Immer hatte er mit seinen Vermutungen recht gehabt. Dann war er am Silo vorbeigegangen, an der Mistkuhle, an den Viehställen, solange es sie noch gegeben hatte, schließlich bei den Hühnern, bis er zum Schluss immer auf der Tenne nach den Katzen gesehen hatte.

Nur den Gemüsegarten hatte er nie betreten. Das war das Revier ihrer Mutter gewesen, bevor es ihres geworden war. »Gemüse ist Frauensache«, hatte er immer gesagt und geschimpft, wenn es zum Mittagessen nur Gemüse gab. »Ich wüll Kartüffeln«, murrte er dann. »Mit 'nem schönen Stück Speck oder 'nem Hering. Nicht so viele Fisimatenten.«

Damit bezeichnete er so ziemlich alles, was aus Mutters Garten kam: die grünen Bohnen, die süßen Erbsen, die frisch geernteten, duftenden Möhren, den Sellerie, den Porree und die Tomaten. Nur Kohl und Kartoffeln fanden in jeder Form und Zubereitungsart seine Gnade. Und sauer eingelegte Gurken. Jeden Tag wollte er Kohl und Kartoffeln vorgesetzt bekommen, am liebsten Kohl, Bratkartoffeln mit Speck und Zwiebeln und dazu eine saure Gurke. Als Mutter den Gemüsegarten angelegt und viele schöne Sorten angepflanzt hatte, hatte sie kämpfen müssen, um sie auf den Tisch zu bringen.

»Wer soll das denn essen?«, hatte Vater, unterstützt von Urgroßvater, geschimpft. »Vom Kohlfeld und dem Kartoffelacker werden wir alle satt. Bist du jetzt zu fein geworden, dich mit Gottes täglich Brot und ein paar Kartoffeln zu begnügen?«

Fast alles, was es in ihrer Kindheit auf dem Hof zu essen gegeben hatte, war selbst hergestellt und angebaut worden: das Korn für das Brot, der Hafer für die Suppe, dazu Milch, Butter, Eier, Kartoffeln, Kohl, Zwiebeln, Speck und Dauerwurst. Der Hase und das Huhn für den Sonntagsbraten und das Schwein für gute Wurst und Speck kamen aus dem eigenen Stall. Nur wenig wurde eingetauscht oder gar hinzugekauft: ein Fass Heringe hin und wieder, das Bier und der Schnaps. Auch Salz und Pfeffer, Gewürze, Zucker und Hefe für das Gebäck am Sonntag und an hohen Feiertagen kosteten Geld. Was davon übrig blieb, kam für schlechte Zeiten in den Sparstrumpf. Und schlechte Zeiten hatte es in Hülle und Fülle gegeben.

Seufzend beendete Frau Petersen ihr einsames Abendessen und räumte den Tisch ab. Am schlimmsten war es gewesen, als ihr Mann gestorben war. Was war der Tisch plötzlich leer und groß gewesen. Folkert war damals noch zur Schule gegangen. Weil die lange Fahrt mit dem Bus nach Tönning morgens und abends ihn so anstrengte, hatte seine Lehrerin eine Übernachtungsmöglichkeit für ihn bei einem Mitschüler gefunden, aber als sein Vater nicht mehr war, hatte sie den Jungen wieder nach Hause holen müssen. Wer sonst hätte die Arbeit auf dem Hof erledigen sollen? Ja, wenn sie noch weitere Kinder bekommen hätten, aber leider hatte es nicht sein sollen. Ihr erstes Kind war noch ganz klein am plötzlichen Kindstod gestorben. Es war ein Sohn gewesen, wegen dem sie kurz nach ihrem achtzehnten Geburtstag hatte heiraten müssen. Zwei weitere Kinder hatte sie während der Schwangerschaft verloren, Fehlgeburten. Und dann, viel später mit Anfang vierzig, hatte sie Folkert geboren.

Als sie selbst noch ein Kind gewesen war, hatten sie zwei Knechte und zwei Mägde gehabt, die auch mit am Tisch gesessen hatten. Dafür hatte es keine armen Verwandten gegeben, die aus der großen eisernen Bratpfanne, die mitten auf den Tisch gestellt wurde, damit jeder sich daraus mit seiner Gabel bedienen konnte, mit durchgefüttert werden mussten. Wer am nächsten dran saß, bekam am meisten, so einfach war das gewesen: der Großvater, der Vater, und erst dann kamen die anderen.

Nun war sie allein übrig geblieben. Zusammen mit ihrem Folkert, der den Hof schmiss. Das, wofür früher so viel menschliche Arbeitskraft nötig gewesen war, das machte er jetzt ganz allein mit Hilfe seiner Maschinen und verdiente doch mehr, als sie alle zusammen damals erarbeitet hatten. Ihr Sparbuch war heute gut gefüllt. Sie müsse bald ein neues eröffnen, hatte ihr der Postbeamte gesagt. Wenn das nur alles gut ging.

Sie ließ das Licht in der Küche an, damit der Junge gleich sah, dass sie noch wach war, wenn er auf den Hof kam. Auch die Butter stellte sie nicht in den Kühlschrank. Womöglich hatte er Hunger und wollte sich noch ein paar Brote schmieren. Wo sollte er denn auch gegessen haben? Er aß doch nie außer Haus.

Mit besorgter Miene verfolgte sie die »Tagesschau«. Die Nachrichten, die von dem Sprecher vorgetragen wurden, klangen heute noch bedrohlicher als sonst. Obwohl sie nichts davon verstand, da sie nicht zuhörte. Allein die ernste Stimme des Sprechers genügte, um ihr Angst zu machen. Was sollte sie tun, wenn Folkert wieder nicht nach Hause kam? Wie lange sollte sie warten, bis sie nach ihm suchte – und wo mit der Suche beginnen? Die ganze Woche über hatte er auf den Feldern und an den letzten Wochenenden in den Ferienhäusern gearbeitet. Alle möglichen Maschinen hatte er mitgenommen und ewig in der Scheune rumgekramt. Inzwischen bestellte er so viele Gärten in der Nachbarschaft, dass sie keinen Überblick mehr hatte, wo er überall zu tun hatte. Dauernd war er unterwegs. Und dennoch wusste sie, dass er gestern wieder in der Koogstraße zu tun gehabt hatte. Nachmittags war er dann mit dem Mofa weggefahren und seitdem nicht wiederaufgetaucht. Einen Wagen besaßen sie nicht. Sie hatte nie einen Führerschein gemacht, und Folkert hatte die Fahrprüfung dreimal nicht bestanden. Er fuhr überall mit dem Trecker hin, nur wenn er in die Stadt wollte, nahm er das Mofa. Aber was hatte er gestern in der Stadt gewollt? Und warum kam und kam er einfach nicht nach Hause?

Unkonzentriert verfolgte sie eine Folge ihrer Lieblingsserie mit Nonnen in einem Kloster. Heute kamen ihr die Schauspielerinnen unecht, die Geschichte übertrieben vor. So redeten doch keine Nonnen. So lebte man doch nicht auf dem Land. Sie hatte zwar noch nie eine echte katholische Nonne gesehen, nur die Diakonissen im Krankenhaus in Heide, wo sie ihren Folkert zur Welt gebracht hatte, aber sie konnte sich nicht vorstellen, dass sie sich so locker unterhielten. Und dann diese Ponys und Haarsträhnen, die den meisten von ihnen unter den Hauben hervorlugten. Die wollten doch nur hübsch aussehen und mit den Männern schäkern. Verbotene Früchte … Das hatte ihr Mann immer gesagt: Verbotene Früchte reizen am meisten.

Als die Folge zu Ende war, ging sie in Folkerts Zimmer. Womöglich war der Junge in der Zwischenzeit nach Hause gekommen und hatte sich gleich hingelegt, weil er müde war. Hoffentlich war er nicht krank! Aber Folkert war nie krank. Schon als Kind nie gewesen. Die Kinderkrankheiten hatte er wie alle Petersens wie nebenbei gehabt, man hatte es ihm kaum angemerkt.

Folkerts Zimmer sah noch genauso aus wie am Morgen zuvor, als sie sein Bett gemacht hatte. Es war immer noch ein richtiges Jungenzimmer, das einzige Bild hing schon seit seiner Kindheit an der Wand: ein Schwarz-Weiß-Foto von einem Motorradfahrer auf seiner schweren Maschine mit hohem Lenker. Seine langen Haare quollen unter seinem Cowboyhut hervor, er trug einen ungepflegten Bart und Sonnenbrille, Lederhosen und Stiefel. Folkert liebte das Poster, es stammte aus einem berühmten Film, den er sich immer wieder auf DVD ansah.

Auf seinem Nachttisch neben seinem Bett lagen die Kopfhörer für sein Handy. Sie hatte es ihm zu Weihnachten geschenkt, damit er immer erreichbar war. Aber sie telefonierten nie miteinander, warum auch, er kam ja sonst immer rechtzeitig nach Hause. Das Telefon benutzte er auch, um damit nachts Musik zu hören. Deshalb die Kopfhörer. Er mochte laute Musik, Discomusik und so etwas in der Art. Sie selbst hatte keine Ahnung, wie man das Handy bediente.

Folkerts Kleiderschrank war ordentlich, dafür sorgte sie. Seine Arbeitsklamotten hingen meist in der Diele, da sie schmutzig waren. Ein großer, neuer Flachbildfernseher stand am Ende seines Bettes. Oft guckte er spätabends noch Filme. Mit anderen, größeren Kopfhörern. Dann gab es noch den Schreibtisch, den er schon als Schüler gehabt hatte. Die Tischplatte stand voller Kartons und Krimskrams. Das reine Chaos. Aber dort durfte sie nicht aufräumen, sonst wurde er böse. Die jungen Leute hatten halt ihren eigenen Willen.

Frau Petersen schloss die Tür hinter sich und ging in die Küche. Sparsam, wie sie war, schaltete sie nun doch das Licht aus. Sie verspürte keine Lust darauf, jetzt mit dem Fahrrad durch die Nacht zu fahren und den Jungen zu suchen. Irgendwo hatte sie seine Telefonnummer aufgeschrieben, aber wo? Er hatte gesagt, er würde das Handy nur brauchen, damit die Kunden – damit meinte er die Besitzer der Ferienhäuser – ihn erreichen konnten. Er selbst rief nie irgendwo an, dazu war er viel zu schüchtern.

Schließlich ging sie ins Bett, obwohl sie zu nervös zum Schlafen war. Als sie die Lampe ausknipste, versuchte sie, die Bilder von Verkehrsunfällen und toten Körpern an Straßenrändern zu verscheuchen, die vor ihrem inneren Auge aufzusteigen drohten.

Es war schon früher Abend, als Anne ihre Wohnung in Hamburg betrat, die muffig roch und staubig war. Sie brachte den Mülleimer aus der Küche in den Hof, leerte ihn und auch ihren überquellenden Briefkasten. Es war nur unwichtige Post, die sie flüchtig durchsah. Sie ignorierte ihren Anrufbeantworter, der hektisch blinkte, und packte rasch etwas frische Wäsche in eine Reisetasche. Auch saubere Jeans, die noch auf dem Wäscheständer im Bad hingen, ihre Lieblings-T-Shirts und ein großes kariertes Hemd, ein weiteres Paar Schuhe und zwei Bücher, die sie noch nicht gelesen hatte. Dann steckte sie das gefundene Handyladekabel ein, öffnete die Lüftungsklappe in der Küche und schloss die Wohnungstür hinter sich ab. Glücklicherweise besaß sie weder Zimmerpflanzen noch Haustiere, konnte also einfach wieder verschwinden, ohne dass jemand oder etwas sie vermisste. Fast wie Hilde, dachte sie, als sie wieder in ihren Wagen stieg, den sie auf der Fahrt vollgetankt hatte.

Noch ehe es dunkel wurde, war sie wieder in Eiderstedt. Sie atmete auf, als die Autobahn hinter ihr lag und der Himmel wieder weit und frei wurde. Wie gut die frisch gemähte Wiese duftete, als sie aus dem Auto stieg! Wie herrlich die Blätter in den Bäumen am Rand ihres Grundstücks rauschten. Und wie still und friedlich es hier war, ohne das tiefe Raunen, das man in der Stadt immer vernahm und mühsam ausblenden musste. Es war einfach nur still. *Der bestirnte Himmel über mir*, fiel ihr die Kant-Lektüre aus ihrer Jugend ein, *und das moralische Gesetz in mir.* Nun, damit hatte sie zurzeit zumindest nur wenig zu tun. Dafür umso mehr mit der schweren dunklen Erde unter ihren Schuhen.

Glücklich öffnete sie die Tür ihres Häuschens und nahm erleichtert wahr, dass es inzwischen vor allem nach Kaffee und Kamillenseife, nach Erde und Küche und Land roch, nicht mehr muffig und nach Mäusedreck wie bei ihrer Ankunft. Eben so, wie ein Zuhause riechen musste.

Sie packte ihre Schätze aus der Stadt und die Lebensmittel, die sie in einem Supermarkt gekauft hatte, aus und verstaute sie in den Schränken und Regalen. Schließlich verband sie ihr Handy mit dem Ladekabel und schloss dieses an eine Steckdose an. Eine Weile herrschte Stille, das flackernde rote Licht auf dem Display zeigte an, dass der Akku geladen wurde, dann aber setzte ein Konzert aus Benachrichtigungstönen ein, das erst aufhörte, als Anne das Handy panisch ausschaltete. Für heute hatte sie genug Neuigkeiten erhalten.

20

Von den fünfzehn SMS, die gestern Abend auf ihrem Handy eingegangen waren, stammten elf von Britt. »Geh doch maj ran, ich mu7 dich spre2hen.« Wie immer waren sie gespickt mit Rechtschreibfehlern. »Amne wo bit du?« – »SOS ruf mich biue an! Briu.« Eine SMS war von Jonas. Er wollte sich mal wieder mit ihr treffen, erkundigte sich, wie es ihr so ginge. Zwei von ihrer Freundin Doreen, die wissen wollte, ob sie Lust hätte, mit ihr und ihrem Sohn ein Wochenende an der Ostsee zu verbringen. Und dann die letzte von Britt, gestern abgeschickt: »Scheiß, Amne. Ich muss dich spre2hen. Ruf an.«

Anne tippte auf Britts Namen und ließ ihre Telefonnummer wählen. Das Freizeichen ertönte viele Male, aber ihre Freundin ging nicht ans Telefon. Es war Sonntagmorgen, kurz vor elf Uhr. Eigentlich müsste sie mit ihrem Mann noch in Spanien sein, vielleicht am Strand oder badend im Wasser, weshalb sie das Handy nicht hörte. Eine Nachricht konnte Anne nicht hinterlassen, also schrieb sie eine SMS, dass sie nun wieder erreichbar sei und Britt sie anrufen möge.

Auch E-Mails hatte sie erhalten. Sie würde sie jetzt ganz sicher nicht lesen. Natürlich wäre es vernünftig, eine automatische Abwesenheitsnotiz einzurichten, damit die Leute wenigstens darüber informiert wurden, dass sie zurzeit nicht erreichbar war, aber dafür hätte Anne den Account öffnen müssen, und dazu war sie einfach nicht in der Lage. Während sie auf ihrem Handy herumdrückte, trafen zwei neue E-Mails ein, und sie registrierte genervt, wie die wohlbekannten Pieptöne die ebenso wohlbekannte Gier in ihr weckten: Sofort wollte sie wissen, von wem die Nachrichten kamen, worum es in ihnen ging, was es zu erledigen, abzuhaken, auf die To-do-Liste zu setzen oder von ihr zu streichen galt. Sie suchte im Menü nach den Einstellungen, um den Benachrichtigungston lautlos zu stellen. Schon hatte die Technik sie wieder fest im

Griff, die Realität um sie herum verschwand, es gab nur noch dieses Display und seine Aktivitäten, keinen Wind mehr, der in den Bäumen rauschte, keine Sonne, die sich in den welligen alten Fensterscheiben spiegelte, keine Schafe, die blökten, weil eine Radfahrerin ihnen zu nahe kam.

Dann rief Britt zurück. Sie klang extrem sauer und brüllte ins Telefon, als müsste das Gespräch vom anderen Ende Europas mit einem Hörrohr statt mit modernster Telekommunikationstechnik durchgeführt werden.

»Du hast ihm gesagt, dass das Haus unter Denkmalschutz steht – das war total scheiße, Anne. Der Typ war offenkundig interessiert und ist deinetwegen abgesprungen. Er ruft seit zehn Tagen nicht zurück und ist nicht erreichbar. Wenn du mir das Geschäft verderben willst, muss ich dich bitten, mein Haus zu verlassen. Es sei denn, du möchtest es selbst kaufen!«

Als Britt endlich Luft holen musste und Anne damit die Chance gab, etwas zu erwidern, wurde das Gespräch unterbrochen. Fluchend wählte Anne Britts Nummer. Diesmal war die Verbindung wesentlich besser. »Was heißt hier ›Geschäft verderben‹, Britt? Du hast ein Haus geerbt, wofür du nichts tun musstest, und nun kannst du es kaum abwarten, dich am ungeklärten Ableben deiner Tante zu bereichern – das ist dein ehrenwertes Geschäft, nicht wahr?«

»Wovon redest du eigentlich?«, keifte Britt. »Bist du jetzt verrückt geworden?«

»Die Umstände des Todes deiner Tante sind durchaus nicht geklärt – ich weiß nicht, ob du dieses Haus im Augenblick überhaupt verkaufen kannst.«

»Die Polizei hat keinen Zweifel an Hildes Todesursache, warum also sollte ich das Haus nicht verkaufen können?«

»Ich bin mir nicht sicher, dass Hilde wirklich Selbstmord begangen oder einen Unfall gehabt hat. Vielmehr denke ich, dass die Ermittlungen wieder aufgenommen werden müssen, und dann –«

»Hör bitte auf, über meine Tante zu reden. Du hast sie nicht einmal gekannt und keine Ahnung, wie sie drauf war. Sie lebte ganz allein, wahrscheinlich war sie schwer depressiv. Misch dich gefälligst nicht in meine Familienangelegenheiten ein! Und was fällt dir überhaupt ein, auf eigene Faust Vermutungen anzustellen?«

»Deine Tante lebte ganz und gar nicht allein, und ihr Tod ist auch nicht deshalb aufgeklärt, weil die Polizei nicht mehr ermittelt. Das könnte sich zudem sehr bald ändern.«

Britt war für einen Augenblick sprachlos. »Warum denn?«, stammelte sie schließlich. »Was willst du damit sagen?«

»Ich habe im Haus Dokumente gefunden, die neue Aspekte ans Licht bringen. Deine Tante hat offensichtlich jemanden bedroht und hat sich damit selbst in Gefahr gebracht. Zudem unterhielt sie mehrere Beziehungen zu jüngeren Männern, wusstest du davon?«

»Wie bitte? Ich sagte dir doch schon, dass sie uns ihre Freunde nie vorgestellt hat.«

»Dafür hatte sie vermutlich ihre Gründe.«

»Aber das ist doch nicht meine Schuld. Sie war uns gegenüber nie offen und ehrlich.«

»Sagt dir der Name Thomas Schmidt etwas? Oder Renate Plessner? Sie lebt in Hamburg.«

»Nie gehört. Ist dieser Thomas Schmidt der Grund, weshalb sie damals in den Tümlauer Koog gezogen ist?«

»Renate Plessner ist eine Psychotherapeutin. Sie hat deiner Tante vermutlich ihren Freund ausgespannt, Thomas Schmidt.«

»Das wird ja immer bunter. Ich hatte keine Ahnung davon.«

»Meinst du, deine Mutter weiß etwas von den Beziehungen ihrer Schwester?«

»Das würde mich wundern. Sie ist so konservativ und hatte für die Eskapaden ihrer Schwester und die 68er-Generation nie Verständnis. Ich glaube nicht, dass Hilde ihr jemals irgendetwas Privates von sich erzählt hat. Da lobe ich mir meine Eltern, die sind wenigstens erwachsen geworden und haben das Jungsein uns überlassen. Meine Tante tat immer so, als wäre sie die Jugendliche und nicht ich. Als wäre sie jünger als wir, die nächste Generation. Sie verhielt sich egoistisch und selbstbezogen. Auch wenn meine Eltern vielleicht altmodisch waren beziehungsweise sind, sind sie in meinen Augen doch irgendwie ehrlicher. Irgendwann hat Hilde mir gesagt, ich sei prüde. Sie hat es mir einfach so an den Kopf geworfen und mich ausgelacht! Nur weil ich mit achtzehn noch mit keinem Jungen geschlafen hatte. Ich wollte mir Zeit lassen, verstehst du? Aber meine Tante fand mich prüde. Ihre Aussage hat mich damals sehr verletzt.«

»Ist deine Mutter auch so sauer auf Hilde?«

»Ach, die, die weiß doch gar nicht, wie das ist, sauer auf jemanden zu sein. Die lebt ihr Leben fernab der Realität. Wenn ich ehrlich bin, ist sie auf ihre Art genauso kaputt, wie Hilde es war.«

»Ich glaube, ich würde mich gern mal mit ihr unterhalten«, meinte Anne. »Wenn möglich, bald.«

»Tu das. Sie wohnt in der Sophie-Dethleffs-Straße 12 in Heide und ist eigentlich immer zu Hause. Bestell ihr einen schönen Gruß von mir, wenn du vorbeifährst, aber sag bitte nicht, dass ich bald wieder da bin. Ich habe ihr geschrieben, dass wir vielleicht noch nach Portugal weiterreisen und etwas länger bleiben, weil ich keine Lust habe, sie nach unserer Rückkehr nächste Woche gleich wieder besuchen zu müssen.«

»Und wie geht's Ullrich?«

»Bestens«, sagte Britt, und der Tonfall ihrer Stimme verwandelte sich vom jammernden Klageton, in dem sie über ihre Familie gesprochen hatte, in ein fröhliches Zwitschern. Britt war Annes einzige Freundin, die nie schlecht über ihren Mann redete. Es folgte ein detaillierter Bericht über die Urlaubswochen in Spanien, bis Anne sich bemühte, das Telefonat zu beenden – nicht ohne mehrfach zu versichern, hinfort nie wieder jemandem das alte Haus madig zu machen. Und dass sie in jedes Fenster ein großes »Zu verkaufen«-Schild mit Angabe von Britts Telefonnummer und E-Mail-Adresse hängen werde.

Selbst jetzt, in der beginnenden Hochsaison, fanden sich am Strandläuferweg immer noch Parkplätze, obwohl der Weg direkt am Seedeich endete. Thomas bog auf den letzten in der langen Reihe vor dem Kiefernwäldchen ein und stellte den Motor von Renates Wagen ab. Natürlich lag das nur an den hohen Parkgebühren – drei Euro für maximal zwei Stunden. In dieser Zeit konnte man von hier aus nicht einmal an den Strand gehen, dafür brauchte man über die lange Seebrücke schon mindestens eine Stunde hin und eine zurück.

Eine Toplage in St. Peter-Bad – auch für eine psychotherapeutische Praxis. Thomas verstand gut, dass Renate die Räume gefielen, die sie gestern Morgen gemeinsam besichtigt hatten. Der Kollege, der sie ihnen gezeigt hatte, hatte Thomas allerdings nicht gefallen. Ein ältlicher Onkel-Doktor-Typ mit Backenbart und Sigmund-Freud-Brille. Sogar einen weißen Kittel hatte er getragen, was für Psychotherapeuten doch vollkommen unnötig war.

»Er ist Psychiater«, hatte Renate ihn aufgeklärt. »Die sind von Haus aus Mediziner, nicht Psychologen, darum hängen manche an ihren weißen Kitteln. Wenn der Mann das braucht, um sich abzugrenzen, lass ihn doch. Er ist ein netter Kollege, immer sehr korrekt, vor allem in Abrechnungsfragen. Vor Jahren waren wir zusammen auf einem Kongress in Thüringen. Abends geht man bei solchen Veranstaltungen oft gemeinsam etwas essen oder trinken, und am Ende will jeder gern die Quittung für die Steuer haben – mit Wilfried Karstendiek am Tisch ist das kein Problem. Er bestellt einfach für jeden eine Einzelrechnung, sodass es keinen Streit gibt und niemand übervorteilt wird. Ich finde sein Verhalten allerdings höchst unerotisch.«

»Unerotisch? Was hat das denn damit zu tun?«

Renate hatte wie immer, wenn sie ihn hoffnungslos schwer von Begriff fand, gekichert. »Korrektheit und Kontrollwahn sind die besten Libidokiller«, hatte sie ihm mit warmem Atem ins Ohr geflüstert.

Noch jetzt spürte er ein ärgerliches Gefühl in sich aufsteigen, wenn er daran dachte. Was hatte sie ihm damit sagen wollen? Fand sie ihn nicht auch oft überkorrekt, vor allem in Gelddingen?

Er sah auf seine Armbanduhr, es war kurz nach achtzehn Uhr. Um sechs hatte er hier sein sollen, um Renate abzuholen. Schon einen Tag nach der Besichtigung der neuen Praxisräume hatte sie den Untermietvertrag unterzeichnet und angefangen, hier zu arbeiten. Sie hatte sich gleich ein paar Patienten aufhalsen lassen – und sich auch nicht gescheut, ihnen noch am Sonntag eine Sitzung anzubieten.

»Aber das ist unser gemeinsames Wochenende«, hatte Thomas sich schon nach dem Frühstück beschwert.

»Und was hast du gestern getan? Ist eine Vogelführung im Watt am Samstagmittag etwa keine Arbeit? Und du wolltest noch nicht einmal, dass ich mitkomme, obwohl es so einfach gewesen wäre!«

»Das ist doch wohl verständlich, oder? Außerdem hat die Führung nur zwei bis drei Stunden gedauert, anschließend war ich wieder ganz für dich da.«

»Ich habe heute Nachmittag auch nur zwei Sitzungen. Es sind Notfälle, Karstendiek hat mich darum gebeten. Er muss zu einer Familienfeier. Schließlich bin ich es, die sich bei ihm einquartiert – von sich aus hätte er es nicht nötig, seine Räume unterzuvermieten. Und warum tue ich das?« Als Thomas schwieg, beantwortete Renate ihre Frage selbst: »Um öfter bei dir sein zu können, indem ich meine Praxis peu à peu hierherverlege. Kann es also sein, dass dein Ärger noch einen anderen Grund hat, mein Schatz?«

Thomas war nicht ärgerlich – er wusste selbst nicht, was mit ihm los war. Er war gereizt. Und verunsichert. »Also gut«, räumte er ein. »Ich verstehe zum Beispiel nicht, warum du Alissa und dieser fremden Frau erzählen musstest, dass wir uns im Leuchtturm trauen lassen wollen.«

»Aha«, sagte Renate nur.

Ihre Reaktion brachte Thomas nun wirklich auf. »Was, aha? Das ist mein Arbeitsplatz. Du setzt mich damit unter Zugzwang, ist dir das klar?«

»Unter Zugzwang? Um was zu tun, bitte?«

»Meinen Mitarbeiterinnen und Mitarbeitern zu verkünden,

dass ich heiraten werde. Dass ich mich im Leuchtturm trauen lassen will, dort, wo ich arbeite.«

Renate schwieg.

Thomas sah sie lieber nicht an, er fürchtete ihren spöttischen Blick, der ihn bestimmt zum Explodieren bringen würde. Doch als er schließlich seinen Kopf hob, war Renates Miene eher ärgerlich. Die Braue ihres rechten Auges zuckte nervös. Er kannte das, im Reich von Renate war dies gleichbedeutend mit der höchsten Alarmstufe.

Ganz leise sagte sie: »Du denkst, ich will dich zur Trauung im Leuchtturm zwingen?«

Thomas schüttelte heftig den Kopf und biss sich auf die Lippen, um in seiner Wut nichts Falsches zu sagen.

»Du weißt noch nicht, ob du dort heiraten möchtest, verstehe ich das richtig?«

»Nein«, sagte Thomas gepresst. »Du verstehst es falsch.« Endlich besann er sich, ließ laut die Luft ausströmen und atmete ein paarmal tief durch. An diesem Sonntagmorgen hatten sie ausnahmsweise in seinem Apartment gefrühstückt, weil die Cafés in St. Peter am Sonntagmorgen entweder noch geschlossen oder wenn geöffnet, dann recht voll waren. Er war vom Tisch aufgestanden und hatte begonnen, im Zimmer im Kreis zu gehen, um sich abzureagieren und wieder einen klaren Kopf zu bekommen.

»Darf ich noch eine Interpretation wagen, mein Herz?«, fragte Renate mit sanfter Stimme.

In ihr schwang leise der spöttische Unterton mit, der Thomas bis ins Mark kränkte, aber leider nie nach- beziehungsweise beweisbar war. Immer blieb er auf seiner Wut und Verletztheit sitzen wie ein dummer Tropf. Es war hoffnungslos. Plötzlich spürte er, wie seine Wut verrauchte und einer dumpfen Resignation Platz machte. Auch das war ein altbekanntes Gefühl. »Bitte sehr, tu dir keinen Zwang an«, sagte er matt.

»Es geht nicht um die Trauung im Leuchtturm, mein Schatz, sondern darum, dass du von unseren Heiratsplänen grundsätzlich nicht überzeugt bist.«

Thomas schwieg. In seinem Kopf rasten die Gedanken kreuz und quer wie Autos auf einer Kreuzung von Hauptverkehrsstraßen, auf der sämtliche Ampelanlagen ausgefallen sind. Was sollte er sagen? Wenn er ihr recht gab, wäre sie verletzt und traurig, und er wollte weder das eine noch das andere. Er wollte einfach nur seine Ruhe haben. Und dass alles so weiterlief wie bisher. Mit ein bisschen Distanz, ein bisschen Raum zum Atmen, mit Leichtigkeit. Er wollte nicht gebunden sein, nicht eingeengt, eingesperrt werden.

»Du kannst es ruhig laut sagen. Dann hätten wir die Möglichkeit, darüber zu sprechen und herauszufinden, was dein Problem ist. Vielleicht ist deine Familiengeschichte der Grund für dein Zögern. Vielleicht müssen wir unsere Beziehung noch ein bisschen üben, ehe wir heiraten wie die Großen.«

Die Wut schlug über Thomas zusammen wie eine Nordseewelle bei Windstärke zehn. Er schnappte nach Luft, weil die panischen Gefühle ihm die Kehle zusammendrückten. »Ich will nichts üben, und ich bin auch nicht mehr dein verdammter Patient! So redest du nicht mit mir!«

»Okay, okay«, hatte Renate schnell gesagt. »Lass uns einfach ein andermal darüber sprechen.« Und dann war sie im Bad verschwunden.

Um Viertel nach sechs war Renate noch immer nicht aufgetaucht. Zumindest hatte Thomas sie nicht die Praxis verlassen sehen, obwohl er im Spiegel die Straße hinter sich die ganze Zeit beobachtet hatte. Wenn er noch länger hier stehen oder den Wagen verlassen müsste, sollte er doch besser einen Parkschein ziehen. Nach weiteren fünf Minuten stieg er aus und ging zum Parkscheinautomaten, nur um festzustellen, dass ab achtzehn Uhr keine Gebühren mehr anfielen.

Er wartete bis halb sieben Uhr. Wenn er ganz ehrlich war, war er am Morgen vermutlich auch deshalb so wütend gewesen, weil Renate überhaupt andere Patienten hatte. Am liebsten wäre er für immer ihr einziger gewesen, der wichtigste, der letzte. Hier draußen vor der Tür zu stehen, vor ihren neuen

Praxisräumen, die sie in unmittelbarer Nähe zu seiner Wohnung gefunden hatte, auch hier konfrontiert mit der Tatsache, dass sie als professionelle Psychotherapeutin täglich fremde Leute empfangen und mit ihnen wie mit ihm damals eine Atmosphäre der intimen Zweisamkeit herstellen würde – das konnte er kaum ertragen. Dass es in Hamburg eine Reihe von Menschen gab, für die »seine« Renate eine Zeit lang zur wichtigsten Frau in ihrem Leben wurde, der sie alles anvertrauten, was sie bewegte, denen sie mit liebem, verständnisvollem Blick zuhörte, denen sie tief in ihre Gefühlsverästelungen folgte und wertvolle, vielleicht lebenswichtige Ratschläge gab, das konnte er immer wieder ganz gut verdrängen. Es geschah ja auch weit weg. Eigentlich war nur wichtig, dass sie für ihn die wichtigste Frau war und für immer bleiben würde. Sie zu verlieren wäre für ihn das Ende, der Sturz in den Abgrund – in den er doch ständig blickte. Er konnte alles verlieren. Das war nun einmal so, und anderen Menschen ging es nicht anders. Die Liebe war so flüchtig wie ein Vogel, so unabhängig, unbezwingbar und frei.

Wie wahnsinnig glücklich war er damals gewesen, als Renate ihre Hand auf seine Hand gelegt und ihm offen in die Augen gesehen hatte. Hinter seinem Triumphgefühl, sie erobert zu haben, war Hildes gekränktes Gezeter schnell verblasst. Zwei Liebende besaßen die Kraft, alles hinter sich zu lassen: gekränkte Ex-PartnerInnen, verstörte Kinder aus erster Ehe, warnende Freunde, Gesetze und ethische Richtlinien. Liebende flogen so hoch über solche Bedenken hinweg, bis diese klein und unwichtig waren wie Punkte auf einer Landkarte. Erst viel später, wenn der Liebestaumel nachließ, wurden die Bedenken wieder größer, dann trat die Realität auf den Plan. Erst jetzt, Jahre danach, konnte Thomas Hildes Argumente, ihre Warnungen und auch ihre Gekränktheit manchmal verstehen. Obwohl er sie damals nicht hatte hören wollen, gar nicht gehört zu haben glaubte, hatten sie sich doch in sein Gedächtnis eingebrannt und waren jetzt wieder abrufbar.

»Das ist Missbrauch«, hatte sie gesagt. »Renate macht sich

strafbar, wenn sie ein Verhältnis mit dir anfängt. Auch wenn du es dir jetzt selbst so sehr wünschst, bist du doch von ihr abhängig. Du hast ihre Hilfe gesucht, weil du in Not warst, und wirst dafür bezahlen, wenn sie nun die Grenze übertritt. Glaube mir, ich weiß, wovon ich spreche.«

Doch er hatte ihr nichts geglaubt, kein einziges Wort. Bis heute nicht. Sondern im Gegenteil Hilde für all seine Probleme verantwortlich gemacht. Ihre Nachstellungen, ihre dauernden Fragen, wann immer er sie traf, wie es ihm gehe und wie er sich in seiner Beziehung fühle – es hatte ihn wahnsinnig gemacht. Er hatte geglaubt, es sei ihm ihretwegen immer schlechter gegangen. Dreimal am Tag hatte er sich wie ein König gefühlt und zehnmal wie ein unfähiger, hilfloser Versager, der in seinem ganzen Leben nichts Anständiges zustande brachte. Bis er nur noch den einen Wunsch gehabt hatte: dass Hilde verstummen möge.

Nun war sie zwar verstummt, aber besser ging es ihm trotzdem nicht. Nicht mal zur Heirat konnte er sich entschließen. Immer länger lag er nachts wach, und tagsüber fühlte er sich müde und unkonzentriert. Er fürchtete sich vor sich selbst und vor allem vor seiner Wut und seinem Misstrauen gegenüber jedermann. Vor allem gegenüber Renate.

Um kurz vor sieben Uhr konnte und wollte er nicht länger warten. Der Abend senkte sich über den Strand, der Himmel begann sich dunkel einzufärben. Thomas fasste sich ein Herz, stieg aus dem Auto und ging auf das letzte Haus im Strandläuferweg zu. Er würde das Techtelmechtel mit diesem Patienten stören. Er konnte es sich nicht gefallen lassen, dass Renate ihn hier warten ließ, bis er angewachsen war. Man überzog keine Stunden in der Psychotherapie, oft genug hatten sie darüber gesprochen.

Er drückte auf den Klingelknopf neben dem Namensschild der Praxis und wartete ab.

Bald hörte er leichte Schritte hinter der Tür, und Renate öffnete ihm strahlend. »Da bist du ja endlich, mein Liebster. Ich dachte schon, du hättest mich vergessen!«

»Ich warte schon fast eine Stunde auf dem Parkplatz.«

»Aber warum? Ich habe doch gesagt, ich bin um achtzehn Uhr fertig. Warum hast du nicht geklingelt?«

»Ich habe deinen Patienten nicht weggehen sehen und wollte euch nicht stören.«

»Die Sitzung ist doch schon lange beendet, vermutlich ist er gleich über den Deich gelaufen. Komm schnell rein, ich muss die Türen abschließen, es ist alles noch so fremd hier. Und ich habe einen Riesenhunger!«

21

Der Gong war so laut, dass sogar Anne, die draußen am Gartentor auf die Klingel gedrückt hatte, ihn hören konnte. Das Wohnhaus lag hinter ein paar blühenden Büschen, die sie dank ihrem neu erworbenen Gartenwissen als Holunder und Flieder identifiziert hatte. Hier, auf dem windgeschützten Vorortgrundstück in Heide, gediehen sie allerdings prächtiger als die mageren Sträucher hinter den Deichen des Tümlauer Koogs. Der Flieder war mannshoch und über und über mit blauvioletten Blütendolden besetzt. Ihm gegenüber, auf der anderen Seite des Wegs, der zur Tür des roten Backsteinhauses führte, stand ein prächtiger Holunder, der weiß blühte und bis zur Gartenpforte duftete. Zwischen dieser natürlichen Hecke protzte ein üppiges Staudenbeet mit seiner bunten Pracht: Iris, Glockenblumen und Fingerhut leuchteten blau, weiß und rosafarben zwischen den Büschen hindurch, eine erste riesige champagnerfarbene Rosenknospe entfaltete sich gerade. Anne hörte Bienen summen.

Die schmiedeeiserne Tür öffnete sich geräuschlos, und aus dem Lautsprecher bat eine Stimme Anne hereinzukommen. Erst jetzt sah sie die kleine Kamera über dem Klingelschild, mit der Gäste begutachtet wurden, bevor ihnen das Tor geöffnet wurde. Eine Schutzvorkehrung wie in den vornehmsten Hamburger Vororten. Heide gab sich großstädtisch im Kontrast zu den bäuerlichen Allüren im Tümlauer Koog. Dort standen die meisten Türen offen, zumindest wenn die Bewohner sich im Haus aufhielten.

Anne hatte schon eine Menge über Britts Mutter gehört, war ihr aber nur wenige Male begegnet. Früher hatte Britt oft kein anderes Anliegen gehabt, als über ihre Mutter zu klagen. Vor allem, als ihr Vater krank wurde. Er war ein echter Gutmensch gewesen und viel zu früh gestorben, was seinen Ruhm zusätzlich beförderte. Als Pfarrer hatte er in verschiedenen schleswig-holsteinischen Gemeinden gewirkt, am längsten in Heide, woher Britts Mutter stammte und wo auch Britt aufgewachsen war. Seine einzige Tochter hatte er innig geliebt und ihr nie etwas abschlagen können. Britts Mutter dagegen hatte den strengen Part der Erziehung übernommen und ihre Tochter – natürlich auch nur aus reiner Liebe – an der kurzen Leine gehalten. Also hatte Britt sich gleich nach dem Abitur aus dem Staub gemacht und war zum Studium nach Hamburg gegangen. Da ihre Eltern nicht geneigt waren, ihr in diesem »Sündenpfuhl« eine Wohnung zu finanzieren, war sie in die nächstbeste WG gezogen – in der auch Anne wohnte – und hatte, statt zu studieren, begonnen, in einer Boutique zu jobben. Später hatte sie den Laden übernommen, der zu einer Kette gehörte und per Franchising betrieben wurde. Britt konnte knallhart mit Lieferanten verhandeln, von wem auch immer sie dieses Talent geerbt haben mochte. Per Fernstudium hatte sie schließlich doch noch einen akademischen Abschluss in Betriebswirtschaft gemacht und dann den Bereich Nord der Firmenkette übernommen. Heute verdiente sie einen Haufen Geld, lebte mit ihrem Ullrich in einer schicken, großzügigen Wohnung im Hamburger In-Viertel Eppendorf und besaß ein tolles Apartment an der Costa del Sol in Spanien, wo sie jede Urlaubsminute verbrachte und schon fast mehr zu Hause war als in Hamburg.

Anne konnte kaum benennen, was sie mit ihr verband. Vermutlich die gemeinsamen WG-Jahre, in denen sie beide gejobbt und ihr lustlos begonnenes Lehramtsstudium vernachlässigt, über ihre Eltern geschimpft und alles gewollt hatten, nur keine Familie gründen. Nachdem Anne ihr Studium abgebrochen hatte und zur Polizei gegangen war und Britt sich erfolgreich in der modernen Welt eingerichtet hatte, sahen sie sich nur noch selten. Und wenn, dann sprachen sie am liebsten über alte Zeiten, gemeinsame Bekannte von damals, Männer oder das Leben im Großen und Ganzen. Ihre Berufe und die unterschiedlichen Lebensweisen ließen sie lieber außen vor.

»Guten Tag, Anne, ich darf Sie doch noch beim Vornamen nennen?« Frau Albers reichte Anne die Hand. »Die Freunde meiner Tochter kommen mir immer noch ein bisschen wie Kinder vor. Treten Sie ein, nehmen Sie Platz. Nachdem Sie vorhin angerufen haben, habe ich uns Tee gemacht, ich hole ihn schnell.«

Anne folgte der Aufforderung der schlanken, grauhaarigen Mittsechzigerin und ging durch einen klinisch sauberen, aufgeräumten Flur bis zum Wohnzimmer. Die Sonne fiel schräg durch ein blitzblank geputztes Fenster am Ende des Gangs, der so steril auch ein Anstalts- oder Krankenhausflur hätte sein können. Anne machte sich auf das Schlimmste gefasst.

Auch das Wohnzimmer war vor allem sauber und aufgeräumt. Britts Mutter, die ehemalige »Frau Pastor Albers«, setzte sich ihr gegenüber auf ein cognacfarbenes Velourssofa, rechts und links von ihr zwei Sofakissen mit mittigen, akkuraten Kniffs. Sie schenkte Tee in zwei zarte weiße Porzellantassen ein, nachdem sie sich bei Anne mit einem Blick von unten versichert hatte, dass sie ihr ein Kluntje in die Tasse fallen lassen durfte.

Anne hatte begeistert genickt. Sie liebte das Knistern der sich auflösenden Zuckerkristalle, auch wenn der Tee dadurch viel zu süß wurde. Sie nahm auch von der angebotenen Sahne und beobachtete, wie die weißen Schlieren sich auf dem heißen Tee verteilten und ihn schließlich gleichmäßig hellbraun färbten.

Mit abgespreizten Fingern ergriff Frau Albers die Teetasse und nahm einen ersten Schluck. Sie musste früher eine hübsche Frau gewesen sein, allerdings ein ganz anderer Typ als Britt. Ihr Haar war lockig, ihr Gesicht ebenmäßig und schmal. Die Lippen waren etwas verkniffen, die Augen halb verborgen unter schweren Schlupflidern.

»Ich bin Ihnen sehr verbunden, dass Sie für Britt das Haus meiner Schwester in Ordnung bringen. Britt möchte es so bald wie möglich verkaufen, es ist ja nichts mehr wert. Vielleicht bekommt man für das Grundstück noch etwas.«

Sie wies mit der rechten Hand auf einen Glasteller mit Plätzchen, die selbst gemacht und trocken aussahen. An ihrem Ringfinger prangte der doppelte Witwenring.

Anne wagte es kaum, es sich in dem cognacfarbenen Sessel bequem zu machen. Es war alles so steril und ordentlich um sie herum, dass sie sich in ihrer ländlichen Kleidung vorkam wie ein stinkender Misthaufen. Wieder trug sie die alten Sachen von Hilde: verblichene Jeans, die ihr zu groß waren, einen der knallbunten Baumwollripp-Pullover und ihre vom Deich und Gartenlehm schmutzigen Sneakers. Ihre zerzausten Haare spiegelten sich in den geputzten Glasscheiben einer Biedermeier-Vitrine, die ihr gegenüberstand. Hinter deren Türen standen hintereinander aufgereiht wie die Zinnsoldaten verschieden große Kristallgläser für Wein, Sekt, Cognac, Likör und Wasser und daneben kleine Türmchen aus Untersetzern und Schalen für Knabbereien. Wann mochten diese Dinge zum letzten Mal benutzt worden sein? Der Fußboden des Wohnzimmers bestand aus glänzend poliertem Parkett. Nirgendwo stapelten sich Zeitschriften, Papiere oder Krimskrams, es standen keine Aschenbecher oder Obstschalen herum, nicht einmal Blumen auf den Fensterbänken. Schräg in einer Ecke entdeckte Anne einen hübschen antiken Sekretär, dessen Schreibfläche hochgeklappt war, und zwischen den Fenstern einen Flachbildfernseher auf einem Standfuß aus Aluminium.

»Womit kann ich Ihnen an diesem Sonntag helfen?«, nahm Frau Albers nun das Gespräch in die Hand.

»Ich bezweifele, dass Ihre Schwester eines natürlichen Todes gestorben ist.«

»Sie sind doch Polizistin, oder?« Frau Albers' Stimme klang plötzlich scharf und kalt und abweisend.

Anne ließ sich in den Sessel zurücksinken. »Das ist richtig«, sagte sie.

»Dann haben Sie vermutlich einen Grund für diese Annahme.«

»Ich habe einige Indizien. Aber ehe ich diese an meine Kollegen von der zuständigen Kripo weitergebe, würde ich gern noch etwas mehr Sicherheit haben. Sagen Ihnen die Namen Thomas Schmidt und Renate Plessner etwas?«

Frau Albers dachte einen Moment nach und nickte dann. »Thomas Schmidt ist der Herr, mit dem Hilde vor einigen Jahren befreundet war. Ein Diplom-Biologe, glaube ich. Er hat sich mal mit meinem Mann über den Vogelschutz in der Region unterhalten.«

»Sie haben ihn also kennengelernt?«

»Das wäre wohl zu viel gesagt. Hilde war einmal mit ihm bei uns zu Gast. Er war … erheblich jünger als meine Schwester.«

»Das stimmt.«

»Seinerzeit ist sie wohl wegen ihm in den Koog gezogen. Aber dann ging die Beziehung leider auseinander.«

»Auch das ist richtig.«

»Der andere Name sagt mir nichts, tut mir leid.«

»Renate Plessner ist sozusagen Hildes Nachfolgerin. Wegen ihr hat Thomas Schmidt Ihre Schwester verlassen.«

»Wie tragisch. Hilde hat sich mir nie anvertraut. Sie lebte ihr eigenes Leben. Ich weiß allerdings, dass es ihr damit nicht immer gut ging. Ich nahm an, das würde an dem Wechsel von der Großstadt in die Ruhe hinter dem Deich liegen. Hilde hat das Landleben ja nie gemocht. Und vor allem hier im Norden kann es sehr einsam sein.«

»Ich habe allerdings den Eindruck gewonnen, dass Hilde gar nicht so viel allein gewesen ist«, sagte Anne nachdenklich.

Frau Albers beugte sich vor und schenkte Tee nach. Wieder knisterten die Kandisreste in den Tassen.

Anne beobachtete die Frau, und ihr fiel auf, dass sie keine Augenbrauen hatte. Wo sie hätten sein sollen, gab es nur einen geraden, mit hellgrauem Kajal gezogenen Strich. Vielleicht wirkte ihr Gesicht deshalb so bleich und kahl.

»Ich habe meine Schwester begraben. Sie ist in Gottes Hand«, sagte die Pastorenwitwe bedächtig. »Auch wenn Sie sich das nicht vorstellen können, aber mir genügt das.«

»Darf ich trotzdem fragen, ob Sie wussten, dass Ihre Schwester noch weitere Beziehungen zu sehr viel jüngeren Männern unterhielt?«

Frau Albers schloss kurz die Augen. »Ich nehme an, Sie sind informiert darüber, dass sie ihre Strafe dafür erhalten hat.«

Anne sah überrascht auf. »Nein«, sagte sie schnell, ohne vorher zu überlegen, ob es klug war, mit offenen Karten zu spielen.

»Sie ist vorzeitig pensioniert worden.«

»Das wiederum ist mir bekannt«, sagte Anne. »Aber ich dachte, sie hätte es so gewollt.«

»Sie ist angezeigt worden. Es war wirklich nicht schön«, sagte Frau Albers und betonte das »nicht schön« mit sehr viel Nachdruck. Nach einer Weile fuhr sie fort: »Es war ein Skandal. Dass sie uns das in unserer Heimatstadt antun musste, das kann ich ihr … nur sehr schwer verzeihen.«

Anne schaute verwirrt auf den Couchtisch. Sie wusste nicht, wo sie anfangen sollte zu fragen.

»Sie sind also nicht im Bilde.« Die Witwe erhob sich, ging zum Sekretär und schloss ihn auf. Den Schlüssel trug sie an einem Schlüsselbund, den sie aus der Rocktasche zog. Sie nahm eine Lesebrille und eine Mappe aus einem Fach, klappte die Schreibfläche zu und drehte den Schlüssel wieder in dem kleinen Schloss herum. Nachdem sie wieder Platz genommen hatte, reichte sie Anne das oberste Blatt aus der Mappe. Es war ein fotokopierter Zeitungsartikel aus dem Lokalteil für Heide der »Norddeutschen Rundschau«. Unter einem ziemlich unscharfen Bild von Hilde stand die Schlagzeile: »Lehrerin vom Dienst suspendiert«. Und darunter, etwas weniger fett gedruckt: »Oberschuldirektor zieht die Konsequenzen aus wiederholtem Missbrauch von Schülern durch die Haupt- und Realschullehrerin Hilde Jensen im Schulzentrum Heide«.

»Das kann doch nicht wahr sein.« Anne sah auf.

»Doch«, sagte Frau Albers sanft. »Das ist wahr. Das hat sie uns angetan.«

»Und ist deswegen vom Schuldienst suspendiert worden?«

»Sie kann von Glück sagen, dass sie nicht ihren Anspruch auf die Beamtenpension verloren hat.«

»Und das war … vor fünf Jahren. Damals waren gerade die Missbrauchsfälle in verschiedenen Schulen publik geworden.«

»Früher hätte man die Sachen vielleicht unter den Tisch gekehrt, aber in dieser Zeit war man wachsam, was solche Dinge betraf. Hilde hat ihre Affären mit den Schülern ja nie verheimlicht. Sie war diesbezüglich völlig schamlos. Sie fand, sie habe ein Recht darauf, oder so ähnlich.«

»Ich verstehe. Das gab sicher einen Skandal in der Stadt.«

»Es war unglaublich. Mein Mann ist daran zerbrochen und gestorben. Nun wissen Sie es und können nachvollziehen, warum ich mit den Angelegenheiten meiner Schwester nichts – aber auch gar nichts – mehr zu tun haben möchte.«

Anne nickte und überflog den Artikel, der nicht besonders viel hergab. Hilde hatte mit einem siebzehnjährigen Schüler ein Verhältnis gehabt, kurz bevor er die Schule mit einem guten Abschluss verließ. Es sollte nicht das einzige Verhältnis gewesen sein, aber die anderen Schüler waren alle schon volljährig gewesen, weil sie Klassen wiederholt hatten. Anne überlegte. Hildes Beziehungen zu Folkert und Marco waren also keine Ausnahme gewesen, und sie waren ja auch schon älter, als sie Hilde kennenlernten. Sie waren vermutlich nur die Spitze vom Eisberg. »Darf ich den Artikel mitnehmen?«

»Bitte schön.« Frau Albers' Hand zitterte etwas, als sie ihr die gesamte Mappe über den Tisch reichte. In ihr befanden sich etwa zwanzig kopierte Zeitungsartikel.

Langsam verstand Anne, was die Familie durchgemacht hatte. »Britt weiß nichts von der Sache, oder?«

Frau Albers zuckte die Achseln. »Ich fühle mich nicht genötigt, meine Tochter mit Dingen zu belästigen, die sie nicht interessieren. Das Verhältnis zu ihrer Tante war schon vorher nicht mehr das beste.«

»Ich weiß«, sagte Anne.

»Hilde war sehr anders als wir«, sagte Frau Albers. »So ist es nun mal. Ich möchte die Tote jetzt gern ruhen lassen. Das können Sie doch nachvollziehen, oder?«

Anne nickte. »Aber ich kann es Ihnen leider nicht versprechen. Ich fürchte, dass Hilde sich zu Lebzeiten eine Menge Feinde gemacht hat. Denken Sie nur mal an die betroffenen Eltern.« Sie erhob sich und bedankte sich bei Britts Mutter für ihre Offenheit und ihre Informationen.

»Für mich ist die Sache abgeschlossen«, sagte Frau Albers zum Abschied.

Das hatte Anne schon verstanden.

22

Alissa war die einzige Frühaufsteherin in der Schutzstation am Leuchtturm und genoss die ungestörten Morgenstunden im Haus auf der Warft sehr. Wenn sie daran dachte, dass sie schon fast acht Monate auf engstem Raum – oft musste man sich den Tag über nahe dem Leuchtturm aufhalten – mit ihren Kollegen verbracht hatte, im Winter unter verschärften Bedingungen in dem engen Haus gefangen, wurde ihr nachträglich noch mulmig zumute. Sie hatte sich meistens auf die sie umgebende Natur konzentriert. Wenn sie wollte, konnte Alissa sich vollständig von den Menschen um sie herum abschotten, was aber natürlich einem gemeinsamen Leben nicht besonders förderlich war. Die anderen mochten es nicht, wenn sie sich den Späßen bei den Mahlzeiten, beim Geschirrspülen, Kochen und Putzen entzog. Sie dagegen war oft genervt von den unterschiedlichen Schmutztoleranzen im Bad und in der Toilette. Die vollgestellten Gemeinschaftsräume, die Unordnung in der Abseite neben der Küche und im gemeinsamen Aufenthaltsraum ging ihr auf die Nerven. Schließlich saßen sie dort, wenn sie aßen und Gäste empfingen. Auch das enge Labor neben dem Schauraum der Schutzstation und die Gerätekammer neben dem Eingang, in der alles, was man für die wechselnden Wetter im Watt brauchte, aufbewahrt wurde, versanken im Chaos. Zum Glück hatte jeder von ihnen ein eigenes Schlafzimmer im ersten Stock, das er nach eigenem Gusto gestalten und in Ordnung halten konnte.

Alissas Raum ging nach Westen hinaus aufs offene Meer. Er war klein, höchsten zehn oder elf Quadratmeter groß, aber gut geschnitten. Ihr Bett nebst Nachttisch mit Leselampe stand unter der Dachschräge. An der Wand gegenüber befand sich ein wackeliger Kleiderschrank und unter dem Fenster ein kleiner Schreibtisch mit Stuhl. Auf den nackten Holzdielen lag ein abgewetzter Läufer. Am liebsten hockte Alissa auf der

Fensterbank, die Knie angezogen bis unters Kinn, eine heiße Tasse Tee in den Händen. So konnte sie stundenlang hinaus aufs Meer schauen und das wechselnde Licht über den Sänden beobachten, die sich je nach Wasserstand und Nässegrad veränderten. Auch der Wind modellierte ständig ihre Struktur, wirkte zusammen mit dem kommenden und gehenden Meer wie ein Bildhauer auf dem mal weichen, mal flüchtigen, mal steinhart getrockneten Boden. Doch die größte Zauberin war die Sonne. Jeden Abend freute sich Alissa auf das Schauspiel des Sonnenuntergangs wie andere auf ihre Daily Soap im Fernsehen.

Alissa sprang aus dem Bett und fuhr in ihre Klamotten vom Vortag. Man musste sich hier niemals Sorgen um die Kleidung machen, weder rochen die Jeans am Morgen muffig noch die T-Shirts verschwitzt, und Socken brauchte man den ganzen Sommer über keine, die Hartgesottenen unter ihnen verzichteten auch im Frühjahr und im Herbst darauf. Die Füße gewöhnten sich an die Temperaturen, es war immer wieder ein Wunder, wie schnell einem in dem kalten Salzwasser warm wurde, auch an den Füßen. Einmal im Monat schmissen sie alle ihre Wäsche zusammen und wuschen ein paar Waschmaschinenladungen, dann hatten sie wieder wochenlang Ruhe.

Alissa tappte leise die Treppe hinunter, um bloß niemanden vorzeitig zu wecken, stellte in der Küche die Kaffeemaschine an und ging hinaus auf die Warft. Was für ein Genuss, die von der Nacht gereinigte Meeresluft am frühen Morgen zu atmen! Manchmal roch sie würzig wie Räucherfisch, mal süßlich wie Krabbenfleisch, dann wieder rein wie frisch geerntete Zitronen. Zudem brachte sie jetzt, im Frühsommer, einen Hauch der diversen Blütendüfte des Festlands mit sich, zumindest wenn der Wind von Osten kam. Meist wehte er jedoch von Westen, am häufigsten von Nordwesten. Selbst bei niedrigsten Temperaturen war er nie schneidend kalt, sondern vom salzigen Wasser angefeuchtet und gewärmt, manchmal fast klebrig. Selten, sehr selten, ruhte er am Morgen oder strich nur sachte um die Warft, um die beiden kleinen Häuser, den hohen, dicken, rot-weißen Turm und sanft über Alissas Haut und Haare. Jeden Morgen begrüßte sie den Wind als Erstes wie einen guten Freund. Heute schien er ausnahmsweise von Süden zu kommen, dann fühlte er sich besonders warm, weich und klebrig an.

Die Landschaft war eine Wohltat für ihre Augen. Wie alle in der Stadt aufgewachsenen oder lebenden Menschen hatte Alissa anfangs die Weite des Blicks schlichtweg umgehauen. Sie war überwältigt gewesen, als sie zum ersten Mal über den Deich gekeucht war und, die flache Hand über die Augen gelegt, in den unbegrenzten Meeresraum geschaut hatte. Wie klein der Leuchtturm vom Deich aus gewirkt hatte, obwohl er nur eineinhalb Kilometer entfernt war. Wie flimmernd unwirklich die vorgelagerte Sandbank ausgesehen hatte, die Rettungsbarke nur für diejenigen zu erkennen, die wussten, wo sie stand. Je nach Klarheit der Luft kamen die Dinge näher oder blieben in der Ferne, verschwammen flirrend in der gleißenden Helle oder unscharf im Dunst, Nebel oder in den Regenschwaden. Auch wenn es wenig zu sehen gab, war das Wenige doch nie gleich. War der Himmel voller flauschiger weißer Wolkenschiffe, so dominierten diese das Bild. Bei Flut spiegelten sich die Wolken im Wasser und wurden dadurch noch verdoppelt. Waren die Wolken schwarz und regenschwer, schien sich die Unendlichkeit in einen dunklen geschlossenen Raum zu verwandeln. Selbst die Geräusche veränderten sich dann, und die Rufe der vorbeiziehenden Vögel klangen bedrohlich nahe, als hätte man der Landschaft einen Deckel übergestülpt. Fiel Regen, so war man im Watt mit sich allein. Alles verschwand hinter den nassen Vorhängen, und die Sicht betrug nur wenige Meter.

Alissa ging wieder ins Haus, machte sich einen Becher Milchkaffee und nahm das einzige Fernglas mit in ihr Zimmer, das noch an der Garderobe hing. Sie krabbelte auf die Fensterbank und beschloss, ihren Ausguck den ganzen Tag nicht zu verlassen. Wenn die Kollegen sie suchten, würde sie sagen, sie sei krank. Besser noch, unpässlich, dann wagten die Jungs nicht, weiter nachzufragen. Alissa war noch nie unpässlich gewesen, nicht seitdem sie in der Schutzstation arbeitete und auch nie zuvor in der Schule oder im Studium. Solchen Mädchenkram leistete sie sich nicht.

Sie hob das Fernglas an die Augen, stellte es scharf und versuchte, den Rand der Sandbank zu finden, dort, wo sich die Fahrrinne befand, die in den Priel führte, der seinerseits im Tümlauer Sportboothafen endete. Das Wasser lief noch auf, erst in einer halben Stunde würde die Tide umschlagen, dann ließe sich die Fahrrinne leichter ausmachen. Sowie sie Marcos Boot sah, würde sie zum Priel rennen, um ihn abzufangen. Er durfte auf gar keinen Fall in den Hafen einlaufen. Nach allem, was er getan hatte, durfte er sich hier nicht wieder blicken lassen. Natürlich hatten die Jungs den Diebstahl des Motorbootes und der Spektive und Ferngläser längst bemerkt. Sie hatten Thomas sofort darüber in Kenntnis gesetzt – das war doch klar gewesen. Was hatte der Idiot sich nur dabei gedacht? Sie betete, dass Marco klug genug wäre und nicht zurückkäme, und wünschte sich gleichzeitig nichts sehnlicher, als das kleine Sportboot auf dem Wasser zu sichten.

Spät am Abend fing Frau Petersen mit gleichmäßigen, routinierten Bewegungen an, den Spargel zu schälen. Eine dicke weiße Stange nach der anderen nahm sie in die linke Hand, drehte sie geschickt zwischen Daumen und Zeigefinger und hobelte mit schnellen, leichten Schnitten der rechten hauchdünne Streifen ab, gerade genug, dass der Spargel beim Essen nicht faserte, sie aber auch nicht zu viel von dem kostbaren Gemüse verschwendete. Mit einer aufgerissenen Packpapiertüte auf ihrem Schoß, in der der Abfall landete, saß sie unter der Lampe am Küchentisch. Die geschälten Stangen legte sie auf das aufgeschlagene feuchte Tuch auf der Wachstuchtischdecke. Sie bereitete zwei Portionen vor, eine große für Folkert und eine etwas kleinere für sich. Der Junge liebte Spargel, er aß ihn nur mit kalter Butter und etwas Petersilie. Ihr Mann hatte dazu immer Sauce Hollandaise haben wollen, die ihr nie gelungen war. Immer war ihr die

Butter geronnen oder das Mehl verklumpt oder angebrannt. Schließlich hatte sie fertige Sauce aus dem Supermarkt gekauft, sie für ihn erhitzt, und er hatte es nicht einmal bemerkt. Hatte nur, wortkarg, wie er zeitlebens gewesen war, gemurmelt: »Nun hast du das mit der Sauce ja auch endlich gelernt.«

Zum Spargel würde es neue Kartoffeln geben, die sie am Morgen selbst aus dem Acker gegraben hatte, den Räucherschinken hatte sie schon am Samstag mit dem Fahrrad vom Schlachter Harms in Tating geholt. Normalerweise hätte sie Folkert mit seinem Moped geschickt, aber Folkert war ja nicht da. Er war immer noch nicht nach Hause gekommen.

Eine Träne quoll ihr aus dem rechten Auge. Schnell wischte Frau Petersen sie mit dem Handgelenk fort, ohne den Sparschäler und den Spargel aus der Hand zu legen. Wenn dem Jungen nur nichts passiert war. Er war viel zu gutmütig. Immer wieder hatte er schlechten Umgang gehabt. Er war vertrauensselig, naiv. Sie ließ Sparschäler und Spargelstange in den Schoß sinken und dachte nach. Sie wusste ganz genau, mit wem er unterwegs war, sie hatte es nur nicht wahrhaben wollen.

Sie erhob sich, säuberte sich die Hände an der Schürze und wickelte die Spargelstangen in das feuchte Tuch. Sie hatte viel zu viele geschält, was war bloß in sie gefahren? So ein leckeres Sonntagsessen, nur um den Jungen nach Hause zu locken – so war es doch, nur darum wollte sie heute Abend noch kochen. Mittags hatte sie die Kraft dafür nicht gehabt. Sie hatte sich nur Milchsuppe gemacht, ihr Essen aus der Kindheit. Die Wärme tröstete sie. Den ganzen Tag über hatte sie keine Hoffnung verspürt, dass Folkert nach Hause käme. Aber jetzt am Abend fühlte es sich plötzlich so an, als würde er gleich mit seinem Moped um die Ecke biegen.

Wenn er trotzdem nicht heimkam, nahm sie sich vor, würde sie gleich morgen früh um sechs Uhr die Polizei anrufen. Vermutlich würden die Beamten ihr auch nichts sagen können. Hätte Folkert einen Unfall gehabt, wären sie ja schon lange bei ihr aufgetaucht. Hier kannten doch alle ihren Jungen. Aber sie würden ihn suchen müssen.

Die Glieder taten ihr weh, und ihr war ein bisschen schwindelig, als sie zum Telefon in den Flur ging. Sie hatte zu wenig gegessen und vor allem zu wenig getrunken, beides war nicht gut. Sie musste aufpassen, sie konnte doch nicht krank werden. Wer sollte dann für den Jungen sorgen?

Lange kramte sie nach ihrer Lesebrille auf dem Telefontischchen. Telefonieren war für sie eine ernste Angelegenheit. Sie gehörte noch der alten Generation an, die nicht dauernd am Telefon hing, sondern den Apparat eigentlich nur in Notfällen nutzte. Sie hatte immer Angst, dass er nicht funktionierte, sie eine falsche Taste drückte oder der Gesprächspartner am anderen Ende der Leitung sie nicht verstand.

Ihre Hände zitterten, während sie im Telefonbuch die Nummer der Polizeistation heraussuchte. Die Handflächen klebten noch vom Spargelsaft, sie hätte sie waschen sollen, ehe sie die Küche verließ. Doch nun war es einerlei. Sie schaltete das Deckenlicht an und blätterte lange bis zur richtigen Seite. Sie leckte sich die Lippen, die aufgesprungen und trocken waren, und räusperte sich, während sie mit dem Finger über die Einträge glitt. Endlich fand sie den gesuchten. Natürlich hätte sie auch den Notruf wählen können, aber sie wollte nicht irgendjemanden an der Strippe haben, sondern mit der Heider Polizeidienststelle sprechen. Die Beamten dort wussten, wer Folkert war. Man kannte sich doch hier in der Marsch.

Sie schrieb die Nummer der Polizeistation auf einen Zettel und legte ihn neben das Telefon. Dann holte sie ihr Adressbuch aus der Schublade und schrieb einen Namen auf den Zettel: »Pätzold«, so hieß der Junge. Marco Pätzold. Das war einfacher als Meik, Folkerts früherer Freund, dessen Name »Mike« geschrieben wurde. Es hatte Folkert immer mächtig Spaß gemacht, sie zu korrigieren. Wie hatte er gelacht, als sie einmal auf einen Zettel »Meik« geschrieben hatte, er hatte gar nicht wieder aufhören können.

»Das ist Englisch, Mama: Mike«, hatte er ihr erklärt. »Du hast das e an die falsche Stelle gesetzt, du kannst ja nicht mal richtig schreiben!«

Das musste gerade er sagen! Er war Legastheniker – das hatte man ihnen in der Schule erklärt. Er hatte diese Lese-Rechtschreib-Schwäche, für die er nichts konnte. Das war angeboren. Ohne Hilfe konnte Folkert so gut wie kein einziges Wort richtig schreiben, er verdrehte die Buchstaben oder ließ welche weg, entsprechend schwer fiel ihm auch das Lesen. Aber die Lehrerinnen in der Sonderschule hatten sich immer viel Mühe mit ihm gegeben, und schließlich hatte er doch noch ganz gut Schreiben und Lesen gelernt.

Sein Freund Marco litt unter keiner Lese-Rechtschreib-Schwäche. Im Gegenteil, er war ein ganz besonders Schlauer. Frau Petersen hatte nie verstanden, warum er auf die Sonderschule gegangen war. Vielleicht wegen der schlechten Noten, er hatte in allen Fächern Fünfen und Sechsen gehabt. »Marco hört nie zu und kann einfach nicht still sitzen«, hatte Folkert erzählt.

Auf jeden Fall war er kein guter Umgang für ihren Sohn, das hatte sie schon bei der ersten Begegnung mit ihm gespürt. Aber wenn er sich bei Folkert meldete, ließ der alles stehen und liegen und verschwand. Über Nacht war er jedoch noch nie fortgeblieben.

Frau Petersen schob Zettel und Telefon noch ein paarmal hin und her und wischte mit dem Schürzenrand einen Staubfilm vom Telefontischchen. Die Lesebrille legte sie so zurecht, dass sie sie morgen früh sofort finden würde. Für den Fall, dass Folkert auch in der kommenden Nacht nicht heimkam.

Sie ging in die Küche und verstaute den in das feuchte Tuch gewickelten Spargel im Gemüsefach des Kühlschranks. Sie würde ihn auch noch morgen Mittag kochen können, wenn Folkert wieder da war. Jetzt, am Abend, war es sowieso schon viel zu spät, um zu essen. Es war bereits zehn Uhr durch, höchste Zeit, ins Bett zu gehen.

23

Es dauerte eine ganze Weile, bis Anne wach war und ihr Hirn nicht länger versuchte, das heftige Klopfen an der Tür in ihren Traum zu integrieren.

Sie schwang die Beine aus dem Bett und taumelte, als sie aufstand. Dabei hatte sie doch am Vorabend gar keinen Schnaps getrunken – sie hatte überhaupt nichts Alkoholisches mehr zu sich genommen seit dem Gelage mit Maren vor … es kam ihr vor wie etliche Wochen, aber es konnten doch höchstens ein paar Tage sein.

Vielleicht war es ja sogar ihre Nachbarin? Gestern war Maren überraschend bei ihr aufgetaucht und hatte sich einen Korkenzieher geliehen, um die Flasche Rotwein zu öffnen, die Anne ihr geschenkt hatte. Neff, ihr Mann, sei gerade nach Hause gekommen, hatte sie gesagt, das wollten sie feiern. Anne drehte den Hausschlüssel herum und drückte die Tür einen Spalt weit auf. Es musste noch verdammt früh am Morgen sein, die Luft, die durch den Türschlitz pfiff, war eiskalt. Aber es war schon hell.

»Entschuldigen Sie die Störung, Kriminalpolizei Heide«, sagte ein junger Beamter mit akkuratem Kurzhaarschnitt und zeigte seinen Polizeiausweis durch den Türschlitz.

»Guten Morgen, Kollege«, sagte Anne und machte die Tür auf. »Ach, Sie sind gleich zu zweit? Kommen Sie rein.«

Die beiden Beamten, zivil gekleidet in Jeans und Lederjacken, der ältere zusätzlich mit einer speckigen Ledermütze über einem ziemlich verlebten Gesicht, der andere jung und rosig, vermutlich ein Auszubildender, traten ein und machten zwei Schritte in die Küche, die mit ihnen sofort voll aussah. Anne kannte das Phänomen: Wo zwei Polizisten standen, hatte niemand anderes mehr Platz. Seltsam. Bei den Schutzpolizisten mochte es an den Uniformen liegen, aber bei ihren Kollegen von der Kripo war ihr diese Wirkung ein Rätsel.

Sie knöpfte das alte Hemd, das sie zum Schlafen trug, bis obenhin zu und zog ein Sweatshirt über, das sie von einem der Küchenstühle fischte. »Nehmen Sie doch Platz, ich mach uns schnell einen Kaffee.«

»Das ist nicht nötig, Frau …«

»Schumacher, Anne Schumacher. Kriminalkommissarin in Hamburg, zurzeit nicht im Dienst.«

»Ach so?« Der ältere Kollege starrte Anne mit offenem Mund an. Vermutlich überlegte er, ob er vor der Ranghöheren strammstehen oder anders mit der Situation umgehen sollte. Dann schienen die Worte »zurzeit nicht im Dienst« bei ihm anzukommen, denn er zog zuckend die Nase kraus, holte ein großes, sauberes Stofftuch aus der Hosentasche und schnäuzte sich. »Gibt's hier Katzen? Ich bin allergisch gegen Katzenhaare.«

»Mäuse. Reagieren Sie auf die auch?« Anne schaltete den Wasserkocher ein.

»Für mich bitte keinen Kaffee«, sagte der jüngere Beamte, der sich bereits auf einem Küchenstuhl niedergelassen hatte und Unterlagen sortierte.

»Tee?«, fragte Anne.

»Gerne.«

»Kommen Sie wegen mir oder wegen Hilde?«

»Äh«, der Jüngere überflog die Papiere, »das war doch die Tote, oder?« Er sah zu seinem Vorgesetzten auf.

Der nahm nickend umständlich Platz, nachdem er sein Taschentuch wieder verstaut und sich mit einem Blick in alle Ecken versichert hatte, dass nicht Gefahr im Verzug war, und legte seine beiden großen Fäuste auf den Tisch.

Der Wasserkocher wurde so laut, dass man sein eigenes Wort nicht verstanden hätte. Anne füllte Kaffee in die Kanne und holte die Milchtüte aus dem Kühlschrank. Der Rest mochte grad noch für zwei Milchkaffees reichen. Auch ein alter Teebeutel fand sich im Schränkchen. Sie legte ihn in einen dickwandigen Becher und goss Kaffee und Tee mit heißem Wasser auf.

»Und was machen Sie hier, wenn ich fragen darf?«, erkundigte sich der ältere Kollege.

»Ferien«, sagte Anne und nahm neben den Herren am Tisch Platz. »Der Kaffee braucht noch ein paar Minuten. Ich habe nur Setzkaffee da.«

»Zufällig oder will Hamburg sich mal wieder in unser Dienstgeschäft einmischen?«

»Wo denken Sie hin! Die Kollegen haben zu Hause mehr als genug zu tun. Eine Freundin von mir ist mit der Toten verwandt. Sie hat das Haus geerbt und will es verkaufen. Ich hatte grad Zeit und Lust wegzufahren, deshalb bin ich hier.«

Der junge Beamte drückte seinen Teebeutel über dem Becher bis zum letzten Tropfen aus und schaute sich dann hilflos nach etwas zum Ablegen um.

Anne erlöste ihn aus der Verlegenheit und holte eine Untertasse aus dem Schrank. »Zucker?«

»Gerne.

»Oh, das tut mir leid. Anscheinend hat Hilde keinen benutzt. Darf es auch Honig sein?« Sie stellte das Honigglas vor ihn hin und legte einen Löffel dazu. »Es passt mir prima, wenn Sie wegen Hilde kommen. Ich wollte mich ihretwegen schon selbst an Sie wenden.«

»Kommen wir aber nicht«, sagte der Ältere und pustete die drei Kaffeekrümel, die auf der Oberfläche herumschwammen, über seinen Milchkaffee. »Wir kommen wegen Marco Pätzold.«

»Pätzold?«

»Wir haben eine Vermisstenmeldung erhalten.«

Der jüngere Beamte übernahm und las die Anzeige vor: »Frau Auguste Petersen aus Otteresing, Notruf heute Morgen um sechs Uhr sieben in der Leitzentrale Heide. Ihr Sohn, Folkert Petersen, geboren am 18. Juno 1986 ebenda, ist seit nunmehr drei Tagen aushäusig. Vermisst wird zudem sein Moped, Marke Honda Elite, Baujahr 2010. Da Folkert Petersen für gewöhnlich jeden Abend heimkommt, ist Auguste Petersen besorgt, es könnte ihm etwas passiert sein.«

»Folkert?«, wiederholte Anne ungläubig. »Aber den hab ich doch neulich noch gesehen. Ich bin sogar auf seinem Trecker mitgefahren. Vor zwei Tagen – oder sind es schon drei? Hier verschwimmen die Tage miteinander.«

»Weil halt nix passiert«, warf der Alte ein.

»Im Gegenteil, es passiert ständig etwas, sodass ich den Überblick verliere.« Durchs Küchenfenster sah Anne, wie Frau Lärche mit ihrem Fahrrad auf der Straße hielt und ihr Haus anstarrte. »Sind Sie mit dem Peterwagen gekommen?«

»Mit dem Streifenwagen, ja«, sagte der Ältere.

»Und Sie haben direkt vor meiner Tür geparkt.« Anne blickte aus dem Fenster. »Das meine ich damit, dass hier immer etwas passiert. Was denken Sie, was meine Nachbarin ihren Bekannten am Bäckerwagen nun wieder alles zu erzählen hat.«

»Bei uns in der Stadt ist das auch nicht anders«, sagte der Jüngere. Er trank seinen süßen Tee in einem Zug aus und widmete sich wieder seinen Unterlagen.

»Pätzold«, gab der Ältere das Stichwort.

»Richtig. Vermutet wird – so die Anzeigende –, dass Folkert Petersen mit Marco Pätzold unterwegs ist. Dieser wiederum ist schon mehrfach bei der Polizei auffällig geworden und zweimal bei Vorladungen nicht erschienen.«

»Aha«, sagte Anne. »Jetzt beginne ich zu verstehen. Sagen Sie bloß, Marco Pätzold ist hier im Haus gemeldet?«

»Sie haben es erfasst, Kollegin. Darum sind wir hier.« Der Alte lehnte sich wie ein Brautwerber oder jemand mit einer komplizierten Mission, der seinem Gegenüber endlich klarmachen konnte, was sein Anliegen ist, zurück.

»Wollen Sie mein Schlafzimmer durchsuchen? Und rechts neben der Küche ist auch noch ein Raum – der war mal die gute Stube, ist jetzt allerdings leer. Durch die Tür dort hinten gelangt man in die Scheune und ins Bad. Gut und gerne zwanzig Flüchtige könnte ich dort verstecken und hätte dann noch den Garten anzubieten. Aber außer Gras und ein paar Bäumen und Büschen werden Sie nichts finden.«

Der Ältere machte eine besänftigende Geste. »Schon gut, Kollegin, nix für ungut. Wir haben nur die Meldung bekommen und müssen ihr nachgehen. Wenn Sie uns sagen, dass

Marco Pätzold sich nicht hier aufhält, ist die Sache für uns erledigt. Es gibt ja auch noch dieses Boot.«

»Das wollte ich gerade sagen. Im Hafen liegt ein altes Segelboot, das Marco zurzeit wieder flottmacht. Ich glaube, auf ihm hat er auch in den vergangenen Wochen gehaust. Hier war er jedenfalls nicht.«

»Das Boot haben wir schon überprüft. Es befindet sich vor Ort und ist keinesfalls fahrtüchtig. Der Wasserschutz ist trotzdem alarmiert, man weiß ja nie.«

»Und eigentlich ist Folkert Petersen doch auch erwachsen, auch wenn er nicht so aussieht«, überlegte Anne laut. »Der kann tun und lassen, was er will.«

»Schon richtig, Kollegin. Es ist auch nur eine Routineüberprüfung.«

»Das können Sie jemand anderem erzählen«, lachte Anne und schenkte Kaffee nach. Für sie selbst blieb nur noch Kaffeesatz übrig, und die Milchtüte war auch leer. »Was wird Marco Pätzold eigentlich vorgeworfen?«

Der Beamte schwieg und wich ihrem Blick aus.

»Lassen Sie mich raten: Drogenhandel? Wissen Sie eigentlich, dass Hilde Jensen das Segelboot angezahlt hat? Sind Sie der Sache schon nachgegangen?«

Der Jüngere machte sich eilig Notizen, während der Alte Anne über seine Brillengläser hinweg anschaute. »Darüber lagen uns bis jetzt keine Informationen vor.«

»Natürlich nicht. Warum hätte Marco Pätzold Ihnen das auch auf die Nase binden sollen? Und Folkert Petersen hat ja niemand gefragt.«

»Nun, der Folkert ist nicht ganz – wie sagt man heute? Er ist ein bisschen zurückgeblieben. Damals, nachdem er die Tote gefunden hatte, ist er weggelaufen, weil er unter Schock stand. Der ist nicht besonders hart im Nehmen.«

»Da wäre ich mir nicht so sicher. Er war eng – ich betone: eng – befreundet mit Hilde Jensen. Genau wie Marco Pätzold.«

»Das wissen wir.«

»Über den Fall Hilde Jensen wurde ja auch lange genug in der Regionalpresse berichtet, oder?«

»Die Journalisten schreiben viel, wenn der Tag lang ist«, sagte der ältere Kollege.

»Und warum wurde ihr Tod nicht genauer untersucht? Ich meine, gerade wegen dieser Missbrauchsgeschichte hätte man doch aufmerksam werden müssen, wenn so jemand anschließend unter den besagten Umständen zu Tode kommt … Vielleicht wollten sich die Eltern von Schülern an Hilde Jensen rächen? Oder die betroffenen Missbrauchsopfer selbst?«

»Wir haben den Fall damals nicht bearbeitet«, sagte der Alte. »Das LKA hat sich sofort eingeklinkt, und dann waren die Akten ruck, zuck geschlossen. Ich meine: Wo kein Kläger ist, da gibt's auch keine Beklagten.«

»So einfach machen Sie sich das also«, sagte Anne. »Wissen Sie, was ich glaube? Wenn eine Frau mit über sechzig Jahren ohne Familie und ohne Anhang tot im Hafenbecken schwimmt, dann wird das kripotechnisch spätestens nach vierzehn Tagen abgehakt. Dann war das automatisch entweder ein Unfall oder Selbstmord. Bei einem Mann hätte die Todesfallermittlung garantiert ganz anders ausgesehen – ob mit vorausgegangenem Schülermissbrauch oder ohne: Auf jeden Fall hätte es am Ende ein konkretes Ergebnis gegeben. Nie und nimmer wäre der Fall unter den Teppich gekehrt worden.«

»Kann ich mir nicht vorstellen«, sagte der Alte und leerte schnell seinen Kaffeebecher. Als er den Kaffeesatz erwischte, verzog er das Gesicht. »Ich weiß nicht, ob Sie da nicht etwas zu weit gehen, Gleichberechtigung hin oder her.« Er erhob sich und klopfte mit den Fingerknöcheln auf die Tischplatte.

»Aber theoretisch hat die Kollegin recht«, wagte der Jüngere, sich einzumischen, und packte rasch seine Sachen zusammen. »Circa zehn Prozent aller Missbrauchsdelikte werden von Frauen begangen, aber im Verhältnis dazu gibt es sehr viel weniger Anzeigen gegen die Täterinnen. Man könnte das so interpretieren, dass –«

»Frau Schumacher, ich wünsche Ihnen noch erholsame

Ferientage an unserer schönen Küste. Genießen Sie die gute Luft und den Sonnenschein und legen Sie mal eine Pause vom Ermitteln ein. Wir tun alle nur unsere Pflicht. Manchmal muss man auch ein bisschen Geduld haben, denn am Ende sitzen wir immer noch am längeren Hebel.«

Anne geleitete die Herren hinaus und verkniff sich einen Abschiedsgruß. Sie war sich ziemlich sicher, dass sie sich bald wiedersehen würden.

24

Obwohl Thomas das Telefon anstarrte wie einen Erzfeind, als es schon wieder zu klingeln begann, hörte es nicht auf. Renate war gleich nach dem Frühstück nach Kating gefahren, um dort nach dem Rechten zu sehen, und er hatte bereits eine Stunde lang mit Ernest telefoniert. Außer dem Bootsschlüssel samt Boot hatte Marco insgesamt sieben Ferngläser und Spektive mitgehen lassen. Allein damit war ein Schaden von über zweitausend Euro entstanden – Neuwert. Natürlich würde der Kerl nirgendwo so viel Geld für die alten Dinger bekommen. Aber Thomas – beziehungsweise die Schutzstation – würde so viel Geld für die Neuanschaffungen ausgeben müssen. Sie brauchten die Geräte dringend für ihre Arbeit. Es war wirklich zu ärgerlich. Vor allem, da er ja die ganze Zeit gespürt hatte, dass Marco ein Krimineller war. Womöglich war er mit dem Motorboot nach Holland rübergefahren, um die Geräte einem professionellen Hehler anzubieten. Man musste schon froh sein, wenn man das Boot jemals wiederbekam. Und Alissa, das brave Nönnchen, hatte von alldem natürlich nichts gemerkt und war ihm auch noch hinterhergelaufen. So etwas war Thomas in den zehn Jahren, die er jetzt am Leuchtturm mit wechselnden Besetzungen arbeitete, noch nie passiert.

Das Telefon klingelte immer noch. Das Display signalisierte einen unbekannten Anrufer. Wer konnte das sein? Bestimmt ein Tourist, der einen toten Vogel am Wegrand gefunden hatte. Solche Anrufe gab es häufig, und sie waren sogar notwendig, sollte der Vogel beringt sein. Wie schlecht war er eigentlich drauf, fragte sich Thomas, wenn ihn schon seine Arbeit anfing zu nerven?

Er schob seinen Laptop ein Stück von sich weg. Als Bildschirmschoner hatte er ein wunderschönes Foto von zwei Lachmöwen im Flug vor stahlblauem Himmel hochgeladen. Aber das Auftauchen des Bildschirmschoners bedeutete, dass er seit über fünfzehn Minuten nicht mehr an seinem Vortrag arbeitete, sondern wie schon seit Tagen vor sich hin grübelte. Der Vortragstermin kam immer näher, während sein Thema und sein Anliegen in immer weitere Ferne rückten. So etwas hatte er früher nicht gekannt – seine Arbeit war ihm immer heilig gewesen. Ein Allheilmittel, eine Zuflucht selbst in den schlimmsten Zeiten. Was war bloß los mit ihm? Wann würde er sich endlich wieder im Griff haben?

Er nahm das Smartphone in die Hand und wischte über den Screen. »Ja?«, bellte er.

»Hier ist Anne Schumacher. Ich weiß nicht, ob Sie sich an mich erinnern, wir sind uns vor einigen Tagen im Regen auf der Straße begegnet. Ein toter Vogel lag hinter dem Deich –«

»Ich weiß, wer Sie sind.« Also doch ein toter Vogel. Thomas musste wider Willen lächeln, als er sich an die Situation erinnerte. Es hatte sich um eine junge Sturmmöwe gehandelt. Die Frau, die in Hildes Haus wohnte, hatte er natürlich auch nicht vergessen. Er straffte sich innerlich. Allein der Gedanke an Hilde beunruhigte ihn.

»Entschuldigen Sie die Störung«, sagte Anne. »Ich würde Sie gern möglichst bald sprechen, ehrlich gesagt am liebsten sofort.«

Thomas blätterte nervös in seinem Terminkalender und schlug ein Treffen um die Mittagszeit im Eiscafé in St. Peter-Bad vor. Die zwei Stunden bis dahin wollte er unbedingt noch an seinem Manuskript arbeiten.

Mühsam konzentrierte er sich, las die paar Zeilen, die er am Vormittag geschrieben hatte, und fügte die nötigen Fußnoten und Quellennachweise ein. Sie waren für die schriftliche Fassung seines Vortrags wichtig, die den Konferenzdolmetschern vorab zur Verfügung gestellt wurde. Dann endlich war sein Kopf wieder frei. Als hätte er nie eine Arbeitsblockade gehabt, scrollte er zum Ende des Textes und schrieb das Kapitel fertig.

Anne hatte sich gleich nach dem Anruf aufs Fahrrad gesetzt und erreichte das Eiscafé bereits gegen halb zwölf. Sie suchte sich einen Platz an einem Tisch in der hintersten Reihe, wo sie später in Ruhe würden reden können, und bestellte sich einen Milchkaffee. Dann legte sie die Briefe von Renate vor sich und prüfte den Empfang ihres Handys, der überraschend gut war. Sie gab »Thomas Schmidt Biologie« in die Suchmaschine ein. Sofort erschienen mehrere Einträge. Am ausführlichsten wurde seine Biografie auf der Website der Schutzstation Wattenmeer beschrieben: »Diplom-Biologe, arbeitet seit 2004 beim Verein Schutzstation Wattenmeer und als Vogelwart in St. Peter-Ording, seit 2012 als Stationsleiter in Westerhever. Naturpädagoge, Forschung an Küstenvögeln, Schwerpunkt Rastvogel- und Brutvogel-Monitoring.«

Anne tippte im Menü zurück zum Unterpunkt »Stationen«, dort auf »Westerhever« und las sich den langen Artikel durch über das Seminarhaus, die Naturschutzarbeit, die Wattlandschaft, die Vögel. Spannend, aber das meiste wusste sie schon.

Punkt halb eins tauchte Thomas Schmidt im Eiscafé auf.

»Ich danke Ihnen, dass Sie so schnell kommen konnten. Sie haben sicher eine Menge zu tun«, begann Anne.

Thomas Schmidt bestellte sich einen Cappuccino und setzte sich ihr gegenüber. »Ich arbeite gerade an einem Vortrag für die Jahrestagung der deutschen UNESCO-Welterbestätten. Das Wattenmeer gehört ja dazu – aber das wissen Sie sicher. Ich habe gehört, Sie haben sich schon ein bisschen umgeschaut.«

»Ich war bereits in der Schutzstation am Leuchtturm, ja. Sehr interessant. Die kleine Ausstellung über die Wassertiere habe ich zwar ausgelassen, dafür aber das Hochzeitszimmer im Leuchtturm bewundern dürfen. Sehr beeindruckend.«

Thomas Schmidt lächelte unverbindlich.

Anne fand ihn immer noch sympathisch. Er sah klug aus, wirkte ausgeglichen und zugewandt. Ein netter Typ, wie es ihn in Wirklichkeit eigentlich kaum gab, und wenn, dann waren Männer dieser Art meistens schon vergeben. So wie ihr Gegenüber – zudem war sie für dessen Geschmack sicherlich zu jung.

»Ich habe in Hildes Haus ein paar alte Briefe gefunden«,

fing Anne an. »Offenbar hat Ihre Lebensgefährtin, Dr. Renate Plessner, sie an Hilde Jensen geschrieben. Der Inhalt lässt vermuten, dass die beiden Frauen einen Konflikt hatten.«

Thomas Schmidts Lächeln erlosch.

Er sah überrascht aus, vielleicht auch irritiert, so richtig konnte Anne seine Miene nicht deuten. Ob er gewusst hatte, dass seine ehemalige und seine jetzige Lebensgefährtin miteinander in Kontakt gestanden hatten?

Fragend hob er die Augenbrauen und rührte weiter in seinem Cappuccino, ohne Anne aus den Augen zu lassen.

»Gehe ich recht in der Annahme, dass Sie früher einmal bei Frau Dr. Plessner in Behandlung waren?«

»Ich wüsste nicht, inwiefern Sie das zu interessieren hätte.«

»Stimmt, das können Sie nicht wissen. Ich bin Polizeibeamtin. Die Nichte von Hilde Jensen hat mich beauftragt herauszufinden, wie und warum ihre Tante gestorben ist.«

Thomas Schmidt verzog keine Miene.

»Ihre ehemalige Freundin Hilde Jensen hat Frau Dr. Plessner offenbar vorgeworfen, ihr therapeutisches Verhältnis mit Ihnen ausgenutzt zu haben, sodass sich daraus eine Liebesbeziehung entwickelte. Das nennt man Missbrauch, es verstößt gegen die Grundsätze der psychotherapeutischen Behandlung. Und es ist strafbar – für den Therapeuten oder die Therapeutin.«

Thomas Schmidt zuckte die Achseln.

»Haben Sie noch niemals davon gehört?«

»Doch, natürlich«, sagte er. »Aber das trifft auf unsere Beziehung nicht zu.«

»Warum sind Sie sich da so sicher?«

Thomas Schmidt schien eine Weile zu überlegen, ob er das Gespräch wirklich fortsetzen wollte. Dann sprach er weiter: »Ich bin derjenige gewesen, der die Beziehung zu Renate Plessner initiiert hat.« Er betonte das Wörtchen »ich«. »Von Missbrauch kann also keine Rede sein. Wer bitte schön sollte bei zwei Erwachsenen missbraucht worden sein?«

»Sie«, sagte Anne.

»Das wüsste ich aber«, sagte Thomas Schmidt. »Ich nehme

an, Sie besitzen eine Menge Phantasie – um in dem urigen Haus von Hilde zu wohnen, muss man schon ein besonderer Mensch sein. Genau wie Hilde einer war.« Er stockte, seine Stimme war einen Tick kälter geworden. Er nahm einen Schluck vom Cappuccino und wischte sich mit dem Handrücken den Milchschnurrbart von der Oberlippe. Er hatte schöne, dünnhäutige, braun gebrannte Hände. »Schon mit weniger Phantasie als der Ihren macht man sich vermutlich so seine Gedanken, wenn man im Haus einer kürzlich Verstorbenen wohnt«, sagte er langsam. »Vor allem, wenn es sich bei ihrem Tod um so einen tragischen Unfall handelt.«

»Die Familie ging zuerst von Selbstmord aus.«

»Ohne Abschiedsbrief? Den gab es ja wohl nicht, oder haben Sie einen in Hildes Haus gefunden?«

»Nein. Allerdings werden mehr Selbstmorde ohne Abschiedsbrief als mit begangen.«

»Nun, dann weiß ich auch nicht, wie ich Ihnen weiterhelfen kann.«

Anne verspürte den Wunsch, ihrem Gegenüber stärker auf den Zahn zu fühlen. Seine Freundlichkeit war gewinnend, Balsam für ihre geschundene Seele. Aber ihre Neugier, man könnte auch sagen, ihr Misstrauen und ihre Wahrheitsliebe waren stärker. Sie musste die Gangart wechseln. »Sie bestätigen also, dass Frau Dr. Renate Plessner, Ihre ehemalige Psychotherapeutin, während oder nach der Behandlung ein Liebesverhältnis mit Ihnen eingegangen ist?«

»Nach der Behandlung.«

»Das spielt keine Rolle. Das Abstinenzgebot gilt auch für die Zeit nach einer Behandlung, solange noch eine Übertragungsbeziehung besteht. Man geht von einer Frist von mindestens einem Jahr aus, aber viele Experten sind der Ansicht, dass das Abhängigkeitsverhältnis nie ganz aufgehoben ist. Es entspricht also den Tatsachen, dass Ihre ehemalige Therapeutin ein Liebesverhältnis zu Ihnen unterhält?«

»Soll das jetzt ein Verhör werden?« Thomas Schmidt lächelte matt.

»Nennen wir es eine Befragung.«

»Gut, ich habe nichts zu verbergen. Sie wissen ja offenbar schon, dass ich früher mit Hilde Jensen zusammen war.«

Anne nickte und schob Renate Plessners Briefe auf dem Tisch zu ihm hinüber. Er würdigte sie keines Blickes, nahm sie nicht einmal in die Hand.

»Außerdem vermute ich, dass Ihre Ex-Freundin Hilde Ihre jetzige Lebensgefährtin Renate bedroht hat. Die Aufnahme erotischer Beziehungen zu Abhängigen im Rahmen einer Psychotherapie ist strafbar und kann mit bis zu fünf Jahren Gefängnis und dem Entzug der Approbation geahndet werden.«

»Das ist doch albern, wenn der Patient ein erwachsener Mann ist.«

»Gesetzgeber und Rechtsprechung sehen das anders. Fakt ist, dass Ihre Freundin sozusagen einen Kunstfehler begangen und Hilde sie damit erpresst hat.«

»Meine Freundin hat keinen Kunstfehler gemacht«, sagte Thomas Schmidt so heftig und laut, dass die Tischnachbarn sich zu ihnen umdrehten. »Wir führen seit mehreren Jahren eine harmonische und enge Beziehung, woher wir uns kennen, geht niemanden etwas an. Wir beabsichtigen sogar, in Kürze zu heiraten.«

»Renate Plessner beabsichtigt das«, sagte Anne leise, aber deutlich. Nun hatte sie Thomas Schmidt endlich an der Angel, seine freundliche Fassade war gefallen, und in seinen Augen loderte ein nervöses Feuer. »Sie hingegen sind von diesem Plan nicht sehr erbaut.«

»Wie kommen Sie denn darauf?«

Anne lächelte. Der Spürhund in ihr hatte die richtige Fährte aufgenommen und würde freiwillig nicht wieder von ihr ablassen. Bis zum bitteren Ende. »Wir wissen noch nicht, wie weit Hilde gegangen ist, ob sie nur Drohungen ausgesprochen oder schon konkrete Schritte unternommen, sich zum Beispiel an die Psychotherapeutenkammer gewandt hatte – aber vielleicht können Sie mir diesbezüglich helfen?«

Thomas Schmidts Gesicht war erstarrt. Er umklammerte die Armlehnen seines Stuhls. Dann griff er plötzlich nach Renate Plessners Briefen und überflog sie. Mal hob er die Augenbrauen, mal zuckte ein Lächeln in seinen Mundwinkeln. Dann legte er die Papiere wieder auf den Tisch und lehnte sich zurück.

»Nehmen wir an, Hilde hat Renate tatsächlich damit gedroht, sie wegen Missbrauchs anzuzeigen, was Renate unter Umständen ihre Approbation gekostet hätte.«

Anne nickte.

»Was sollte das dann mit Hildes Tod zu tun haben? Glauben Sie etwa, dass meine Freundin sie umgebracht hat? Wie hätte sie das tun sollen? Hilde war eine ausgezeichnete Schwimmerin.«

»Sie dürften wissen, wie kalt das Meerwasser hier im Januar ist?«

Thomas Schmidt wiegte den Kopf. »Im Durchschnitt zehn Grad. Aber es war Frost, als Hilde starb. Dann hatte das Wasser im Priel vielleicht sechs Grad oder noch weniger.«

»Darin überlebt man keine zehn Minuten. Haben Sie eine Ahnung, wie es ist, zu ertrinken? Schon bei milderen Temperaturen bekommt man erst mal vor Schreck keine Luft mehr. Man hyperventiliert – schluckt Wasser, kriegt noch weniger Luft. Dann gerät man in Panik. Manche Menschen sterben in diesem Augenblick an einem Schlaganfall oder Herzinfarkt. Ich glaube aber nicht, dass das bei Hilde der Fall war. Wenn man die erste Panikwelle überstanden hat, bleiben einem wenige Minuten Zeit, um sich zu retten. Bei der angenommenen Wassertemperatur vielleicht eine oder zwei. Manche Leute fangen dann an zu schwimmen. Doch das bringt im Meer nichts. Man kann keine große Strecke zurücklegen, erst recht nicht bei der Kälte. Stattdessen vergeudet man dadurch nur seine Kräfte. Am besten hat man irgendetwas, woran man sich klammern oder teilweise aus dem Wasser ziehen kann, etwa ein umgekipptes Boot, eine Boje oder Rettungsbarke. Aber davon wird wohl nichts in Hildes Nähe gewesen sein. Sie wird sehr schnell gemerkt haben, dass ihre Kräfte schwinden und ihr Körper den Wärmeverlust nicht ausgleichen kann. Dass Ertrinkende um Hilfe rufen, ist übrigens auch so ein Märchen. Ertrinken ist ein stiller Tod, denn durch die Kälte wird die Atmung gelähmt.«

Anne sah Thomas Schmidt an, der ihrem Blick nicht begegnete, sondern weiter mit düsterer Miene auf die Tischplatte starrte. Anne beschloss, noch etwas nachzulegen. Zum Glück hatte sie sich während ihrer Ausbildung in Hamburg ausführlich mit Wasserleichen beschäftigen müssen.

»Von Weitem hat es vermutlich ausgesehen, als würde Hilde senkrecht im Wasser stehen, weil sie sich schließlich nicht mehr bewegen konnte. Der Ertrinkende kann in diesem Stadium nichts mehr tun, nur noch sterben. Durch das Ausbleiben der Atmung aufgrund des Kälteschocks steigt der CO_2-Gehalt des Bluts, er macht noch ein oder zwei Atemzüge, durch die noch mehr Wasser in seinen Hals gelangt, schluckt es und wird schließlich bewusstlos. Dadurch bleiben die Reflexe aus, alle Körperteile des Ertrinkenden strecken sich, fangen an zu zucken – vielleicht atmet er noch ein letztes Mal, und das war's dann. Manchmal schlägt das Herz noch ein bisschen weiter, aber die Atmung ist zusammengebrochen, und das Hirn stirbt. Ich habe keine Ahnung, warum man immer hört, Ertrinken wäre ein schöner Tod.«

Thomas Schmidt schaute jetzt über die Köpfe der Eisessenden auf die Badstraße, in der sich wie auf dem Jahrmarkt bunt bejackte Touristen älterer Generation vorbeischoben und nach ein bisschen Abwechslung Ausschau hielten, bis die nächste Mahlzeit anstand. Er sah katastrophal schlecht aus, von dem attraktiven, freundlichen Mannsbild war nicht mehr übrig geblieben als eine sorgenvolle, gequälte Maske. Er griff in die Hosentasche seiner Jeans, holte ein paar Münzen heraus und warf sie auf den Tisch. Dann ging er ohne einen Abschiedsgruß mit wankenden Schritten davon.

25

Alissa wandte sich strikt gen Süden, in Richtung des Priels. Sie wollte nicht den sichereren und bequemeren Weg über die große Sandbank gehen. Den Nebel, der von der See her langsam auf sie zuzog, nahm sie erst wahr, als sie schon weit draußen war. Sie dachte nur an den kleinen Punkt auf dem Wasser, den sie durchs Fernglas gesehen hatte und der sich von Weitem auf die Mündung des Priels zubewegt hatte. Sie hatte nicht erkennen können, ob es Marco mit dem Motorboot der Schutzstation war, aber es war möglich. Wer auch sonst? Hoffentlich erreichte das Boot die Einfahrt, ehe der Nebel sie einhüllte, damit er sie sah.

Alissa sank immer tiefer in den Morast ein. Sie war in das Schlickfeld geraten, das man ohne Schlitten eigentlich nicht durchqueren konnte. Den Schlickschlitten hatte sie natürlich nicht mitgenommen, sie konnte auch gar nicht damit umgehen. Nur Thomas vermochte auf dem Ding durch den Modder zu rutschen. Bei ihm sah es ganz einfach aus, obwohl es eine wackelige Angelegenheit war. Wenn man damit umkippte, saß man erst recht fest, schlimmstenfalls so lange, bis die Flut kam. Und dann wurde es umso gefährlicher, denn das Wasser war zum Schwimmen zu flach, der Boden aber zum Laufen zu weich und an manchen Stellen auch heimtückisch tief.

Alissa hielt sich weiter nördlich, bis sie wieder festeren Untergrund spürte. Das Boot war nicht mehr zu orten. Von der kleinen Erhöhung der Warft aus, auf der der Leuchtturm und die beiden Häuser standen, hatte sie einen besseren Überblick über die Meereslandschaft gehabt. Doch sowie sie sich im Watt befand, das einige Meter tiefer lag, konnte sie das offene Meer nicht mehr sehen. Nur noch Sand und Schlick und Modder.

Wieder sank Alissa bis zu den Knien ein und kämpfte sich mühsam zurück auf festeren Untergrund. Ob das die letzte Furt war, die es zu durchwaten galt? Irgendwann musste sie auf die Ausläufer der Sandbank treffen, von der die Sicht wieder besser sein würde. Sie hielt sich so weit südlich wie möglich, um Marco, wenn er in den Priel einbiegen würde, ein Zeichen geben zu können. Auf das Boot zu gelangen oder es zu verlassen wäre hier ohne Hilfe allerdings unmöglich. Denn der Uferschlick des Priels war das Gefährlichste am ganzen Watt. Blieb man darin stecken, war man bei auflaufendem Wasser verloren.

Als Alissa endlich auf der Sandbank stand, stellte sie mit Schrecken fest, dass die ersten Nebelschleier sie schon erreicht hatten. Die Sonne verschwand hinter einer dicken Wolkenschicht, es wurde dunkel und trübe. Sekunden später umhüllten sie die milchig weißen Schwaden, legten sich kalt und feucht auf ihre Kleider und ihre Haut. Geradeaus zu gehen wurde zu einer Illusion, Alissa verlor jegliche Orientierung. Die Rettungsbarke, eine Art Hochsitz etwa in der Mitte der Sandbank, die mit einem Überlebenspaket ausgestattet war, wäre auch bei klarer Sicht von ihrer Position aus noch nicht zu sehen gewesen, dazu war sie von ihr zu weit entfernt. Ohne den Nebel hätte Alissa sich aber wenigstens am Leuchtturm orientieren können, um in die richtige Richtung zu gehen.

Sie überquerte mehrere Muschelbänke, die ein leichter, aber unnachgiebiger, lauwarmer Wind vom schützenden Sand befreite, sodass die scharfen Muschelkanten wie die Nägel eines Fakirbretts in ihre nackten Fußsohlen piekten. Alissa ging weiter, den Blick immer nach unten gerichtet. Die Wahrscheinlichkeit, geradeaus zu gehen, erschien ihr größer, wenn sie sich am Boden orientierte, als wenn ihr Blick sich in dem strukturlosen weißen Nebel verlor.

Außer im Kreis zu gehen, konnte ihr eigentlich nicht viel passieren, versuchte sie sich zu beruhigen. Wenn sie auf das Meer stoßen sollte, brauchte sie nur daran entlangzulaufen, bis sie die Mündung des Priels erreichte. Solange sie nicht wieder in ein Schlickfeld geriet, war alles gut. Das Wasser überspülte die Sandbank auch bei Flut nicht – nur die Priele füllten sich erstaunlich schnell, entwickelten starke Strömungen und konnten ihr den Weg abschneiden. Aber noch lief das Wasser nur langsam auf. Oder war die Tide etwa doch schon halb vorbei? Alissa fluchte. Sie hatte nicht einmal eine Uhr mitgenommen.

Wieder konzentrierte sie sich auf die wechselnden Untergründe. War das jetzt dasselbe Muschelfeld wie vor einigen Minuten oder ein anderes? Nein, hier gab es mehr Sand, sehr trockenen Sand, auf dem es noch schwerer war zu laufen. Aber seine Trockenheit bedeutete, dass ihn die Flut nicht regelmäßig überschwemmte. Hier konnte sie sie zur Not in relativer Sicherheit abwarten, statt immer weiter im Kreis zu laufen.

Eine Wind- oder Regenjacke hatte Alissa nicht dabei. Als sie am Leuchtturm aufgebrochen war, hatte ja noch die Sonne geschienen. Es war warm gewesen, fast etwas zu warm. Jetzt fror sie in dem Nebel, der nasskalt wie ein Regenguss war. Wie gut, dass sie wenigstens etwas Trinkwasser und ein paar Kekse mitgenommen hatte.

Alissa durchquerte eine Senke, die ihr nicht bekannt vorkam. Hier stieg das Wasser schneller. Erst kühlte es ihre von den Muschelkanten malträtierten Fußsohlen, dann umspülte es die Knöchel, schließlich behinderte es sie beim Gehen. Sie wurde nervös, weil sie die Senke nicht wiedererkannte, obwohl sie schon unzählige Male hier gewesen sein musste, eigentlich täglich. Aber das Wattgebiet war so groß und veränderte sich so schnell, dass man nicht alles kennen konnte.

Schließlich wurde der Boden trockener, und sie lief wieder über Muscheln. Sie ging wie in Trance, versuchte, an nichts zu denken, und sah nur auf ihre Füße, die inzwischen so eiskalt waren wie der Rest ihres Körpers.

Irgendwann fiel ihr auf, dass sich der feste Sand schon lange Zeit nicht mehr verändert hatte. Er war hart wie Stein. Zudem ging es stetig ein wenig bergauf, und der Wind hatte an Heftigkeit zugenommen. Er war kühler als zuvor und schien nicht mehr von Süden, sondern von der Seite, also von Norden, zu kommen. Der Nebel war noch dichter geworden, sodass sie buchstäblich ihre Hand vor Augen nicht mehr sah. Und so wäre Alissa auch fast ins Wasser gelaufen, Kopf voran, zu tief in Gedanken versunken, um nach vorn zu sehen. Eine hohe Sandkante bildete das Ende der Wattfläche. Hier konnte sie bleiben, sich ausruhen, hier würde sie heute kein Wasser erreichen, und unweit von hier mündete auch der Priel in das Meer. Wenn der Nebel sich lichtete, würde sie alle einlaufenden Boote beobachten können.

Thomas fuhr auf der seezugewandten Seite des Deichs, die ein bisschen windgeschützter war als die Richtung Land. Sein Rad schoss auf dem Asphaltweg entlang, er nutzte den warmen Südwind in seinem Rücken und trat in die Pedale, als ob er Kraft für zwei hätte. Wenn er so weitermachte, würde er seinen persönlichen Rekord brechen und die fünfzehn Kilometer von St. Peter bis zum Leuchtturm in weniger als einer halben Stunde schaffen.

Er schaute weder zum Hafen, als er an ihm vorbeifuhr, noch ins Watt. Er hatte immer nur das Bild von Hilde vor sich, wie sie im Wasser stand und nach Atem rang, unfähig, ihre Gliedmaßen zu bewegen, unfähig, um Hilfe zu rufen, schließlich unfähig, zu atmen, sterbend, ganz hoffnungslos sterbend im kalten Wasser eines Wintertages. Die so lebendige Hilde, die lebenslustige, gesunde und kräftige Hilde – im eiskalten Wasser getötet.

Erst als er sein Rad die Warft zum Leuchtturm hinaufschob, bemerkte er, dass er bis auf die Haut nassgeschwitzt war. Und doch war die Fahrt wie im Flug vergangen. Auch die letzten Kilometer gegen den Wind hatte er nicht gespürt. Er spürte gar nichts mehr.

Thomas lehnte das Rad gegen die Windschutzwand, die das Schutzzentrum umgab, und betrat den Ausstellungsraum. Etwaige Gäste waren nirgendwo zu sehen. Es war Montag und wie immer wochentags wenig los.

Neben dem Eingang saß Ernest am Kassentresen und las. Er war in dichte Rauchwolken gehüllt. Als er Thomas kommen sah, grinste er und drückte die Zigarette hinter sich auf dem Boden aus.

»Du weißt aber schon, dass hier drinnen das Rauchen verboten ist?«, sagte Thomas.

»Klar«, murmelte Ernest. »Guten Morgen, Chef. Was gibt's Neues in der Welt?«

»Was heißt hier ›klar‹? Warum rauchst du dann trotzdem?«

»Ich dachte nur, weil ja heute kein Mensch hier ist.«

»Darum geht's nicht. Hast du verstanden, was mein Problem mit deinem Verhalten ist?«

Ernest wedelte die Rauchwolken vor seinem Gesicht weg und musterte Thomas überrascht. Den harschen Ton war er von ihm nicht gewohnt. »Ich glaub schon. Wir sind eine Schutzstation.«

»So ist es. Und eine öffentliche Einrichtung noch dazu. Es besteht ganz offiziell ein allgemeines Rauchverbot in bundesdeutschen öffentlichen Einrichtungen – und das gilt auch für dich, Ernest.«

»Mann, Thomas, was ist denn los mit dir? Ist dir eine Laus über die Leber gelaufen?«

»Es geht dich einen feuchten Kehricht an, was mir über die Leber gelaufen ist oder nicht. Und vor allem hat es keinen Einfluss darauf, wie ihr in der Schutzstation die allgemeinen Regeln und Vorschriften interpretiert. Ich habe in meiner gesamten Amtszeit noch keine Gruppe erlebt, die sich so nachlässig und schlampig benommen hat wie ihr.« Thomas trat an das kleine Regal der Tür gegenüber, in dem ein paar Bücher und Broschüren zum Thema Wattenmeer ausgestellt waren, die Gäste käuflich erwerben konnten. Die Bücher waren fleckig und abgegriffen, die Deckel der Broschüren wölbten sich, weil sie oft aufgeblättert wurden, aber auch durch die hohe Luftfeuchtigkeit, die an der See herrschte. Sie sahen nicht besonders appetitlich aus.

»Die Broschüren kann man wegschmeißen. Ich habe schon oft genug gesagt, dass ihr aufpassen müsst, dass die Leute sie nicht mit nassen Händen anfassen. Sie sollen sie kaufen, nicht zerfleddern. Und da!« Er zeigte auf Dosen und Gläser mit Proben von Muscheln, Gesteinen und Pflanzen, die interessierte

Besucherinnen und Besucher unter das Mikroskop schieben konnten, um sie vergrößert zu studieren. Alle Gefäße waren offen und standen kreuz und quer auf dem Tisch herum. »Unordnung überall. So etwas bin ich nicht gewohnt – und auch nicht gewillt zu tolerieren, verstehst du?«

»Klar, Chef«, sagte Ernest wieder.

»Klar, Chef«, äffte Thomas ihn nach. »Ich bin hier nicht der Chef. Du hast das Prinzip nicht verstanden, Ernest. Ich bin wie du ein Naturschutzaktivist. Wir beide«, er ging zu ihm an den Kassentresen und neigte sich ihm entgegen, »wir ziehen an einem Strang. Wir sind ein Team – zumindest in meiner Vorstellung, nach der ich meine Crew aussuche. Aber bei dir, Ernest, bin ich mir nicht sicher, ob ich richtig gewählt habe. Wir müssen noch ein Weilchen miteinander auskommen – also zeig mir bitte, was du kannst und was du willst, Kollege. Ob du hier nur eine ruhige Kugel schieben und dein Freiwilliges Ökologisches Jahr abdienen willst, ehe das richtige Leben auf dem Festland losgeht, oder ob du dich engagieren willst. Ob du für unsere gemeinsame Sache brennst. Wo ist eigentlich Alissa?«

Ernest war vor Thomas zurückgewichen, bis er mit der Stuhllehne gegen die Fensterbank stieß. Es verschlug ihm die Sprache, er hatte ihn noch nie so erlebt und war fassungslos, erschrocken. »Ich weiß nicht«, stammelte er. »Hab sie den ganzen Tag noch nicht gesehen.«

»Dann geh hoch in ihr Zimmer. Vielleicht ist sie ja dort. Und bring mir bei der Gelegenheit die Inventarlisten mit. So eine Scheiße, dieser Diebstahl. Wie konnte das bloß passieren? Habt ihr denn überhaupt nicht auf die Sachen aufgepasst? Wie konnte Marco all die teuren Geräte einfach so entwenden? Und was ist mit dem Boot? Hat die Wasserschutzpolizei sich schon gemeldet?«

»Ich habe keine Ahnung, Thomas, ehrlich nicht. Ich hatte mit Marco so gut wie nie etwas zu tun. Er war doch immer nur mit Alissa oder diesem Folkert zusammen, mit uns hat er nicht einmal geredet.«

»Folkert.« Thomas trat gegen einen Pappkarton, der bis zum Rand mit Papiermüll gefüllt neben der Tür stand und darauf wartete, geleert zu werden.

»Was ist denn hier los?« Pit erschien im Türrahmen. Gegen das von draußen hereinströmende helle Tageslicht schimmerte sein dunkles Haar lackschwarz und kräuselte sich wie ein Afro. »Ich war draußen am Deich, und stellt euch vor, ich habe die ersten Pfuhlschnepfen gesehen! Jetzt kann es nicht mehr lange dauern, bis der Sommer kommt!«

Thomas schwieg und stand mit hängenden Armen vor der Tür des Ausstellungsraums.

Ernest rutschte von seinem Hocker und ließ die Kasse einmal klingeln, um sie zu schließen. Dann verschwand er im Haus, war aber gleich darauf wieder zurück. »Alissa ist nicht oben. Alles leer. Übrigens gibt es Seenebel, wenn ich mich nicht täusche.«

Thomas verließ den Ausstellungsraum, trat an die Windschutzwand und hakte einen Fensterladen auf. Tatsächlich zog eine dicke weiße Milchsuppe von der See her auf den Leuchtturm zu. Die Sandbank hatte sie schon fast geschluckt. »Das hat mir gerade noch gefehlt. Ist Alissa womöglich im Watt unterwegs? Waren vorhin nicht noch Leute auf der Sandbank?«

Pit schüttelte den Kopf. Er war blass geworden. »Ein paar kamen mir vorne, wo der Weg mit den Pricken auf die Sandbank abzweigt, entgegen. Aber Alissa habe ich nicht gesehen.«

»Ich glaube, sie wartet darauf, dass Marco zurückkommt«, sagte Ernest widerwillig. »Bestimmt ist sie am Hafen, um ihn abzufangen und zu warnen.«

»Ich fahre hin und schaue nach. Ihr bleibt hier und überwacht den Notruf – und rührt euch ja nicht von der Stelle!«

26

Punkt fünfzehn Uhr klingelte Anne bei der Villa im Strandläuferweg.

Renate Plessner öffnete die Tür und empfing sie mit einem strahlenden Lächeln. Sie führte sie in einen kleinen, angenehm schattigen Raum, der mit zwei bequem aussehenden Sesseln ausgestattet war, die sich an einem Tischchen gegenüberstanden. An der Wand neben dem Fenster war eine Schreibtischplatte aufgebockt, unter ihr stand ein Rollcontainer mit zwei Schubladen. Auf dem Tisch lagen ein Smartphone und ein paar Papiere. Das Bücherregal hinter dem Couchtisch war leer, bis auf ein Plakat des Nationalparks Wattenmeer mit einem großen Foto von den Wattflächen im Abendlicht hingen noch keine Bilder an der Wand. Anne vermutete, dass das Poster Thomas Schmidt aus seinen Beständen beigesteuert hatte.

Renate Plessner bot ihr einen Platz an und setzte sich selbst in den anderen Sessel. Sie schlug die Beine übereinander und lehnte sich entspannt zurück. Ihr Gesicht drückte geduldige Aufmerksamkeit aus. »Womit möchten Sie beginnen?« Die Therapeutin sah vor sich auf den Teppichboden. Sie schien alle Zeit der Welt zu haben.

Anne hatte sich überlegt, dass es vielleicht nicht so günstig wäre, die Therapiestunde nur als Türöffner zu benutzen und direkt mit den Briefen an Hilde und dem Fragenkatalog loszulegen, den sie sich zurechtgelegt hatte. Es kam ihr hinterhältig vor, und das war nicht ihre Art. Zudem war es Renate Plessner zuzutrauen, dass sie daraufhin ärgerlich wurde und den Eindringling kurzerhand vor die Tür setzte. Auf jeden Fall wäre es kein guter Anfang für ein ehrliches Gespräch, mit der Tür ins Haus zu fallen, und darauf musste man als Ermittler achten. So hatte sie es gelernt.

»Ich bin Polizeibeamtin. Zurzeit bin ich wegen eines unangemessenen Gebrauchs von Dienstwaffen vom Dienst suspendiert«, sagte Anne und war selbst ein bisschen überrascht, sich diese Worte laut aussprechen zu hören.

Renate Plessners Augenbrauen schnellten in die Höhe, als ob sie von zwei Fäden gezogen würden, und ihr Blick richtete sich konzentriert auf ihre neue Klientin. Ansonsten änderte sich nichts an ihrer Miene. Ihre Mundwinkel blieben entspannt, ihre Lippen gerade, ihre Hände lagen ruhig auf den Armlehnen. Nur ihr Atem schien ein kleines bisschen schneller zu gehen. »Sie sind im Polizeidienst«, wiederholte sie. Es war eine Feststellung, keine Frage.

»Noch.«

»Und das bedeutet was?«

»Wenn das Untersuchungsverfahren abgeschlossen ist, könnte ich entlassen werden. Die Chancen stehen fifty-fifty. Momentan werden noch einige Gutachten eingeholt.«

Renate Plessner sah Anne weiterhin ruhig und entspannt an. Ihr Gesicht drückte weder Missbilligung noch Entsetzen über die neue Information aus. Auch keine Neugier.

Anne lächelte kurz. Es war nicht unangenehm, so angeschaut zu werden. Da bot jemand einem seine Aufmerksamkeit an wie ein sauberes Stück Papier, auf das man schreiben konnte, was man wollte. Oder was man schreiben musste. Sie verstand selbst nicht ganz, warum es ihr in diesem Moment wichtig gewesen war, das Gespräch so persönlich zu beginnen. Warum es ihr im Augenblick das Wichtigste gewesen war. Vielleicht war ihr unterschwellig und sehr weit entfernt die Überlegung durch den Kopf gegangen, sie könnte die Therapeutin dadurch animieren, ebenfalls ehrlich zu ihr zu sein. So als ob eine Ehrlichkeit die andere wie ein Magnet anlocken könnte. Oder wie ein ausgeworfener Köder, der nicht aus falschen Vermutungen, Verdächtigungen oder einer ausgedachten Geschichte bestand, sondern aus einem realen, brennenden Problem. Ihrem eigenen.

Das Resultat war überraschend. Renate Plessner stellte keine Fragen. Es war ungewöhnlich, nicht ausgefragt zu werden, aber es tat gut. Stattdessen hatte Anne weiterhin Carte blanche. Sie konnte das Thema weiterführen, es aber auch fallen lassen. Die Entscheidung lag ganz bei ihr, sie bestimmte den Verlauf des Gesprächs. Wo im realen Leben hatte sie schon einmal so eine Gelegenheit? Anne konnte sich nicht erinnern, in den letzten Jahren eine ähnlich entspannte Gesprächssituation mit jemandem erlebt zu haben. Renate Plessner hörte ihr zu. Sonst nichts. Bis jetzt jedenfalls. Aber wie würde sie sich später verhalten?

»Ich habe Angst«, fuhr Anne fort. »Ich weiß nicht, was ich machen soll, wenn mir gekündigt wird. Bis auf ein paar Semester Pädagogik habe ich nichts gelernt. Seit fast fünfzehn Jahren bin ich jetzt bei der Polizei.«

Schweigen. Dann sagte Renate Plessner langsam: »Fühlen Sie sich schuldig?«

»Wollen Sie gar nicht wissen, was ich getan habe?«

Die Therapeutin lächelte. »Sie meinen, ob ich neugierig bin?«

Auch Anne musste lächeln. »Das meinte ich wohl. Wollen Sie sich nicht ein eigenes Bild von meiner Schuld machen?«

»Ich mache mir gerade ein eigenes Bild von Ihnen, das ist viel wichtiger. Keine Sorge, Sie brauchen nicht auf mich aufzupassen.«

Anne sah auf ihre Hände. Sie waren kalt und lagen nutzlos auf ihren Oberschenkeln. Wie weit war es mit ihr gekommen, dass sie bei einer Psychodoktorin saß und ihr Leben auspackte, während es da draußen so viel zu tun gab, so viel Wichtigeres. Es war so ungerecht, dass man sie aus dem Verkehr gezogen hatte. Sie war eine gute Polizistin und eine erfolgreiche Ermittlerin, ihre Aufklärungsquote war immer überdurchschnittlich hoch gewesen. Andere hatten sich viel Schwerwiegenderes zuschulden kommen lassen, und ihnen war nichts geschehen, gar nichts. Nur weil sie die richtigen Verbindungen hatten, weil sie Männer waren, Männer unter sich. Sie atmete heftig aus.

»Man wird wütend, wenn man sich ungerecht beurteilt und behandelt fühlt, nicht wahr? Egal, ob man sich selbst etwas vorzuwerfen hat oder nicht«, sagte die Therapeutin.

Anne nickte. Mit Schrecken spürte sie, wie ihre Kehle eng

wurde und bittere Tränen aufstiegen. Sie hatte seit Jahren nicht mehr geweint. Auch nicht nach der furchtbaren Geschichte, nicht eine einzige Träne. Weinen gab es in ihrem Leben nicht mehr. Und auch jetzt wollte sie nicht flennen wie eine Memme. Sie schluckte und versuchte, den dicken Kloß in ihrem Hals hinunterzuwürgen. Aber er brannte wie Feuer. »Sie kennen das Gefühl?«, fragte sie, als sie sich endlich wieder so weit im Griff hatte, dass sie zu sprechen wagte.

»Jeder kennt es«, sagte Renate Plessner.

»Haben Sie sich auch etwas vorzuwerfen?« Anne suchte nach einem Taschentuch, um sich die Nase zu putzen.

Die Therapeutin wies auf den Kleenex-Karton, der auf dem Tischchen zwischen ihnen stand. »Sind Sie deshalb heute zu mir gekommen?«, fragte sie mit veränderter Stimme. Sie klang heller, weniger anteilnehmend als zuvor, obwohl Renate Plessner weiterhin freundlich und zugewandt aussah. Vielleicht etwas nachdenklicher. Sie wechselte das übergeschlagene Bein und setzte sich etwas aufrechter hin.

»Ja«, sagte Anne und schluckte die letzten Tränen hinunter. »Ich wohne im Haus Ihrer verstorbenen Bekannten Hilde Jensen. Ich habe dort Briefe von Ihnen gefunden, die darauf hindeuten, dass die Tote Sie wegen … wegen …«

»Wegen meiner Beziehung zu Thomas Schmidt.«

»Genau, wegen Ihrer Beziehung zu einem ehemaligen Patienten bedroht hat. Das ist starker Tobak.«

»Der Missbrauch eines therapeutischen Verhältnisses wäre so etwas Ähnliches wie Waffenmissbrauch im Polizeidienst, nicht wahr?«

Anne wischte die Bemerkung mit einer ungeduldigen Handbewegung fort, obwohl sie den Gedankengang interessant fand. Vielleicht war sie von dieser Geschichte nur deshalb so fasziniert, weil sie auf gewisse Weise eine Parallele zu ihrem eigenen Problem aufwies? Der Balken im eigenen Auge … »Eine Bedrohung durch Hilde Jensen ist ein ernstes Mordmotiv, das werden Sie nachvollziehen können.«

»Soweit ich weiß, ist Hilde nicht umgebracht worden.«

»Man ging von einem Unfall aus, weil es kein Motiv und keinen Täter gab. Doch mit dem Fund Ihrer Briefe sieht das anders aus. Hat Hilde Jensen gedroht, Sie anzuzeigen und dafür zu sorgen, dass Ihnen die Approbation entzogen wird?«

»Sie hat es versucht.«

»Und wie haben Sie sie daran gehindert? Haben Sie ihr Geld gegeben?«

Renate Plessner lächelte. »Das war ganz und gar unnötig, weil es keine bedrohliche Wahrheit gab, mit der man mich hätte unter Druck setzen können. Auch wenn Hilde Jensen dies versucht hat – sie war eine Meisterin darin, ihre Schattenseite abzuspalten und sie auf andere zu projizieren. Ich nehme an, Sie wissen, dass sie selbst vor einigen Jahren in Missbrauchsvorwürfe verstrickt war?«

»Ich habe darüber gelesen.«

»Sie hat niemals die Grenzen zu ihren Schülern gewahrt. Das war bei ihr Programm. Eine falsch verstandene Freizügigkeit, die sie noch aus den siebziger Jahren mit sich herumschleppte. Wie um ihre Schuld zu teilen, wollte sie mir denselben Fehltritt anhängen und sich damit an mir rächen, weil ich ihr den Freund ausgespannt hatte. Eine verständliche Reaktion – aber deshalb noch lange nicht in Ordnung. Ein minderjähriger Schüler oder ein mündiger, austherapierter Patient – das macht einen ganz erheblichen Unterschied.«

»Nicht für den Gesetzgeber. Paragraph 174 des Strafgesetzbuchs sieht sogar eine Freiheitsstrafe für denjenigen vor, der sexuelle Handlungen an einer Person vornimmt, die ihm wegen einer Krankheit anvertraut ist.«

»Richtig – wenn es dafür einen Zeugen gibt. Oder das Opfer zur Aussage bereit ist.« Die Ärztin änderte wieder ihre Sitzposition. Sie saß nun sehr gerade und sah nicht mehr ganz so entspannt und teilnahmsvoll wie anfangs aus.

Anne registrierte die Veränderung ihrer Ausstrahlung mit Bedauern: Plötzlich war ihr Gegenüber eine gestrenge ältere Frau mit schmalem Mund und kalten Augen, die ihre Hände und Füße nervös umeinanderschlang.

»Hilde Jensen wollte Sie anzeigen«, sagte Anne leise.

»Sie haben doch schon mit meinem Freund gesprochen. Zumindest waren Sie beide doch heute Mittag miteinander verabredet, oder nicht? Hatten Sie den Eindruck, dass er gern als Zeuge gegen mich aussagen würde?«

Anne schüttelte den Kopf.

»Nun, dann können Sie sich vielleicht auch vorstellen, welchen Eindruck Hilde als einschlägig Vorbestrafte vor einem Gericht oder der Psychotherapeutenkammer gemacht hätte. Meinen Sie, man hätte mich auf ihre Aussage hin für etwas bestraft, was niemandem Schaden zugefügt hat? Es gibt Missbrauch in therapeutischen Beziehungen, da bin ich ganz bei Ihnen. Schauderhafte Fälle, die für das Opfer verhängnisvoll sind und es psychisch zerstören. Aber meine Beziehung zu Thomas Schmidt gehört nicht in diese Kategorie. Seine Therapie war seit Monaten beendet, es gab keine Übertragungsbeziehung mehr, dafür lege ich meine Hand ins Feuer – und meine langjährige Berufserfahrung gleich mit dazu.«

»Wie können Sie sich da so sicher sein? Sie stecken doch nicht in seiner Haut. Sie wissen nicht, wie es ihm wirklich geht. Vielleicht wäre er gesünder und würde sich freier fühlen, wenn er in einer gleichwertigen Beziehung oder allein leben würde?«

Renate Plessner lehnte sich zurück und schwieg.

Auch Anne sagte kein Wort, musste aber nach einer Weile einsehen, dass sie in der schwächeren Position war. Schließlich erhob sie sich und zog ihre Jacke an.

»Ich rate Ihnen dringend, sich in Behandlung zu begeben, falls Sie jemals in Ihr Dienstverhältnis zurückkehren wollen«, sagte Renate Plessner, inzwischen wieder ganz die sanfte Therapeutin. »Was wollen Sie jetzt tun?«

»Ich werde zum Hafen fahren.« Anne ging zur Tür. »Und ich schwöre Ihnen, Sie werden nicht ungeschoren davonkommen.«

»Auf Wiedersehen, Frau Schumacher. Meine Rechnung bekommen Sie dann per Post.«

27

Als Thomas am Leuchtturm auf sein Rad stieg, konnte er die Salzwiesen noch relativ weit überblicken. Doch über dem Watt lag der Nebel schon wie eine dichte, undurchdringliche Wand. Er spürte den klebrig warmen Südwind auf seiner Haut, der die kalten weißen Schwaden vor sich hertrieb. Schon am Morgen hatte er beim Wetterbericht für die Nordseeküste im Radio aufgehorcht. Von Südeuropa kam warme Luft, von See her eine deutlich kühlere Unterströmung, die typische Wetterlage für die Entstehung von Küsten- und Seenebel, die um diese Jahreszeit häufig auftraten. Wenn dieser Nebel erst mal über dem Land hing, konnte es eine Weile dauern, bis er wieder auflockerte. Auf dem Wasser führte ein solcher Nebeleinbruch oft zu erheblichen Sichtbehinderungen. Früher verloren die Schiffe dadurch die Orientierung, liefen auf Sandbänke oder Riffs auf, Leuchtfeuer konnten nicht mehr geortet werden. Seenebel versetzte die Strandräuber auf den Inseln und an den Küsten in Alarmbereitschaft, sie rüsteten sich für ihre Beutezüge. Strandräuber gab es heutzutage zwar nicht mehr, doch das Wissen um den Nebel wurde von Generation zu Generation weitergegeben wie eine alte Geheimwissenschaft.

Ehe er beim Schafstall den Deich überquerte, überholte Thomas ein paar Wanderer, die gerade noch rechtzeitig die Sandbank verlassen hatten.

»Haben Sie noch Menschen hinter sich im Watt gesehen?«, rief er, während er bremste und vom Rad sprang. Er sah in ängstliche, angespannte Gesichter.

»Das war vielleicht furchtbar«, sprudelte es aus dem jungen Mädchen hervor. »Die ganze Zeit hat die Sonne geschienen, und plötzlich kam wie aus dem Nichts diese Nebelwand auf uns zu. Wir sind fast die ganze Strecke zum Deich gerannt.«

»Und diese Kälte plötzlich«, sagte die ältere Frau, vermutlich ihre Mutter. »Man hätte uns doch warnen müssen. So etwas ist lebensgefährlich.«

»Die Wetterlage wurde heute Morgen im Radio angekündigt«, sagte Thomas und sah den Vater der Familie an.

»Hinter uns war niemand mehr«, sagte der. »Jedenfalls nicht, so weit wir sehen konnten. Erst waren noch mehr Leute mit uns auf der Sandbank, aber die haben alle vor uns umgedreht. Ist sicher nicht sehr angenehm, draußen in der Milchsuppe ausharren zu müssen. Das Wasser läuft ja auch schon wieder auf.«

»Sie haben ganz richtig gehandelt, indem Sie sich sofort auf den Rückweg begeben haben«, sagte Thomas.

»Kann man die Leute denn nicht retten, falls noch jemand im Watt ist?«, fragte das Mädchen. »Mit einem Boot oder einem Auto?«

»Im Watt können keine Autos fahren, Püppi, rede nicht so einen Unsinn«, sagte der Vater.

Thomas stieg wieder aufs Rad. »Seien Sie vorsichtig auf dem Weg in Ihre Unterkunft. Auch auf den Straßen kann es schnell gefährlich werden.«

Jenseits des Deiches, auf der Landseite, wurde die Milchsuppe wieder dünner, Thomas kam mit dem Rad zügig voran. Doch die Sonne blieb verschwunden. Ein kaltes Operationslicht, das in den Augen schmerzte, begleitete ihn bis zur Hafeneinfahrt. Er ließ das Rad auf dem Parkplatz ausrollen.

Auch Anne fiel das bizarre Naturschauspiel auf, während sie mit ihrem Fahrrad über die Asphaltstraße durch Ording zurück in den Tümlauer Koog radelte. Nebelfetzen zogen von See her über die Salzwiesen, begruben schon die Dünenkette unter sich. Die Vögel hockten in Kolonien im Vorland und auf den Deichen, auch ihnen schien der Nebel nicht geheuer zu sein. Der Leuchtturm Westerhever, der von hier aus sonst wie eine Fata Morgana über dem Wasser zu schweben schien, war komplett verschwunden.

Am Hafenkai sah sie Folkert, der dabei war, das Motorboot

der Schutzstation an den Pollern zu vertäuen. Ungelenk kletterte er vom Boot aufs Land. War er also wirklich mit seinem Freund Marco unterwegs gewesen? Der allerdings war nirgends zu sehen.

Thomas Schmidt stand neben seinem Fahrrad und telefonierte. Als er Anne kommen sah, ließ er sie nicht aus den Augen und schlenderte langsam auf sie zu. Mit wenigen Worten beendete er sein Telefonat und blieb vor ihr stehen.

»Gut, dass ich Sie treffe«, sagte Anne. »Ich würde gern noch einmal mit Ihnen sprechen.«

»Das geht mir genauso«, erwiderte Thomas Schmidt. Auf seinem Gesicht lag nicht das kleinste Lächeln. »Außerdem möchte ich Ihnen etwas zeigen. Folgen Sie mir bitte.« Er schubste Folkert beiseite, der mit hängenden Armen am Kai stand, und sprang auf das Deck des Motorboots. »Wo ist der Schlüssel?«

»Steckt«, sagte Folkert.

»Wenn du Marco siehst, sag ihm, dass er sich bei der Polizei melden soll. Sonst werden sie ihn sich holen.«

Folkert nickte.

»Und für dich gilt dasselbe.« Thomas Schmidt winkte Anne, aufs Boot zu kommen.

Sie zögerte kurz, warf einen Blick auf Folkert, sprang dann aber hinterher.

Der junge Bauer schaute ihnen ausdruckslos zu. »Wir haben das Boot doch nur ausgeliehen.«

»Schon gut, Folkert. Mach die Leinen los.«

»Der Tank ist noch halb voll. Wir sind nur bis Groningen gekommen. Die Ferngläser wollte auch niemand haben. Sind noch alle da.«

Der Vogelwart schmiss den Motor an, wendete das Boot geschickt in dem engen Hafenbecken und steuerte zwischen den Pricken in der schmalen Fahrrinne in die Schlicklandschaft und den dicken Nebel hinaus.

Als sie die letzten grünen Salzwiesen hinter sich gelassen hatten und sie nur noch Watt, Wasser und Nebel umgaben, stellte er den Motor auf Leerlauf und ließ das Boot treiben. Er lehnte sich gegen das Steuerrad, während Anne im Heck an der Reling stand. »Sie haben sich also vorgenommen, uns fertigzumachen. Wie kommen Sie eigentlich auf die Idee? Hat Hildes Nichte Sie auch dafür engagiert?«

Anne zuckte die Achseln.

»Wenn Sie Hildes Ersparnisse suchen, kann ich Ihnen nur raten, Marco zu fragen. Der hat ihr alles aus der Tasche gezogen, was sie hatte, und damit seinen Drogenhandel finanziert. Die Sache mit den Ferngläsern war doch nur vorgeschoben. Um Folkert weiszumachen, sie würden damit Geld verdienen. In Wirklichkeit versorgt Marco ganz Heide mit Drogen.«

»Vielen Dank für den Tipp«, sagte Anne. »Ich werde das weitergeben.«

»Das wissen Ihre Kollegen in Heide längst. Mit denen stehen Sie doch auch schon in Kontakt, oder?«

»Sie hatten keine Ahnung, dass Hilde keines natürlichen Todes gestorben ist. Es hat sie nicht interessiert.«

Thomas Schmidt kniff die Augen zusammen. »Aber Sie interessiert es, obwohl Sie Hilde nicht einmal gekannt haben. Sie wissen gar nichts, Sie Klugscheißerin. Nur weil Sie ein paar Briefe gefunden haben, die nichts beweisen, haben Sie noch lange keine Ahnung, was wirklich geschehen ist.«

»Aber Sie, und Sie werden es mir erzählen.«

»Gar nichts werde ich. Ich wollte Ihnen nur mal zeigen, wie es hier draußen auf dem Wasser bei Nebel ist. Wir befinden uns in einem Priel. Die Flut läuft auf, er wird zu einer breiten Wasserstraße werden und das Wasser eine reißende Strömung entwickeln. In diesem Augenblick drückt sie uns noch Richtung Land. Wie Sie sehen, treibt das Boot zurück zum Hafen. Doch in ein paar Minuten wird die Tide umschlagen und das Boot aufs Meer hinausziehen.«

»So wie im Januar, als Sie mit Hilde hier draußen waren? Wie ist sie über Bord gegangen? Die Reling ist doch relativ hoch. Mussten Sie nachhelfen?«

Thomas Schmidt lächelte kalt, legte wieder einen Gang

ein und steuerte das Boot vorsichtig in die Mitte des Priels. Der Nebel lichtete sich jetzt, Fetzen waren zu erkennen, und plötzlich trat der Leuchtturm aus den Schleiern hervor, wurde für einen Augenblick von der strahlenden Sonne beschienen, ehe neue Nebelschwaden ihn einhüllten.

Anne hätte viel dafür gegeben, allein mit diesem Verrückten an Bord ihre Dienstwaffe bei sich zu haben. Doch die lag sicher verwahrt in der Waffenkammer des Hamburger Polizeipräsidiums. Sie hatte nichts als ihre Hände, um sich zu verteidigen, sollte es ernst werden. Sie knetete sie und rieb sie aneinander, um sie warm und geschmeidig zu machen für den Fall, dass sie Thomas Schmidt überwältigen musste. Es würde kein leichtes Spiel werden, aber im Judotraining war sie immer sehr gut gewesen.

»War es Ihre Idee, Hilde aufs Wasser zu locken?«, fragte sie lauernd. »Oder die Ihrer Freundin Renate Plessner? Hat sie den teuflischen Plan ausgeheckt und Sie überredet, ihn für sie auszuführen? Sie hat Sie fest im Griff, es ist Ihnen unmöglich, ihr etwas abzuschlagen, nicht wahr? Ich bin überzeugt, sie wird es auch bald schaffen, Sie vor den Traualtar zu bringen!«

Thomas Schmidts Hände krampften sich ums Steuerrad, während er geschickt um die kleinen Sandbänke und Inselchen herummanövrierte, in denen die Wattfläche auslief, ehe sich der Boden zum offenen Meer hin absenkte.

»Genau wie Hilde, der Sie auch nie etwas abschlagen konnten. Sie stehen offenbar auf ältere, dominante Frauen, die Ihnen sagen, was Sie zu tun haben. Bei denen Sie der gute, liebe Thomas sein können, immer hilfreich, immer freundlich, der keiner Fliege etwas zuleide tut, egal, wie sehr man auf ihm herumtrampelt.«

Der Vogelwart drehte sich halb zu ihr und musterte sie aus den Augenwinkeln.

»Oder war es doch ganz allein Ihre Idee? Hat Ihnen Hildes Nervenkrieg plötzlich gereicht, wollten Sie zumindest dieses eine Problem ein für alle Mal aus der Welt schaffen? Eine Domina genügte Ihnen, Hilde hatte auf Ihrer Bühne ausgespielt.

Wie haben Sie es nun gemacht? Stand Hilde an der Reling, wo ich jetzt stehe? Haben Sie sie an den Oberarmen gepackt und ins Wasser geworfen oder ihre Beine hochgerissen und sie Hals über Kopf ins Meer gestürzt? Es wusste ja niemand, dass Sie mit ihr unterwegs waren. Ihre Freundin war in Hamburg und therapierte andere Leute, Ihr Team vom Leuchtturm war bestimmt im Watt beschäftigt. Niemand hat Sie vermisst, Sie waren niemandem Rechenschaft schuldig. Nur Hilde nervte Sie in Ihrem freien Vogelschützer-Dasein, deshalb haben Sie sie sich vom Halse geschafft. Der perfekte Mord, getarnt als Suizid einer alten Frau, nach der kein Hahn mehr krähen würde.«

Thomas Schmidt wandte sich wieder von Anne ab und schrie gegen den Wind: »Wenn Sie es unbedingt wissen wollen – so habe ich es gemacht, so!« Plötzlich gab er Vollgas, der Bug des Bootes bäumte sich auf, sodass Anne auf dem Heck neben dem dünnen Stahlseil, das als Reling diente, den Halt verlor und hinterrücks im hohen Bogen ins Wasser flog. Als sie untertauchte, schoss das Boot wie ein Pfeil ins offene Meer hinaus.

Kalt, war ihr erster Gedanke, dann fiel ihr der Ablauf des Ertrinkens ein, den sie Thomas Schmidt erst vor wenigen Stunden so eindringlich geschildert hatte. Sie wollte um Hilfe rufen, aber es kam kein Laut aus ihrer Kehle. Sie fing an, um sich zu treten, bis das durch das Boot aufgewühlte Prielwasser sich beruhigte und sie merkte, dass sie auch nicht unterging, wenn sie sich nicht bewegte. »Es ist Mai, das Wasser ist nicht so kalt wie im Januar, ich bin eine gute Schwimmerin«, wiederholte sie mehrmals, um ihre Panik in den Griff zu bekommen. Zum Glück trug sie enge Jeans, die sie im Wasser nicht allzu sehr behinderten, und ein T-Shirt, das ebenfalls eng anlag. Ihre Strickjacke hatte sie auf dem Gepäckträger ihres Fahrrads im Hafen vergessen. Sie peilte das Ufer des Priels an, dort musste sie hin und dann irgendwie durch den Matsch an Land gelangen. Und zwar bald, denn die Strömung, die Thomas Schmidt angekündigt hatte, machte sich immer deutlicher bemerkbar. Ein starker Sog, der sie ins Meer hinauszog, der sie immer wieder vom Ufer wegtrieb. Es war anstrengend, gegen ihn anzuschwimmen, und der Schreck lähmte noch immer ihre Glieder. Wenn sie es nun nicht schaffte, wenn sie wie Hilde hier im Wasser starb? Wenn Thomas Schmidt, ein zweifacher Mörder, noch einmal davonkam? Verzweifelt kämpfte Anne gegen die Strömung an und näherte sich dem Ufer, schaffte es schließlich, den braunen Schlick, der zu beiden Seiten des Priels einen etwa zwei Meter breiten Saum bildete, zu berühren. Die Sandfläche, die irgendwohin führte, wo sie in Sicherheit sein würde, stieg erst dahinter an.

Plötzlich kam die Sonne heraus, der Nebel war mit einem Mal verschwunden, und sie sah den blauen Himmel über sich. Einen Moment lang erlaubte sie es sich, sich treiben zu lassen, raus ins Meer, dann nahm sie schwimmend wieder Anlauf, um das Ufer zu erreichen. Nie hätte Anne gedacht, dass es so schwer war, dem Gezeitenfluss zu entkommen! Sie erwischte eine Pricke, eine lange, dünne Birke, mit der die Fahrrinne gekennzeichnet war, und klammerte sich mit beiden Händen an ihr fest. Jetzt spürte Anne noch deutlicher, wie stark die Strömung sie aufs Meer hinausziehen wollte, sie konnte sich kaum halten.

Mit den Füßen versuchte sie, in dem matschigen Untergrund Halt zu finden. Ein aussichtsloses Unterfangen. Es gab keinen festen Boden, nur Morast. Plötzlich sah sie im Augenwinkel eine Gestalt auf dem Bauch die Sandfläche hinabrutschen. Eine zweite Person hielt die erste an den Füßen fest, damit sie nicht in den Priel glitt. Im ersten Augenblick dachte Anne, es sei Thomas Schmidt, der nun über Land käme, um sie ins Wasser zurückzustoßen. Dann erkannte sie, dass es Marco und Alissa waren. Aus voller Kehle fing sie an zu schreien, froh, sich wieder artikulieren zu können. »Hilfe, zu Hilfe, ich kann mich nicht mehr halten!«, gellte ihre Stimme.

»Gib mir deine Hand!«, rief Alissa. Sie ruderte über den Morast bis an die Pricke heran und warf Anne einen Tragegurt ihres Rucksacks zu. »Fang ihn auf und halte dich fest!«

Anne wagte es, die Pricke mit einer Hand loszulassen und nach dem Gurt zu greifen. Es klappte. Sie löste auch die andere Hand, und ehe das Wasser sie forttreiben konnte, zog Marco von hinten Alissa und mit ihr Anne über den Uferschlick auf den sicheren Sandboden.

Epilog

Wie jeden Morgen bewunderte Anne ihre Kohlpflänzchen. Täglich gönnte sie ihnen abends eine Gießkanne voll Wasser, obwohl Frau Lärche von nebenan sich darüber amüsierte. Ihrer Meinung nach bräuchten das die Setzlinge nicht. Doch Anne fand, dass sie die Stärkung sehr wohl verdient hätten, und schleppte das Wasser gern herbei.

Die Pflanzen waren alle gut angewachsen und die meisten schon ein ganzes Stück größer geworden. Stolz reckten sie alle mindestens drei krause Blätter in die Morgensonne. Nur eine war deutlich kleiner als die anderen. Irgendwie erinnerte Anne ihr Kohlfeld an eine Schulklasse: Auch unter Schülern gab es Starke und Schwache, Vordrängler, Hinterwäldler und Duckmäuser, Einzelgänger, Randfiguren und solche, die sich gegenseitig das Wasser abgruben.

Die Wildkräuter waren schon wieder auf dem Vormarsch. Der Giersch entfaltete munter ein kleines Blättchen nach dem anderen, und hier und da sah Anne die Spitze des Schachtelhalms aus der Erde lugen. Sie ging in die Knie und säuberte das Beet, ehe das Unheil seinen Lauf nahm.

Anschließend spazierte sie zu dem Beet, das sie zwischen dem Haus und der Grenze zu Marens Grundstück angelegt hatte. In vier langen Reihen hatte sie Salat, Möhren und Zwiebeln gesät, und einige Samen waren tatsächlich schon im Begriff, dank ihrer liebevollen Pflege zu keimen und auszutreiben. Die meisten aber schlummerten noch im Dornröschenschlaf und wagten es nicht, ihre grünen Fühler ans Tageslicht zu schieben. Dafür wuchsen Quecken und Schachtelhalm nach, als würden sie dafür Prämien bekommen. Anne hatte Letzteren wohl nicht tief genug ausgegraben und auch nicht alle der elend langen Queckenwurzeln mit dem Spaten durchtrennt, obwohl Frau Lärche es ihr so dringend geraten hatte.

Vor zwei Tagen hatte Anne Folkert für die Gartenarbeit

engagiert. Marco Pätzold saß wegen Diebstahls und Drogenhandels hinter Schloss und Riegel, und Folkert war wieder ganz der Alte: zuverlässig und fleißig erschien er am Morgen um neun Uhr mit seinem Traktor und dem angehängten Pflug und warf in Windeseile die Erde des gesamten vorderen Grundstücks um. Schon im Herbst würde Anne den Boden bearbeiten können.

Aus dem Nachbarhaus schallte lautes Kinderlachen. Neff hatte noch immer Urlaub. Er liebte es, am Morgen mit seinen Kindern herumzualbern, während Maren vermutlich ihr ausgedehntes Körperpflegeprogramm absolvierte. Anne hatte Neff inzwischen kennen- und schätzen gelernt. Sie hatte ihm empfohlen, sich bei der Polizei zu bewerben, wenn er im Norden in seinem Beruf als Monteur keine Arbeit fand. Die Polizei suchte immer Leute, und Neff machte den Eindruck, als wäre er den Anforderungen gewachsen.

»Moin, Anne«, sagte er, als er in den Garten trat und an die Grundstückgrenze kam. Seine Tochter thronte auf seinen Schultern, Leander bolzte seinen Fußball gegen die Hauswand. »Guckst du nach, was dein Kaninchenfutter macht?«

»Mach dich ruhig über mich lustig«, sagte Anne. »Beim nächsten Grillabend kriegst du nichts von meinem Salat ab.«

»Hast du schon die Nachrichten gehört?«

Als Anne den Kopf schüttelte, fuhr er fort: »Sie haben ihn heute Morgen gefunden. Im Tümlauer Hafenbecken.«

»Thomas Schmidt?«

Neff nickte. »Er ist vom Meer aus reingetrieben worden. Genau wie Hilde.«

»Ertrunken?«

Neff nickte wieder. »Hast du ihn auf dem Gewissen?«

»Ich? Als er Gas gegeben hat, sodass ich ins Wasser geflogen bin, war er noch quicklebendig!«

»Er war an Händen und Füßen gefesselt.«

»Wie bitte?«

»Du warst die Letzte, die ihn lebend gesehen hat. Aber du hättest ihm die Hände bestimmt nicht vor den Bauch gebunden, oder? An den Füßen war ein schweres Spektiv als Gewicht befestigt – eine ziemlich sichere Methode, um Selbstmord zu begehen, wenn du mich fragst.«

Anne fröstelte plötzlich, obwohl die Sonne schon hoch am Himmel stand und es heute sicher warm werden würde. Das leere Boot der Schutzstation war von der Wasserschutzpolizei kurz nach ihrer Ausfahrt mit Thomas Schmidt und ihrem Sturz in den Priel vor der Küste treibend gefunden worden. Von seinem letzten Kapitän hatte allerdings seit zwei Wochen jede Spur gefehlt.

»Ich fahre hin«, sagte Anne und drehte sich auf dem Absatz um. Sie nahm ihren Polo und bretterte mit Höchstgeschwindigkeit über den Weg am Deichfuß, der eigentlich für den motorisierten Verkehr gesperrt war. Doch es gab ja keinen Vogelwart mehr, der sie hätte verwarnen können. Die furchtbare Angst, die sie panisch strampelnd im kalten Priel durchlebt hatte, flammte wieder in ihr auf. Thomas Schmidt war ein Mörder gewesen, der Hilde Jensen und fast auch sie selbst getötet hatte. Und trotzdem brachte sie ihre eigene Not und Todesangst nicht mit ihm in Verbindung. Jetzt, wo er nicht mehr lebte, wurde umso deutlicher, was für ein kranker, armseliger Mensch er gewesen war.

Anne raste die Auffahrt den Deich hinauf, rollte auf der anderen Seite wieder hinunter und ließ das Auto hinter den diversen Fahrzeugen von Polizei, Feuerwehr und Schaulustigen stehen, die bereits am Hafen parkten. Auch die Presse war vertreten, sogar mit einem Rundfunk- oder Fernsehwagen.

Und dann stand sie plötzlich neben Renate Plessner. Eine Möglichkeit auszuweichen gab es nicht, Anne wurde von den anderen Beobachtern eingezwängt.

Als die Therapeutin sie erkannte, nickte sie ihr zu. Sie trug eine dunkle Sonnenbrille und einen Trenchcoat mit hochgeschlagenem Kragen, die Hände hatte sie in den Taschen vergraben. »Ich habe es gerade im Radio gehört«, sagte sie. Ihre Stimme war belegt.

»Und Sie wagen es hierherzukommen?«

Renate Plessner blickte starr geradeaus in das Gewühl.

Anne konnte nicht sehen, was am Anleger vor sich ging, weil die Rücken der vor ihr Stehenden ihr die Sicht nahmen.

»Ich war in der Gegend. Ich habe meine Zelte hier abgebrochen, auch mein Haus in Kating verkauft.«

»So schnell?«

»Ja. Zum Glück habe ich gleich jemanden gefunden. Es tut mir sehr leid, was Ihnen geschehen ist. Ich habe viel darüber nachgedacht.«

»Haben Sie? Vielleicht auch darüber, warum Ihr Freund das alles getan hat? Und über Ihren Anteil daran?«

»Beschimpfen Sie mich ruhig«, sagte die Therapeutin leise. »Ich kann Sie verstehen.«

Anne ärgerte sich, dass Renate Plessner ihr mit ihrer reumütigen Haltung den Wind aus den Segeln nahm. Am liebsten hätte sie sie geschlagen oder geschubst, aber sie würde sich hüten, ein weiteres Mal die Beherrschung zu verlieren. Diese Lektion hatte sie ein für alle Mal gelernt.

»Wo ich Sie gerade sehe«, fing Renate Plessner noch einmal an. »Ich wollte Ihnen etwas sagen. Ich bin in Hamburg in Ihrem Disziplinarverfahren als Gutachterin bestellt worden. Das ist kein so großer Zufall, wie es sich anhören mag, forensische Gutachter sind in Hamburg Mangelware. Ich habe den Fall nicht abgelehnt und nach Aktenlage geurteilt: Ich habe Ihre Wiedereinstellung in den Polizeidienst uneingeschränkt befürwortet.« Als Anne schwieg, fügte sie hinzu: »Ich habe so entschieden, weil ich Sie für eine ausgezeichnete Kriminalbeamtin halte.«

»Das hat man Ihnen aber neulich nicht angemerkt.«

Renate Plessner nahm die Sonnenbrille ab und sah Anne direkt an. Ihre Lider waren rot geschwollen und die Augen dunkel gerändert.

Anne senkte ihren Blick. »Danke.«

»Werden Sie hierbleiben?«, fragte Renate Plessner, und ein winziges bisschen Leichtigkeit schwang in ihrer Stimme mit.

»Ja«, sagte Anne und spürte plötzlich, wie sich innerlich

etwas in ihr verstellte, wie ein Schalter sich von »unentschieden« auf »ja« umlegte. »Ja, ich bleibe hier. Ich werde meine Versetzung beantragen.«

»Sehr gut. Sie passen hierher. Will Ihre Freundin das Haus von Hilde nicht mehr verkaufen?«

»Doch. An mich. Ich werde es abstottern.«

»Sehr gut«, sagte Renate Plessner wieder und schob sich ihre Sonnenbrille zurück vor die Augen. Dann war sie plötzlich in der Menge verschwunden.

Anne schaute sich nicht nach ihr um.